長編情愛小説

貪欲ノ冒険

神崎京介

祥伝社文庫

目次

プロローグ

女が好きだ。女とあれをするのも大好きだ。何もしないで眺《なが》めていることも好きだし、食事や酒を飲みながら話をすることも好きだ。

女がいないと自分の人生がまったくつまらないものになってしまうだろう。こんなことを考えるのは、後厄《あとやく》を無事に終えた男としていかがなものかと思うけれど、仕方がない。物心ついた時から大好きなのだから。

といっても、女なら誰彼かまわず好きかというと、そんなことはない。自分に興味や好意を抱《いだ》いてくれる女性であることだ。それだけ。ハードルは低い。だから好きになってくれない女性に対して、こちらからアプローチすることはない。無理矢理、心変わりさせようとも考えない。好かれてこそ男として存在できる。

自分の名は、東川彰《ひがしかわあきら》。四十三歳。精神科の准教授。去年、晴れて助手から昇格を果たした。医局に所属しながら、週二回の割合で同級生だった男が開業したこぢんまりとした病院でアルバイトをしている。開業したほうがいいぞ、と彼を含めた何人かに勧《すす》められているけれど、そのつもりはない。医局にいたほうが手応《てごた》えのある患者が多いのだ。

妻の寛子《ひろこ》とは結婚して十年になる。お見合いをして一年の交際の後に結婚した。モテなかったからお見合いをしたのではなくて、医者の自分に対して目が眩《くら》むような女とは結婚したくなかったから。そのためには、恋愛結婚より、お見合いのほうがいいという判断だった。でも、今にして思えば、それは判断ミスだったかもしれない。お見合いだったからこそ、医師という職業を頭に入れていた気がする。つまり、もっとも目が眩んでいた女と結婚してしまったということだ。

今の自分のことを正直に明かそう。

浮気をしている。いや、それを浮気といえるかどうか。本気かもしれない、と何度も考えている。精神科医ではあるけれど、自分のこととなるとよくわからない。

もしも、妻が自分に対して興味をなくさなければ、若い女に走ることはなかったことだけは確かだ。といっても、浮気をするようになった責任が自分にないと言うつもりはない。だけど、妻にも責任は十分にあると考えている。

妻にとって存在している自分とは、男としてではない。准教授であり、父親だ。給料をもらい、一家の大黒柱として存在する男でしかない。夫や父親であり、男でもありたいという結婚当初に抱いた自分の願いは、いつの間にか、叶《かな》わなくなってしまった。

浮気相手の女性は、医局に出入りする医学生の友だちだ。医局の飲み会について来ていた彼女に惚《ほ》れてしまった。二十歳以上も年下なのに。すべてが絶妙なタイミングだった。妻との関係が冷えきっていなければ、そして医学生でもない彼女が出席していなければ、彼女が親しげに話しかけてこなければ。

でも、出会ってしまった。運命とは思わないけれど、とにかく、出会うために必要なタイミングがすべて揃《そろ》っていたということだ。

彼女は二十一歳。美術短大を卒業して、デザイン事務所で働いている。名前は石坂夏《いしざかなつ》美《み》。出身は名古屋《なごや》。夏の暑い日に生まれた子だからということで、祖父が安易に命名したらしい。

名は体《たい》を表すということわざどおり、とにかく明るい子だ。二十一歳らしい奔放《ほんぽう》さがある。それでいて、実社会で働いているから、学生のようないい加減さがない。屈託《くったく》のない子というのは、一緒に食事をしても酒を飲んでも愉《たの》しいし、気持のいいものだ。

浮気と本気の中間あたりの気持にまで、心はのめり込んではいるものの、軀《からだ》の関係までには至っていない。

二十歳以上も齢《とし》が離れた女性とつきあうとは、正直、考えたことがなかった。自分の女性への好みのリストの中に、そこまで離れた女性はない。

三十五歳を過ぎた頃から、年下の子に興味が移るようになったけれど、それでもせいぜい二十代後半までだった。二十六、七歳が限度だと漠然《ばくぜん》と思っていた。だから正直、戸惑《とまど》いはある。いや、戸惑うことばかりだ。とにかく、感性が違う。興味の対象も違う。そうなれば当然、話題も、会話の盛り上がり方も違ってくる。

なのに、会話がぎくしゃくすることも、途切れることもない。時間が足りないと思うくらい会話は盛り上がり、いつも、あっという間に、時は過ぎていく。相性がいいのだと思う。彼女とのデートで、相性というものが年齢に関係ないということを知った。

妻と子どもは、昨日から一週間の滞在予定で、軽井沢《かるいざわ》の別荘に出かけている。自分の持ち物ではない。開業医をしている妻の父親のものだ。

タイミングが抜群によかった。というのも、今夜、夏美の部屋に行くことになっているから。一昨日、夏美からケータイに招待の電話が入った。まるで彼女も、妻子の計画を知っているかのようだった。

彼女の住まいは、杉並《すぎなみ》区の１ＤＫのマンション。最寄り駅はＪＲ高円寺《こうえんじ》駅。世田谷《せたがや》の自宅からはさほど遠くはない。

初めての訪問まで、あと二時間。何を手土産《てみやげ》にしようかと思案した末に、ドン・ペリニヨンの白と決めた。ピンクでもよかったけれど、いやらしい気がして選ばなかった。

いったいどんなつきあいになっていくのだろう。

今夜をきっかけに、どこにふたりは向かうのか。自分のことながら興味津々《しんしん》だ。関係が深まっていくのか、それとは逆に、ほどよい距離感をとるようになるのか。シャンペンを飲むことを想定し、車は使わないことにする。となると、そろそろ出かけなければ。

日曜の夕方六時半。夕暮れが近づいている。東川彰は胸いっぱいにときめきが拡《ひろ》がるのを感じながら、夏美のマンションに向かった。

第一章　若い肉体

ドアが開いた瞬間、化粧品の甘い匂いが噴《ふ》き出してきた。

女性の部屋ならではの匂いだ。

「いらっしゃい、先生。迷わずに来られたんですね、よかった」

石坂夏美は満面に笑みを湛《たた》えて迎えてくれた。二重瞼《ふたえまぶた》のくりくりっとした大きな目も穏《おだ》やかに笑っている。東川彰の頬《ほお》も緩《ゆる》み、微笑が口元に浮かんだ。

部屋にあがる。五畳ほどのダイニングルームがすぐ目の前に見える。自分の住んでいるマンションのように、玄関の次は廊下、ガラス戸の向こうに広いリビングがあるわけではない。

だいたい三十平米くらいの広さだろうか。これが二十一歳の女性の部屋なんだ。狭《せま》いけど、彼女の給料から推《お》すと、広い部屋に住んでいるほうかもしれない。東川はそんなことを考えながら、

「はい、おみやげ。初訪問の記念にいいかなと思って、シャンペンをもってきたよ」

と言って、部屋を見渡した。

アンリ・マチスの青色の切り絵「ダンス」の複製が壁に一枚掛かっていた。アルミの額縁だけが高価そうだった。ほかには二人用の白木のテーブルと椅子、一メートルほどの高さの冷蔵庫とその上にある電子レンジ、木目調の三段ボックスの最上段に電気釜が目についた。

「先生、夕食まででしょう？　わたし、スパゲティとサラダの用意をしておいたんですけど、食べますか」

「その前に、夏美ちゃん、ありがとう、招いてくれてうれしかったよ」

「わたし、ほんとのこと言うと、迷っていたんです。次に会うのは、わたしの部屋でなんて大胆なこと言ったけど……」

「ぼくはずっと待っていたんだよ」

「わたしがなぜ迷っていたか、わかるでしょ？　心が専門の先生なんだもの」

「招くための準備をしているものだとばかり思っていたよ」

「女心のことは、精神科の先生でもわからないのかな。だとしたら、おかしい……」

シャンペンをテーブルに置くと、夏美はガスレンジに向かおうとした。それを制するように東川は腕を広げた。

「食事はいいよ、お腹はまだ空《す》いていないから。それよりも、まずは夏美ちゃんに招待してもらったことへの感謝の気持をきちんとしたいな」

東川は思い切って、彼女の腰のあたりに腕を伸ばした。それは招待された電話を切った直後に考えた行動だった。

とにかくまずは、抱きしめよう、と。そして、キスをするんだ、と。それができないと、いくらふたりきりでいても、ずるずると時間だけが過ぎていき、ついには、何もできないまま人畜無害ないい人で終わってしまう。そんな危惧《きぐ》が頭に浮かんだからだ。

夏美を抱きしめた。唐突だと思いながらも。いやがられるのを覚悟で腕に力を込めた。

「いきなりだなんて……」

「いやかな」

「そうじゃないけど、びっくりしちゃって……。まさか先生が、こんなことをいきなりするとは思わなかったから」

拒《こば》んでいるようでいて、本気で拒んでいるわけではなさそうだ。顔をそむけるわけではないし、上体を反《そ》らして遠ざかろうとしているわけでもない。

彼女の肌のやわらかみを指の腹で感じ取った。二十一歳の女性の肉体だ。弾力に満ちていて、エネルギーがいたるところから噴出しているようだ。

二十代前半の頃につきあっていた女性は、同年代がほとんどだった。あの頃は、若い肉体がもっているみずみずしさに気づかなかった。逆に、若々しさをつまらなく思ったことさえあった。躯《からだ》は成熟していても、性的な技巧がなかったからだ。

夏美は戸惑《とまど》いながらも、信頼しきった眼差《まなざ》しで見つめてくる。口元に浮かぶ微笑が消えることはない。

「ほんとにどうしたんですか、先生。焦《あせ》っているみたい。先生らしくありません」

「さっきから気になっていたけど、やめてほしいな、先生っていう言い方は……。仕事のことが頭をよぎっちゃうからね」

「ごめんなさい。でも、わたしなんかが先生のことを、さん付けで呼ぶのって、馴《な》れ馴れしすぎる気がします」

「プライベートでのつきあいなんだから、馴れ馴れしくなってくれないと困るよ。夏美ちゃんが切り替えてくれないと、ぼくも気持を変えにくいな」

東川は言うと、腕にさらに力を込めた。麻素材のワンピースの奥にひそんでいる乳房を感じ取った。豊かな乳房だ。ブラジャーに包まれているけれど、張りと弾力の具合から、見た目以上に豊かなのだと想像がつく。

顔を寄せていく。

百七十三センチの男の頭半分ほど低い位置のくちびるに迫る。

小さな顔だ。長い髪が頭全体を大きく見せているけれど、男の顔の半分くらいしかない。くちびるはいくらか厚め。でも、それが人なつっこい印象を与えている。

「わたしなんかが、こんなことして、本当にいいんですか」

「いいに決まってるよ。いやいやながらするわけないだろう?」

「先生、絶対モテるはず。よりによって、わたしなんかに……」

「夏美ちゃんがいいんだよ、ぼくは」

「美人じゃないのに?」

「誰が何と言おうと、ぼくにとっては十分に美人だから。ぼくがよければいいんだ。そういうものだろ?」

「そうでしょうけど、ほんとにいいのかなって……」

彼女の不安は手に取るようにわかる。絶世の美女というわけではない。彼女は美人というより、可愛《かわい》らしいタイプだ。医者からの誘いを遊びだと思って不安がったとしても不思議ではない。

二十代の頃は美人が好きだった。今にして思うと、本当の好みではなかった気がする。とにかく、いきがっていた。医者だから美人を連れ歩きたい。そんな想いが強かった。心よりも見た目。自分の満足より、ほかの男にうらやましがられることが大切だった。

結婚してからは浮気をしていない。忙しかったせいもあって、妻だけで十分だった。約十年、女にかまけることはなかった。それがよかった気がする。今にして思うと、その十年は、女性に対する好みの見極めのために必要な時間だったのだ。

四十歳を過ぎた頃から、女性に対する好みが明らかに変わった。見た目はほどほどでいい。それより、いかに自分がゆったりと過ごせる相手かどうかが重要になった。

夏美は好みにぴったりと合致した。齢の差以外は。しかしそれもふたりきりで話してみると、さほど気にならなかった。彼女と一緒にいると愉《たの》しかったし、穏やかな気持でいられた。屈託のない笑顔と少し遠慮気味の話し方にも好感を抱いた。

くちびるを寄せた。彼女の小さな顔を男の大きな顔で覆《おお》っている気がした。二重瞼が閉じられた。少し厚めのくちびるがゆっくりと開いた。

十数年ぶりに味わう、妻以外の女性とのキス。四十三歳にもなって恥ずかしいけれど、キスに感動した。

弾力に満ちているのは、乳房だけではなかった。くちびるもそうだ。下卑《げび》た言い方をするなら、彼女のいくらか厚みのあるくちびるはぷるんぷるんしていた。その感触は、男の軀に染《し》み入った。感動が性欲につながった。乳房を荒々しく揉《も》んだり、乳首を思い切り吸ったり軽く噛《か》んだり、彼女の大切なところの濡れ具合を確かめたいという衝動が拡《ひろ》がった。それなのに、性欲を剝《む》き出しにするのは、はばかられた。

東川は自分自身の心を剝き出しにすることに慣れていなかった。妄想や欲望が強かったのに、妻とは礼儀正しいセックスしかしてこなかったからだし、分別のある四十三歳の男として体面を保ちたいし、医師として尊敬される行動をとるべきだといったことを、この期《ご》に及んでも考えていたからだ。

「夏美ちゃんのキスって、すごく愉しいね」

「キスが愉しいなんて言われたの、わたし、先生が初めてです」

「メロディがあるっていうのか、彩《いろど》りがあるっていうのか……。とにかく、単に粘膜の接触というんじゃなくて、夏美ちゃんが持っている華《はな》やぎが伝わってくるんだ」

「やっぱり、大学の先生なんですね。すっごく難しい言い方」

「夏美ちゃんだったら、どういう表現をするのかな」

「気持いいキスだった、かなあ。でも、もうちょっと激しくしてもらえるとうれしいな。求められてるっていう実感がほしいから」

「若いけど、女なんだねえ」

東川は感心したような口ぶりで言った。まだ十代の少女の名残《なごり》があるのに、彼女が考えていることは成熟した女心そのものだった。それも新鮮だった。

夏美はガスコンロに火を点《つ》けた。

性欲は不完全燃焼のままだ。傷口がうずくのに似たものが生まれている。

湯が沸《わ》くと、彼女は手早くスパゲティを鍋に入れた。その間に、アンチョビの缶詰めを開け、キャベツをざっくりと刻《きざ》んだ。アンチョビとキャベツのスパゲティ。

東川は手土産に持参したシャンペンを開ける準備をして椅子に腰をおろした。

彼女の後ろ姿を見つめる。

ざっくりとしたワンピースは、外出着のようだ。ブラジャーのストラップがうっすらと見て取れる。くびれたウエスト、張りのある腰まわり。パンティのラインは透《す》けていない。Tバックかもしれない。見えないことで、かえって妖《あや》しい想像が膨《ふく》らむ。求められることを前提としてパンティを穿《は》いているのだろうとか、パンティそのものを穿いていないかもしれないとか、羽交《はが》い締《じ》めにして突き刺してやったら悦《よろこ》ぶだろうとか、ワンピースの裾《すそ》をめくって指先をねじ込んでやろうなどと……。

茹《ゆ》であがりの時間を知らせるタイマーが鳴った。けたたましいまでの大きな音で、妄想はあっけなく霧散《むさん》した。彼女は手際《てぎわ》よく湯切りして、キャベツとアンチョビとスパゲティを、フライパンで絡《から》めた。

スパゲティがテーブルに運ばれた。東川はシャンペンの栓《せん》を抜いた。きらきらと輝く黄《こ》金《がね》色の泡と夏美とを交互に見ながら、乾杯の言葉を口にした。

「ふたりのこれからのつきあいに、乾杯したいな。いいかい？」

「えっ、まあ……。それじゃ、乾杯」

夏美のほんの一瞬の戸惑いに、東川は自分の気持が先走りすぎていたことを思い知らされた。彼女はもっと軽く考えていたらしい。こんな時、四十過ぎの妻子持ちの心は弱い。

さらなるダメージを受けないことにばかり気持が向かい、欲望を晒《さら》すのを控えてしまう。

「夏美ちゃんの男性の好みをまだ聞いていなかったね」

「最初に誘われた時、わたし、年上好きだって言ったはずです。ずいぶん前のことだから、忘れちゃいましたか？」

「覚えているけど、そこから先の詳《くわ》しいことは聞かなかったからね。どれくらいの年上までならいいのかな」

「五十歳くらいまでなら、わたし、男性として見られると思います」

「ということは、ぼくは好みの範疇《はんちゅう》に入っているということか。よかった、よかった。それを聞いて、安心したよ」

「何言ってるんですか。好みでなかったら、部屋になんて招きません」

東川は満足して深々とうなずいた。その言葉を待っていた。自分の気持が先走っていたのではないという証《あかし》を、やっと手に入れた気になった。

「夏美ちゃんのお父さんはいくつ？」

「五十三歳です」

「ということは、お父さんの年齢までなら好みっていうことかな」

「父のことは関係ないと思います。物心ついた頃から、年上好きでしたから」

「同年代の男の子に興味はないの？」

「十代の頃はあったんですけど、今はなくなったかなあ。だって、つまらないんだもの。考え方もデートに連れていってくれるところも、全部、子どもっぽいから」

ファザコンのために年上好きになったと思っていたけれど、どうやら、彼女の上昇志向の強さが影響しているようだ。自分を高めたい、もっと別の次元の女になりたい、といった願いの強さが、年上好きとなって表れているのだろう。

「意外と大人っぽいんだね。夏美ちゃんはどんなことに興味があるんだい？　たとえば、エッチなことでいうと……」

「先生、エッチ」

「訊《き》かないと、わからないからだよ」

「好きにしてもらうのがいいかな。でも、ガツガツしている雰囲気を出されるとダメ。だから、若い子が嫌いなんです」

「三十近く離れていたら、さすがに、ガツガツはしないだろうね」

「そうでしょ？　わたしを気持よくさせてくれるはずだもの」

「はず？　ということは、経験にもとづいた話ではないってことかな」

「わたし、まだ二十一歳ですよ。経験豊富なわけがありません」

「そうだった、そうだった」

安堵《あんど》感が穏やかな笑い声につながった。自制してきた性欲がゆっくりと湧き上がって膨らんでいく。触れたい、夏美に今この場で触れたい。スパゲティを口に運びながら、性欲が全身にみなぎっていく。

東川は足を伸ばした。

小さなテーブルだ。すぐに彼女の足先に触れた。その瞬間、彼女は足を引っ込めた。間違って触れたとでも思ったらしい。意図《いと》的だということを知らせるために、彼女の足を追いかけた。

もう一度、足の甲に触れた。今度は引っ込めなかった。偶然ではないと察したようだ。ふくらはぎを撫《な》でる。生足の感触。靴下越しではあるけれど、彼女の若々しさが伝わってくる。熱い体温。弾力と張り。それらが男の性欲を刺激していく。

ワンピースの裾に触れた。じわじわと裾を上げていく。彼女は足を閉じたりはしない。照れたような笑みを浮かべながら、上目遣《うわめづか》いで睨《にら》みつけてくる。怒気《どき》をはらんでいないためにに迫力がない。可愛らしい顔だ。

「ダメです、先生。落ち着いて食べられなくなっちゃいます」

「ふたつの欲を、ぼくは同時に満足させているわけだ」

「欲張りですね。でも、今は食欲に集中して」

「目の前においしそうなものがあったら、食べたくなるのが人情だよ。ぼくだけじゃない。男だったら、みんな、同じことを考えるだろうな」

「こんなことされたの、初めてです」

東川は自信を少し取り戻した。好きなようにしていいのだ、と。性欲を剝き出しにすることへのためらいなど必要ないのだ。

彼女の膝《ひざ》を撫でる。ワンピースの裾が足首のあたりにまとわりつく。太ももにつながるやわらかい肉に触れる。膝がわずかに割れて、触りやすくなる。深追いはそこでやめた。もっと奥まで侵入したかったけれど、無理な体勢をつづけているせいで、太ももの裏側やふくらはぎが何度もつりそうになっていた。

東川は立ち上がった。坐っている夏美の背後に回り込んだ。

彼女の両肩に手をのせる。麻素材のワンピースの感触とともに、彼女の肌も感じる。ゆっくりと手を下ろしていく。乳房の側に。なだらかな胸元から乳房のすそ野を登り、ブラジャーに包まれた乳房の頂点に向かう。そして急峻《きゆうしゆん》な下辺に辿《たど》り着いたところで、乳房全体を包み込んですくい上げるようにして揉む。彼女は片手をテーブルに、もう一方の手を太ももに乗せたまま、軀を硬くしている。

「わたし、どうしたらいいですか……」

夏美はうつむいたまま細い声を洩《も》らす。肩が小刻みに震える。小麦色の感度のいい肌。二十一歳の肌。そう思うと、欲望がさらに強まる。

「いやじゃないよね」

「恥ずかしい、わたし」

「でも、ゾクゾクするんじゃないかな」

「だから、恥ずかしいんです」

彼女は囁《ささや》くように言って振り返った。うらみがましい表情だった。でも、瞳は艶《つや》やかな光を放っていた。愛撫《あいぶ》を待ち望んでいるようだった。

坐っている彼女の背後に立ったまま、東川は彼女の髪を撫でる。あくまでもやさしく。二十二も年下の彼女にむしゃぶりつくようなことはしない。

「後ろから眺めても、可愛いんだなあ。夏美ちゃんを、食べちゃいたいよ」

「食べるならスパゲティが先です。冷《さ》めたらマズくなっちゃいますよ」

彼女はテーブルに置かれた黄金色のシャンパンを見つめた。中身を眺めているのではない。グラスにかすかに映り込む背後に立っている男の姿や肩にかかっている手を観察しているようだった。

サラサラの長い髪に触れる。二十一歳の髪には艶も腰もある。天使の輪ができている。それは、髪に艶がなければできない現象だ。

「すごくきれいな髪だね。これも女性にとってのひとつの才能なんだから、大切にして欲しいよ」

「先生、手つきがいやらしすぎ」

「美容師みたいだろう?」

「世間のことが何にもわかっていないんですね。美容師さんはそんなふうに、いやらしい触り方はしませんよ」

東川は髪の束《たば》を指先で潰《つぶ》すようにして触れていた。彼女のぬくもりだとか女らしさといったものを感じてみたいと思ったのだ。それをいやらしい触り方と言われてしまうのか。夏美との感覚のギャップについて考えさせられた。ギャップはほかにもまだたくさんあるはずだ。

彼女の肩口のあたりに指を這《は》わせる。爪を立てて滑《すべ》らせたりもする。いやらしいと彼女に感じられてもかまわないと思いながら。

鎖骨のくぼみが美しい。曲線にキレがあるのだ。茫洋《ぼうよう》としていなくて、鎖骨の水平なラインも斜めのラインも際立《きわだ》っている。しかも、みずみずしい。

鎖骨がきれい、なんていう誉《ほ》め言葉はない、とずっと思っていた。誉めるところがない女性に対して、男が無理矢理つくった誉め言葉だと思っていた。でも、そんなことはなかったのだ。美しい鎖骨というのは存在していた。しかも、目の前にだ。

「ぼくは初めて、女性の鎖骨を見て、きれいだと思ったよ。夏美ちゃんのこの鎖骨を見られただけでも、ここにやってきた価値があると思うよ」

「ほんとに? そんなこと、今まで一度も言われたことありません。誉められている気がしません。ほかに誉めるところがなくて困っていたんじゃないですか」

「君の友だちには言えないだろうな。齢を取らないと、そういうことには気づかないものだからね」

東川の笑い声につられて、彼女も屈託のない微笑を浮かべた。

指先に伝わってくるぬくもりが熱い。体温がもともと高いほうなのだろうか？　笑ったから？　それとも、興奮しているせい？

長い髪をやさしくかきわける。彼女は身動きひとつしないで坐っている。ワンピースを押さえるように太ももの中ほどのあたりに手をつけている。力を抜いているようだけれど緊張感は漂《ただよ》う。

「手を出してごらん」

東川はくちびるを舐《な》めた後で言った。それは二十代の頃にやっていた、話題に困った時の方策だ。手を握れば心理状態がわかることがある。それを材料にして会話の突破口にするのだ。

「やっぱり、変ですね、先生って」

「どうして？」

「だって、まったくなんの脈略もないじゃないですか。手を出せ、だなんて」

「手相を見るわけじゃないけど、似たようなことをしようと思ってね」

「さすがは精神科の先生ですね」

彼女は手を差し出してきた。

細い指に形の美しい爪。ピンクのマニキュアが艶やかに輝く。関節にできる皺《しわ》の細さが、華奢《きゃしゃ》な軀を想起させる。軽く握る。向かい合っての握手と違って、前後の位置関係での握手だから奇妙な感じがする。

力を少しだけ入れてみる。自分の思いを伝えるために。彼女も応《こた》えてくる。わずかな時間で、ふたりのてのひらが湿る。ぬくもりの奥に骨の存在を感じる。

細い骨だ。いくつもの小さな骨によって形づくられた関節。どれもこれも、力を強くしたら折れてしまいそうなくらいに華奢だ。そんなふうに感じたことがきっかけになって父性本能が刺激されたのだろうか。夏美を守ってあげなくてはいけないという気になった。可愛いから抱きしめたいという衝動的な気持に、芯《しん》が入った気がした。

部屋に入った時よりも、確実に、彼女に心が傾いていた。彼女の若さに対する欲望が強まっただけとは思えない。だからこそ、不満だった。男の心が訴えていた。夏美のすべてを味わいたい。すべてを感じたい。セックスすれば気が済むというのではない。二十一歳の軀と心の隅々《すみずみ》まで感じたいと……。

夏美は身じろぎひとつしない。

彼女に期待しても何も起きないだろう。

自分が行動しなければ。彼女の高ぶりを頼りにしても、この雰囲気は変わらない。年上の男がイニシアチブを取るべきなのだ。

東川は思い切った。

ワンピースの背中のホックを外し、ファスナーを下ろした。ぎこちない手つきだった。日に焼けた背中とピンクのブラジャーのストラップがあらわになった。指が震えていた。たったそれだけのことなのに、特別なことを成し遂《と》げたような達成感があった。

「手相はどうしたんですか?」

「手ではなくて、夏美ちゃんそのものを見たくなってね」

「強引なんだから……。ほんとにダメです」

「わかっているけどね、我慢できなくなったんだ」

「先生、さっきまで余裕があったのに、今は若い人と同じくらいにギラギラしています。怖いくらいです」

「ぼくがこうなったのは、夏美ちゃんのせいだからね」

東川は冗談めかして言いながら、背中のファスナーを上げようとしている彼女の指の動きを制した。またしても、ふたりの手が重なった。ふっくらとした手の甲だ。うぶ毛が蛍光灯の明かりの下でも黄金色に輝いている。皺も染みもない。

彼女の手首を握る。自分の短い親指と人差し指ですっかり握れてしまうのだから、かなり細いほうだ。

「立ち上がってくれるとうれしいな」

「どうして？」

「隣の部屋がベッドルームだよね」

「行きませんよ、わたし。食べ終わっていませんから。それと、ベッドルームと横文字で言うほど洒落《しゃれ》た空間じゃないです。ベッドが置いてあるだけですから」

「そっちの部屋に行っていい？」

「ほんとに、お食事はいいんですか？」

「ごちそうさま。次はデザートをいただくよ。おいしいデザートを見つけたからね」

「先生に似合いません、そういうオヤジっぽいコテコテの言い方って」

東川は照れ笑いを浮かべると、彼女に立ち上がるようにうながした。

彼女は素直に椅子を引いて立ち上がった。こわばった表情ながらも、ぎこちない笑みを口元に湛《たた》えた。ワンピースの背中のファスナーを、彼女は上げようとはしない。ブラジャーのカップの部分まで見えそうになっているのに。

寝室に入った。恐る恐る。狭《せま》い洋室だった。モノが少ないおかげで、狭いけれどもさほど圧迫感はなかった。

壁際に据えられたシングルベッドがある。反対側には仕事机と椅子だ。ベッドと仕事机との間の五十センチくらいの空間が、ベランダに出られる通路になっている。

ふたりで並んでベッドの端に腰を下ろした。膝が仕事机の椅子に当たりそうだ。立っていても坐っていても狭い。肩が自然と触れ合う。互いの太ももまでもが触れ合う。夏美に訊かなくても、六畳の広さがないことはわかる。四畳程度の正方形に近い空間。二十一歳なのだから十分だ。これ以上の広さに住みたいと願うとしたら高望みだ。

キスをしよう、もう一度。

ベッドでのキスは、キッチンでのキスとは意味合いが違う。ベッドでのそれは、セックスのはじまりの合図といえる。軀を許したというサインであり、はっきりとした意思表示でもある。

「キスしてもいいかな」

「そういうことは、訊かないでください。いやって言っちゃいそうですから」

「可愛いなあ、夏美ちゃんって。少女の隣に坐っているみたいでドキドキするよ」

「ロリコンだったんですか？」

「たぶんないな、その嗜好《しこう》は。といっても、自分の性癖《せいへき》についてとことんまで分析したことがないんだ」

「そういうのって、紺屋《こうや》の白袴《しろばかま》っていうことわざが当てはまるかしら？　いいんですよね、先生」

「キスしたら教えるよ」

「ずるいなあ、大人って。意地悪されるくらいならわからなくてもいい」

「ということは、キスしたくないっていうこと？　それが夏美ちゃんの本心？」

「先生は心についての専門家なんだから、それくらいのこと、わかるでしょう？」

「好きな子のことになると、途端にわからなくなるものなんだ。恋にはね、そういった面白い力があるってことかな」

「つまんないのっ」

夏美は不満げにくちびるを尖《とが》らせて言った後、にっこりと微笑《ほほえ》んだ。顎《あご》をわずかに上げて、瞼《まぶた》を薄く閉じた。キスしてもいい。彼女の表情もしぐさもそれを表していた。

東川は彼女のくちびるに顔を寄せた。

甘いキス。くちびるの厚みに粘《ねば》りがあって、口の中に引き込むような勢いが感じられる。二十一歳の女性とのキス。幸運な男だ。四十三歳にもなって、こんなに若い女の子とキスをしているのだから。

夏美をブラジャーとパンティだけの姿にした。

キスしたおかげでワンピースを脱がすのに、時間はかからなかった。ベッドでのキスはセックスのはじまりの合図であり、女性が軀を許してもいいという意思表示でもある。その言葉が正しかったという確認にもなった。

年の離れた女性とのつきあいで大切なのは、言葉や行動が共通の認識になっているかどうかだ。同じ言葉でも、違う意味にとられる危険性は十分にある。だから、気づいたことがあったらその都度《つど》、確認しなければならない。それを面倒と思うようなら、年の離れた子とのつきあいは無理だ。好きだという気持だけで押し通すことはできない。そんなことをつづけていたら、精神的にもまいってしまう。お互いにだ。

「先生が初めてです。この部屋でわたしのパンツ姿を男の人に見せたのって」

夏美は恥じらいながら言った。幅の狭いシングルベッドのために、彼女の頭は壁につきそうになっていた。

東川は満足そうに微笑を口元に湛えた。男にとって「初めて」という言葉はうれしいものだ。たとえ些細《ささい》なことであっても、平凡なことであっても。飛び上がるくらいの喜びにも、独占欲の満足にもつながる。そして、さらなる欲望の原動力にもなっていく。

「パンツって言うんだね。パンティとは言わないのかい？」

「言いませんよ、わたしの周《まわ》りでは誰も。いやらしい響きがあるもの」

「ショーツとも言わなかったね」

「先生の前だから……。普通だったらショーツ。でもね、恥ずかしかったからぶっきらぼうな感じを出したんです」

彼女の言った意味はわかる。羞恥心《しゅうちしん》を隠すためであり、頓着《とんちゃく》していないと思わせたかったのだ。だからこそ、彼女はショーツではなくてパンツと呼ぶ。可愛らしい発想と実践。それはつまり、小学生の男子が好きな女子の前では、わざと乱暴に振る舞うのと同じ心理だ。

パンティと呼びたがるのは、女性の下着に興奮したり、性的なファンタジーを抱く男だ。東川もパンティという言い方のほうがしっくりとくる。その言葉の響きに興奮したりもする。

東川は夏美の胸元に指を這わせる。ゆっくりと、味わうように。谷間に差し入れたい衝動を抑《おさ》えて、首筋のほうに向かう。

ピンクのブラジャーは大人っぽいデザインだ。レースがふんだんにあしらってあるし、薔薇《ばら》の刺繡《ししゅう》もある。しかも、その刺繡の色使いは淡《あわ》い赤と黒なのだ。

女体を横から眺める。

曲線の見事さにうっとりする。額《ひたい》、眉間《みけん》、鼻、くちびる、そして顎。首に至るまでにも、美しい凹凸《おうとつ》がある。形を保った乳房、みぞおちのくぼみ、下腹部。パンティに覆われた陰毛、こんもりとした茂みに守られた陰部。むっちりとした太もものつけ根、すらりと伸びた太もも、日に焼けたふくらはぎ、白色が際立つ足の裏……。

それらすべてが、自分の自由になると思うと、全身が震えるほどの感動を覚える。本当に四十過ぎのこんな男でいいの？　そんな言葉が胸の裡《うち》で渦巻く。夏美に訊いてみたい衝動にも駆《か》られる。

「食べちゃいたいな、夏美ちゃんを」

「ふふっ、いいですよ。お好きなようにしてください。でもね、さっきのスパゲティみたいに、食べ残しはだめですからね」

「まずは、この大きなおっぱいから食べたいな。男はいくつになっても、おっぱいが好きなんだよ」

自虐的に言うことで、恥ずかしさを打ち消しながら、自分の望みを伝える。大人の知恵。少しいやらしい技巧。

ブラジャーのカップに触れる。乳房全体が大きく上下する。乳房のボリュームとともに、ウエストのくびれも伝わってくる。くびれというのは、正面からはもちろんのこと、横から見てもわかる。脇腹に厚みがないし、肋骨《ろっこつ》がうっすらと浮き上がっているからだ。

夏美がブラジャーのホックを外した。ブラジャーを無造作に枕の横に置いた。少し雑なしぐさ。のびをひとつした後、彼女は自分で肩口のあたりを軽く撫でた。そこには、ストラップの痕《あと》の凹《へこ》みがうっすらとできていた。

「先生って、変な人。普通は抱きしめたりするはずでしょ？　それなのに、眺めて愉しむなんて。まさか、できないんですか」

「それが不能という意味だとしたら、答はノーだよ。夏美ちゃんを抱くのは後の愉しみにとってあるんだ。今は、眺めるのと撫でたりして触る愉しみを味わっているんだ」

「やっぱり変……。わたし、先生の好奇心の対象でしかないんですか」

「いろいろな求め方があるんだ……。夏美ちゃんにはそれをわかって欲しいな。直情的なやり方もあれば、回りくどいやり方もあるんだよ。君は若いから、直情的なやり方でないと、求められている手応《ごた》えがないのかもしれないな」

「なんとなくわかりますけど、それじゃちょっと物足りないかも……」

「そうだろうなあ、若いから」

東川はストラップの痕がつくった凹みに沿《そ》って、指の腹をゆっくりと滑らせた。そこには日焼けの痕も残っていた。

全身がこんがりと焼けている。水着の痕は真っ白に残っている。ストラップのあたりと乳房の谷間の白い肌の部分が、日焼けした肌とのコントラストをはっきりさせている。若いからこんなに日焼けできるんだよな。四十過ぎたら女性だけでなく、男性だって日焼けには気を遣うようになる。若さは紫外線の恐ろしさも跳《は》ねのけてしまうのだ。自分もかつては日焼けに頓着していなかった。日焼けしたほうが健康的だし、モテると信じていたからだ。

「それにしても、肌の焼け方がきれいだね。沖縄《おきなわ》にでも行ったのかい？」

「そんなふうに見えるとしたら、うれしいな。これってね、渋谷《しぶや》なんです。わたしにとっての南の島は、渋谷の日焼けサロンなんです」

「だったら、タイミングを合わせて、ぼくと南の島に行こう。なっ、いいよね」

「先生、それがリップサービスだとわかっていても、女は期待してしまいます。罪つくりなことは言わないほうがいいんじゃないでしょうか」

「ずいぶんと大人びたことを言うんだな」

「二十一歳ですから。先生にとっては子どもに思えるでしょうけど、自分ではいっぱしの大人だと思ってますから」

　夏美が言葉を吐き出すたびに、乳房が揺れる。仰向《あおむ》けになっている時のほうが、起き上がっている時よりもずっと、揺れ方が細かくて穏やかだ。

「おっぱいのサイズは?」

「いきなり、大胆なことを訊くんですね」

「いいんじゃないか?　こんなに豊かな乳房を目の前で見ているんだから」

「Fカップ。でも、午前中はE」

「むくむってこと?　足みたいに」

「そのとおりです。おっぱいだってそうですよ。指もむくむんです。季節によっても変わるって、知ってました?」

「そうなんだ、知らなかったなあ」

「わたしの指輪のサイズは、夏が九・五で冬が十。夏の夕方が十で、冬の夕方は十・五なんです。断っておきますけど、指輪が欲しくて説明しているんじゃありませんからね。先生には確かな情報を伝えるべきだと思うからです」

「そのほうが助かるな、ありがとう」

東川は指の腹を、日焼けしていない肌に沿って這わせていく。

肩口のストラップから水着のカップがあったところだ。日焼けの境目《さかいめ》というだけで、ワクワクしてくる。東川は際《きわ》が好きなのだ。たとえば、食パンの耳、川の土手、砂浜の波打ち際、陰毛の生え際、乳輪の外周。それらすべてを、際とひとくくりにできないと言われそうだけど、自分では同じ範疇《はんちゅう》に入れている。

「スローライフっていう言葉がありますけど、これって、スローセックスということになるんですか？」

夏美はじれったそうな表情を浮かべて囁いた。瞳の光は淫靡《いんび》な色合いを帯びている。激しくして欲しい。彼女は無言でそう訴えている。

意図的にゆっくり愛撫しているわけではない。自分の性欲の満足よりも、夏美の肉体をじっくり味わうことを優先させているだけだ。

パンティを脱がしていく。手の動きを察した夏美はお尻を上げて協力してくれる。四十三歳の男の欲望が、二十一歳の彼女にはわかるのだ。

小刻みに揺れるFカップの乳房の見事な形や、乳輪の迫《せ》り上がりや尖った乳首の輪郭《りんかく》の美しさに見とれてしまう。肌も輝いている。みずみずしくて、透き通るような色合いだ。清潔感のある赤色。乳房も下腹部も、陰毛の地肌も、清潔感が漂う美しい肌だ。

性欲が強まるにつれて肌は赤みを増すけれど、透明感が失われていくことはない。清潔感のある赤色。乳房も下腹部も、陰毛の地肌も、清潔感が漂う美しい肌だ。

「夏美ちゃんの軀って、どこもかしこもきれいなんだね……。だけど、これってもしかしたら、剃《そ》っているのかな」

「腋《わき》は永久脱毛です。最初の頃は剃っていたんですけど、かみそり負けがすごかったので、わたし、思い切ったんです」

「もしかしたら、あそこも?」

「ええ、まあ、そうです」

「彼氏にでも言われたのかい? 陰毛を整えて欲しいって」

「恋人にそんなことを言われたって、言いなりにはなりません。きっかけは、インターネットのエッチなホームページで、陰毛を全部剃っている外国の女性を見たことです。きれいだと思いました。少しでも近づけるために、剃りはじめたんです」

夏美は恥ずかしそうに、下腹部を指先で隠した。

茂みの幅は指二本分くらいだろうか。正面から眺めた時の高さは、親指程度だから四センチほど。茂み全体を短く刈り込んでいる。陰毛を剃っている女性がいることを、東川は知識としては知っていたけれど、実際に見るのは初めてだった。美しいものだと思う。人工的なものという感じはしない。

「眺めているだけでは満足できなくなってきたな」

「何をしたいんですか？」

「閉じた足に隠された大切なものを探《さぐ》りたくなったということかな」

「先生、すっごく回りくどい言い方です。集中して聞いていないと、何をしたいのかわからなくなっちゃいそうです。端的《たんてき》に言ってください」

「つまりだね、夏美ちゃんの大切なところを舐めたいってことかな」

東川は今度はあけすけに言ってみた。下品だということを承知で。二十一歳の彼女にはそうした言い方のほうが通じやすいかもしれない。

「いやらしいんですね、先生って。そういうことは口にしないでいいのに。態度だけでわかるものなんだから」

「その口ぶりだとすごく経験しているみたいだけど、実際にはあまり経験がないよね」

「経験はなくても、知識はありますから。今どきの女の子で、セックスの経験も知識もない子なんていませんから」

彼女は言うと、閉じている足をゆっくりと開いた。

割れ目が剝き出しになる。

厚い肉襞《にくひだ》は閉じているけれど、その隙間《すきま》からはうるみが滲《にじ》み出てきている。そこには陰毛はまったく生えていない。ふっくらとした肉が盛り上がっていて、しかもツルツルにしているために、常にプルプルッと震えているような印象を受ける。

割れ目全体を覆うように、くちびるをつけた。

肉襞は生温かくてプルプルッとしている。震えるというよりも、跳ねると表したほうがいいくらいに勢いがある。うるみの粘度が強まっていて、生々しい匂いも濃くなっている。うるみが奥のほうからじわじわと溢《あふ》れ出てくる。

三十八歳の妻のそれとは明らかに違う。色合いも皺も張りもすべてがみずみずしい。東川は自分がいかに幸福であるかを思った。援助交際や風俗以外で、四十三歳の男が、二十一歳の割れ目を舐められるチャンスが多くあるはずがない。しかも、彼女は喜んで腰を上げてパンティを脱いで足を広げている。四十三歳の男を、心と軀で受け入れようとしているのだ。

夏美の足をさらに広げる。やわらかい軀だ。左右の太ももがほぼ水平になる。それでも彼女はいやがらない。痛がったりもしない。それが東川には心地《ここち》いい。自分の想《おも》いどおりになっているという意識が強まっていくからだ。

敏感な芽がぷくりと膨らみ、舌先でもはっきりと識別できるようになった。

クリトリスのことを、東川は敏感な芽と表現している。クリトリスという呼び方には、男の想いだとか情感や欲望といったものがこもらないからだ。性的なことは情緒的にとらえるほうが、直感的になって、軀の芯に響いてくるものだ。

足が広がると、肉襞も広がる。敏感な芽も剝き出しになる。内側の薄い肉襞までもあらわになり、割れ目の奥の細かい襞まで見えてくる。うるみに濡れた粘膜がてかり、妖しく輝く。

割れ目だけに没頭《ぼっとう》し、そこだけを見つめていても、やはり、若い女性の肉体だと感じる。肌の張りやキメの細かさといったことから伝わってくるのだろうけれど、それだけではないと思う。夏美の甘えたようなうわずった擦《かす》れ声だとか、吐息《といき》や鼻息だといったものが若さを滲ませているのだ。

「夏美ちゃんが欲しいよ。我慢できない。今つながってもいいかい？」

「だめです、先生。そんなことしたら、いけない関係じゃないですか。わたしは不倫はいやなんです」

「割れ目を舐められているだけなら、不倫にならないのかい？」

「意地悪なんだから、先生って。難しいことを今は訊かないで……。気持いいことに没頭できなくなっちゃう」

夏美は粘っこい視線を送りながら、甘えた声を投げてきた。東川にはそれが挿入を許すという意思表示に思えたけれど、確信を得るところまでには至らなかった。

敏感な芽がさらに膨脹する。硬さも増す。つけ根のあたりに溜《た》まっているうるみは粘度が強まり、生々しい匂いも濃くなる。男を欲しがっている反応だ。それは二十一歳でも三十八歳でも変わらない。

「夏美ちゃんは、ぼくのものに興味があるのかな」

「変なことを言うんですね」

「というと?」

「興味がなかったら、わたし、こんな恥ずかしい格好はしません」

「だったら、関心があるとぼくにわかるように振る舞って欲しいな」

「これだけでは物足りませんか?」

「ちょっとね。互いに求めあっていると実感したいよ」

「先生のおっしゃっている意味はわかりますけど、初めてなんですから、無理です」

「夏美ちゃんに早く慣れて欲しいね……。そのためにも数多く、ぼくに触ることが大切だよな」

夏美の足の間に入っていた軀をずらし、彼女と並んで横になった。彼女の手首を握り、股間に導《みちび》いた。ズボンの上から屹立《きつりつ》している陰茎を撫でるようにうながした。彼女を全裸にしたけれど、自分はまだ洋服を着たままだった。

彼女は陰部を撫でようとはしなかった。その代わりに、洋服を脱がしはじめた。

東川は全裸で仰向けになった。

シングルベッドから下りた夏美は膝立ちしている。

彼女に見下ろされて緊張していく。二十一歳の視線を強く感じる。気恥ずかしさが募《つの》ってくる。さりげなく上体をよじって、彼女の目から逃れる。そうすることで、恥ずかしさからも遠ざかろうとする。どうしてなのか？　陰茎は萎《な》えてはいないから、そのことが理由ではない。

彼女が見ているのが、四十三歳の男に現れている老いに思えてならなかった。そこから彼女は、年齢差を感じ取ろうとしている気がした。

「先生って、何か運動しているんですか？　引き締まっていますね」

「まったく何もしていないよ。夏美ちゃん、あんまりじろじろ見ないで欲しいな」

「どうしてですか。先生はさっき、早く慣れて欲しいって言っていたじゃないですか」

「慣れるために数多く触れて欲しい、と言ったつもりだったんだけどな」

東川は言うと、腹筋に力を入れた。下腹に沿って屹立している陰茎が跳ねた。音が出そうなくらいの勢いだった。先端の笠の外周がうねり、細い切れ込みからは透明な粘液が滲み出ていた。たぶんそれは、洋服を着ていた時から溢《あふ》れていたはずだ。

「ほら、触って……」

腰を上下に小さく動かしながら、東川は淡々とした口調で囁いた。夏美は二十一歳の女の子なのだ。四十三歳の男がいくら普通の話し方だと思っていても、それが通用しない危険性がある。そんな時、淡々とした口調は無難だ。オヤジくさいと言われることはないし、下品なおっさんとくさされることもない。

彼女の手首を摑《つか》んだ。今度は、陰部に引き寄せる必要がなかった。彼女自ら、陰茎に触れようとして動かしていた。

てのひらが陰茎を包む。指先がわずかに震えている。表情はこわばっていて、集中した眼差しは真剣そのものだ。陰茎に触ることに慣れていないのがよくわかる。

「ちょっと怖《こわ》い……」

「震えているのがわかるよ。だけど、それも気持いいな」

「ヘンタイですね、先生って」

「ひどい言いがかりだなあ……。君のことが直《じか》に感じられるからこそ気持がいいって言ったつもりだよ」

「最初からそう言ってくれたらいいのに。頭のいい先生って、どうして、難しくこねくりまわした言い方をするのかなあ。もっと直感的にわかる表現にしてもらえると、会話がスムーズに流れるのに」

「ぼくはこれでも十分にスムーズだと思うけど……」

彼女はにっこりと微笑むと、陰茎を垂直に立て、ゆっくりとしごきはじめた。笠がひしゃげるくらいに、幹《みき》を包む皮を引き下ろす。笠の端に溜まっている透明な滴《しずく》が流れ落ちる。すぐにまた滴が溜まる。それを指の腹で拭《ぬぐ》う。彼女は二度三度繰り返した後、陰茎を離した。

夏美はベッドに上がった。ごく自然に、足の間に入ってきた。正座の格好になって覗《のぞ》き込んできた。

陰茎はもちろんのこと、お尻のほうまで丸見えだ。そこまで見られると覚悟が決まる。老いのことも気にならなくなり、恥ずかしさも感じなくなった。見たいなら全部見ればいい。見せろと命じられたらそれに従うまでだ。そんなことを思うと、痛快な気分になり、性的な興奮も強まった。

ふぐりを撫でられる。指の腹で何度も。縮《ちぢ》こまったふぐりは感度がよくなっている。彼女の触り方も上手だ。下から上に、皺の凹凸に触れるかどうかの微妙なタッチですっと撫でていく。

彼女はさりげなく舌を出してくちびるを拭う。口が渇《かわ》くのだろうか。興奮を鎮《しず》めようとしているのだろうか。やわらかそうなくちびるだ。唾液《だえき》に濡れたくちびるの境目が妖しく光る。上下の歯の間から垣間《かいま》見える舌のぬめりを目にしていると、男性経験が豊富な女性ならではの妖艶さがある。経験が少ないとは思えない。

「触って欲しいな、もっと……」

東川はねだるように腰を上下させた。

物足りなかった。短時間でここまで触れ合ってきたのだから、次はくわえてくれてもいいだろうと思う。大胆だけれど、これが流れだ。男女の触れ合いはスムーズな流れが大切であって、この流れを途切《とぎ》らせることなく進むことが重要なのだ。

ところが夏美はこの流れを無視して、自分の思い描く流れに運び込もうとした。それは東川にとってせつない宣告だった。

「今日のところは、これくらいが限界。もういいでしょ?」

「もういいって、どういうことかな」

「今夜はここまで。わたしのことを大切にしてくれるなら、我慢して」

「ぼくのことを試しているのかな。だとしたら、それって幼稚すぎないかい?」

「幼稚だなんて、ひどい。わたしのこと、バカにしないでください」

「バカになんてしていないって。男の欲望についてあまりに知らなすぎると言っているんだよ」

「先生の性欲をなんとかしてあげたい気持はあります。でもね、今はセックスやフェラチオをしないことのほうが大事に思えるんです」

「ぼくのことを警戒しているのかい？　信用ならない男だと？　夏美ちゃんのことを単なる火遊びの相手と考えているとでも思っているの？」

「そのとおりです」

「そうじゃないって……」

「真剣なんですか？」

「もちろん、そうだよ」

「だったら、奥さんとわたしのどっちを取りますか？　そう訊かれたら、先生、困るでしょ？　訊かないから安心してください。だけど、真剣なつきあいだと言っていると、わたし、本気にしますよ」

「わかった、わかった。若いのに、いろいろと厳しいところを突いてくるなあ」

「自分のことを大切にして生きていきたいだけです」

夏美は言うと、陰茎を掴んできつく握った。わたしのことを遊びの女程度に扱ったら怒るわよ。そんな意味が、握ってきた彼女の指の圧力にこもっていた。

東川は起き上がった。何もしないとしたら、このまま裸でベッドに横になっているのはおかしい。時間もまだ早い。寝るわけにもいかない。

「せつないなあ……。まさか、この齢になってこんなにやるせない気持になるなんて」

「意地悪したんじゃないんですから、先生、わかってください」

「おあずけをくらったのか、断られたのか。どっちなのかな」

「どっちの意味もあります。先生、結論を急がないでください。わたしたち、はじまったばかりなんですから」

二十一歳の女の子にいさめられ、なぐさめられていた。仕方がない。次の機会が訪れるのを待とう。東川はようやく全身を巡《めぐ》っていた欲望に整理をつけた。無理に迫ったりはしない。そのあたりの自制心はさすがに強い。

「次に会った時は、もっと強引に迫るから、そのつもりで。いいね、夏美ちゃん」

「わかりました、先生。やさしくてよかった。無理強《じ》いしてくるかもしれないと思っていましたから」

「そうして欲しかった?」

「そんなことになったら、今夜限りで終わっていました」

「ということは、また会えるってことだね」

「ええ、もちろん」

夏美は大きくうなずいた。Ｆカップの豊かな乳房が波打った。乳首は硬く尖っていて、乳輪も迫り上がったままだった。彼女の高ぶりが次に会う時まで持続することを願いながら、東川は洋服を着た。

第二章　年齢差の味わい

夏美の思惑《おもわく》どおりに、物事が進んでいるのかもしれない。東川は夜中にふっと目を覚ましてはそんなことを考えることが何度かあった。

彼女の部屋を訪ねてから、明日で二週間が経《た》つ。十四日間。会わなかったことによって、彼女への想いが膨らんだ。そればかりか、セックスしなかったことで、彼女にぶつける欲望も増幅《ぞうふく》したようだった。つまり、東川にとって二週間が、彼女と会わずにいられる限界だったのだ。

荻窪《おぎくぼ》駅から歩いて八分ほどの病院を出た。東川はのびをひとつした後、腕時計に目を遣《や》った。

午後十時二十分。診察の受付時間は午後九時までと遅いためだ。心を病《や》んでいるサラリーマンでも通えるようにという院長の方針によるものだ。

新宿《しんじゅく》駅の東口の改札で、夏美と待ち合わせしていた。少し遅めのデートだ。

午後十一時前に、東川は約束の場所に着いた。夏美もほぼ同じタイミングで、改札を抜けてきた。彼女の元気そうな表情を見て、東川は安堵した。

「夏美ちゃん、遅い時間にごめんね。それにぼくの都合で新宿で待ち合わせたのは、まずかったな」

「どうして？　わたし、新宿大好きですから」

「リスクマネジメントができていないんじゃないかい？　夜の新宿は危ないところなんだからね」

「そうかなあ。面白いところですよ。日本中で新宿がいちばん猥雑《わいざつ》でエネルギッシュな街だと思います。それに、意外と若い女の子にとってはやさしい街じゃないですか」

大学生の頃から新宿を怖い街と刷《す》り込んできた東川は、夏美の言葉を危なっかしいと思いながら聞いていた。彼女にとっては刺激的な楽しい街なのだろう。それにもしかしたら、二十数年前と比《くら》べて、今のほうがずっと安全なのかもしれない。でも、あまりに無防備すぎる。やさしいのは表の顔であって、裏には別の怖い顔がある。

伊勢丹《いせたん》の近くのバーに向かう。そこはかれこれ十年近く通っている店だ。同僚の女医と飲んだことはあるが、個人的な関係の女性を連れて行くのは夏美が初めてだった。そういった意味のことを歩きながら言ったけれど、感激した様子はなかった。

地下の階段の前で立ち止まると、東川はもう一度、彼女に向かって囁いた。

「夏美ちゃんが初めてなんだ、ぼくのお気に入りのこの店に連れてきたのは」

「ねえ、どうして立ち止まるんですか？　早く入りましょうよ」

「感想を聞きたいと思ってね。どういう気持かな」

「どうって、何が？　店に入っていないんだから感想なんて言えません」

「店についての感想ではなくて、初めて連れてきたっていうことについてだよ。わかっていてとぼけたのかい？」

「わたし、お医者さんの初めてなんていう言葉は信じません。だって、そうでしょ？　お医者さんはモテるし、セレブなんだから」

「嘘《うそ》じゃないって。ほんとに、夏美ちゃんが初めてなんだから」

夏美は二十一歳とは思えないくらい冷静だった。初めてという言葉に弱いと思っていたのは、間違いだったらしい。それにしても、アンバランスだ。新宿のことをやさしい街だと真顔《まがお》で言ったかと思ったら、大人の男の心の裏を読んだりもする。訳知りのところと、大まかなところがアンバランスに混在している。

階段を下りる。七十年安保闘争があった年の暮れにオープンしたという店だ。階段も手すりも古めかしい。

鋼鉄の重いドアを開けて店に入った。ジャズが流れている。照明が暗いために、目が慣れるまで歩けない。立ち尽くしていると、髭《ひげ》をたっぷりとたくわえた五十代後半のマスターが声をかけてきた。

「いらっしゃい……。東川さん、珍しいですね、女性連れだなんて。だけど、残念ながらごらんのとおり、テーブル席はいっぱいなんですよ」

「それはよかった。カウンターに坐りたかったから好都合だ」

東川はすかさず切り返して微笑んだ。店がいくら混んでいるからといって、ほかの店に行くつもりはなかった。とすれば、愛想のひとつでも言って素直に坐るほうがいい。そうやって人間関係は円滑につくっていくものだ。

カウンターに坐った。夏美は時間をかけて店を見渡していた。今はほとんど見られなくなった何千枚というレコードが壁一面に詰まっている。ジャズばかり。彼女にとっては何もかもが新鮮だったようだ。

「どうして、先生は思ってもいないことを言えるんですか？　カウンターに坐るつもりで来たんじゃないんでしょう？」

「そうだけど、いいんだよ、これで」

「わたしだったら、ほかの店に行っちゃうかも。また来ますねえって、笑って出て行きます」

「さすがに強者《つわもの》だな……。裸で横たわっている男の望みを聞き入れなかった女性だけのことはあるな」

「相変わらず、先生って意地悪。いつにもまして皮肉っぽい気がします」

　東川は曖昧《あいまい》な微笑で応えると、生ビールを注文した。この店はボトルキープするスタイルだけれど、一度もキープしたことがない。敢《あ》えてそうしなかった。長居をする店の雰囲気ではないと思っていたから。二、三杯飲んだら、さっと出る。そういうのが似合う店なのだ。そのことを夏美に説明してみたけれど理解してもらえなかった。

「先生って変。ボトルをキープしていたほうが常連ぽくて、カッコいいと思うけど？」

「ほかの人がどういうふうに見ているかなんて関係ないよ。自分の思うままにしたほうがカッコいいと思うけどな」

「わたしとはまったく違います。先生、ここまでいろいろと違っている年下の女の子と一緒にいて、楽しいですか？」

「もちろん、すっごく楽しいよ。ほんとだからね。この点については深読みはなしだ、わかった？」

　強めの口調で言うと、生ビールのタンブラーを口元に運んだ。東川は以前から、「自分の思うままにしたほうがカッコいい」と思っていた訳ではない。齢を重ね、経験を積んだことで、そう言えるようになった。今は夏美のような女性と一緒にいるのが楽しい。

　二十代の頃は、たとえば一緒に映画を見たら、同じような感想を抱く女性が好みだった。感想を言い合うことで、互いを高めあうことができると本気で思っていた。でも、それは三十代前半に変わった。

三十代になると、自分の感覚だとか学んできたことだけを信じるようになった。女性から得られるものはないと思うようになり、高め合うという発想もなくなっていた。ちなみに、そんなふうに思っている時に結婚した。

四十代になると、変化がまた起きた。精神的にも金銭的にもゆとりができたせいだろう。女性の考えに興味を持てるようになり、話をじっくりと聞けるようにもなった。進歩だと思う。そういう流れの中で、夏美と出会った。

変化したのは、自分の感性や考え方だけではない。妻との関係も、結婚当初からすると大きく変わった。

新婚の頃は夫婦というよりも、アツアツのカップルだった。お見合いだったせいだろうか、結婚してから恋愛しているようなところがあった。

寛子を常に感じていたかった。そんな思いを叶えるために必要なことが、東川にとってはキスだった。朝起きた時、挨拶代わりにキスをしていた。出かける時もキス、帰宅した時もキス、寝る時もキス。食事をとるといってはキスをしたし、お風呂に入る前と後にもキスをしていた。それがいつの間にか、キスの回数は減り、ついにはまったくしなくなってしまった。自然の成り行きだと思いながらも、東川は悲しかった。深い愛情で結ばれていると信じていたのに、あっさりと変わってしまうとは。時間の怖さを感じたし、愛情のもろさや弱さも同時に感じた。

ＢＧＭのジャズの演奏が、トランペットからピアノに変わった。セロニアス・モンク。この店で何度も聴《き》いた曲だ。過去のことを考えていたけれど、ピアノの音とともに夏美のことに意識が変わった。肌を重ねたことはあるけれど、本当の意味ではまだ深い関係になってはいない。

「今夜は、無理強いしてもいいのかな？　夏美ちゃん」

「今夜はだめなんです、ごめんなさい。わたし、部屋に戻って仕事をしないといけないんです」

「仕事？　どうして？　デザインの仕事って、家でもできるの？」

「できる仕事を持ち帰ってきたんです。提出の期日が迫っているんです」

「そっか、仕事か……。だけど、要領よく仕事はしないといけないよ。そんなことを言っても、二十一歳では無理だろうけどね」

「忙しいのって、ほんと、いやですね。自分のやりたいことができないでしょ？　悲しくなっちゃう」

「当然だよ。忙しいっていう漢字はね、心を亡《な》くすということだからね」

「そんな意味があったんですね」

「だから、気をつけたほうがいいよ。忙しいって言うと、心をなくしてしまうからね」

「言わないように、これから気をつけます、先生」

「心をなくすのは自分だけじゃないんだ。忙しいって言われた相手の心も、なくすことになってしまうからね」

「ありがとうございます、先生。ほんとにためになります」

夏美に説教している気分になってきたので、それを変えるために、大きく一度、深呼吸をした。今夜も素直に帰ろう。次に会う時こそ、無理強いしてでもセックスを果たそう。彼女もそれを望んでいるはずだ。

「早く次のチャンスが来るといいな」

「焦らないでください、先生。今夜でまだ二回目のデートなんですからね」

「回数ではなくて、情熱が問題になるんじゃないかな」

「両方とも大切なんですよ。二十一歳でもそれくらいのことはわかっているつもりです。先生、勘違いしないでくださいよ。わたし、いつでもオーケーの軽い女ではありませんから……」

「わかっているつもりだよ。だから、こんなに我慢しているんじゃないか」

東川はにっこりと微笑んだ。そして自分を納得させるように、深々とうなずいた。

夏美に対してはいつも微笑んでいる気がする。内心はそうでなくても、男としてのゆとりを見せるためにだ。彼女はそれを信じる。微笑も男のゆとりも自信についても。

東川は心の底から、夏美と出会ってよかったと思う。彼女に信じてもらっているということが、男の自信につながっている気がするからだ。しかも、その自信は仕事へのやる気を生み、生活に張りももたらした。頭の中では、自信がいろいろな効果を引き出してくれるとわかっていたけれど、実際に経験してみると、こんなにも素晴らしいものかと驚いた。

「次には必ずだよ。約束してくれるかな」

「約束します。わたし、計算して焦《じ》らしているわけじゃありませんから」

「うん、わかっているよ」

「わたし、先生のこと、大好きです」

夏美が微笑んだ。店の暗い照明の中だったけれど、瞳がキラキラと輝いた。なんて可愛らしいんだ。東川は笑顔を浮かべて応えながら胸の裡《うち》で誓った。絶対にこの子を手放さないぞ、と。

第三章　男と女の差

「ねえ、あなた……。ぼんやりしちゃって、どうしたのよ」

ダイニングテーブルでコーヒーを飲んでいる妻の寛子が声をかけてきた。

土曜日の夜十一時を過ぎたところだ。帰宅したのは一時間ほど前。同じ精神科の医者の男友だちと飲んでいた。彼の名は岡田隆弘《おかだたかひろ》。妻もよく知っている男だ。

彼とは今夜、「飽き」をテーマにしながら飲んだ。世間話をしているだけではつまらないから。リラックスしたいなら、別の方法を考える。脳を活性化させる会話が楽しいのだ、お互いに。

「飲んできたからね、ちょっと眠くなっただけだよ」

「いやですからね、若年性《じゃくねんせい》のボケになんてなったら……。息子に手がかかるんですから。がんばってくださいよ」

「わかってるって。そんなふうになっちゃった時は、どこかの施設に入れてくれてかまわないよ」

「いい施設に入るためには、たくさん稼《かせ》いでおいてもらわないと」

「まったくもう……」

東川はため息を洩らすと、テレビ画面に視線を遣った。冷たい女だ。夫に対してこんなにも冷淡になれるものなのかと、怒りを通り越して感心すらしてしまう。

理由はわかっている。夫に飽きてしまった結果だ。長い結婚生活のせいかもしれない。でも最大の理由は、飽きてもかまわないと思ったことだろう。東川はそう考えている。

妻の環境では、飽きないように努める必要がない。父親が開業医で、実家は裕福だ。その恩恵を、彼女はいまだに受けている。両親それぞれから、今も小遣いをもらっているようだし、実家に送られているお中元やお歳暮の品を勝手に持ち帰っている。恵まれた環境にいることが、夫に頼らなくても大丈夫だという思いにつながり、飽きてもかまわないという気持を自然と育《はぐく》んでいるのだ。

妻を責める気にはならない。かつては怒る気持もあったけれど、今では、金持ちの家に生まれて育った者の宿命だと思っている。だから、そうした真理を結婚前に見抜けなかった自分に怒ったり悲しんだりするくらいだ。

「わたし、先に休ませてもらいます」

「ぼくのことは気にしなくていいから。少し飲み足りないから、ひとりで飲むかもしれないよ」

「これから飲むんですか？　わたし、酒の肴《さかな》はつくりませんからね」

妻は念を押すように言うと、ベッドルームに向かった。

妻の考えや行動を非難しようとは思わなくなった。諦《あきら》めてしまったというより、妻を改造するくらいなら、別の女性で満足を得ようと思うようになったからだ。そのほうが希望と期待を持てるのだ。

夏美という存在がそんな考え方にさせてくれているのだと思う。彼女のおかげで、人生が豊かになった。妻との関係について思い悩むという不毛な時間がなくなった。それだけでも幸せだ。

東川は妻の背中に声を投げた。

「明日の予定は？」

「子どものためのオーケストラというコンサートを鑑賞してきます。朝から出かけますから、食事は適当に済ませておいてください」

「夕食もかい？」

「実家に寄ってきますから、晩ご飯もいただいてこようと思っているんです。あなたもいらっしゃる？」

「ぼくはいいよ。それなら出前で済まそうかな」

「そうしてくださると助かります」

妻は抑揚《よくよう》のない声で言った。安堵やうれしそうな雰囲気が、彼女の声の響きからも、表情の奥からも滲《にじ》んできていた。それくらいのことはわかる。なにしろ、大学生の頃から、趣味が人間観察なのだから。

電車とか喫茶店とかデパートといった人の集まる場所では必ず、周囲の人たちの行動を観察した。男女の区別もなければ、年齢も関係なかった。

妻はうれしがっている。

長年の人間観察の経験が、そんな結果を導き出した。

午前零時二十分。

東川は壁に掛かっている時計に目を遣った後、妻の寝室のドアを見た。

ドアは閉じられたままだ。変化があったわけではない。妻は三十分前には寝室に入っているから、今は間違いなく熟睡している。それなのに妻のことが気になったのは、たぶん、酔いが回ったせいだ。

妻を抱きたい。二本目の缶ビールを飲み干したところ、唐突にそんな衝動が湧き上がった。何ヵ月ぶりか。いや、何年ぶりだろうか。大げさではない。あまりに久しぶりの欲望に戸惑ったくらいだ。

東川は立ち上がった。酔いが勢いをつけさせてくれた。

妻の寝室のドアを開けた。そんなことができたのは、夏美との出会いによって生まれた男としての自信のおかげだ。抱きたいという気持に忠実でいようと思った。それができることも、男としての自信があったからだ。

妻の寝室に入った。足音を忍ばせながら、ベッドの脇に向かった。廊下の明かりが差し込んだおかげで、妻の顔がはっきりと見えた。

三十八歳の女の素顔。眉毛がほとんどないけれど、彫りの深い美形だ。鼻が高くて目が大きい。二重《ふたえ》瞼《まぶた》もくっきりしている。

妻の寝顔を久しぶりに見た気がする。抱きたいという思いは衰えないどころか、いっそう燃え上がった。セミダブルのベッドに、妻の長い髪が広がっている。そうした些細なことが、男の性欲を喚起《かんき》する。

「寛子……。寝ちゃったかい?」

眠っているとわかっていながら、東川は妻に声をかけた。恐る恐る。しかもひそめた声で。起こすつもりならもっと大きな声をかけて、揺り動かしたりしてもいいのにと思ったけれど、そんなことはしなかった。

妻は目を覚まさない。東川は部屋を出る。足音をたてないように気をつけながら。ドアを閉める。カチリという金属音が小さくなるように慎重にドアノブを引いた。

リビングルームに戻り、ソファに坐った。背もたれに寄りかかったところで、安堵のため息をついた。全身から緊張が解《と》けていくのを感じた。妻の寝室に入るということが、いかに非日常になってしまったかと驚き、無茶なことをしたと思った。

午前零時三十分。

東川はテレビ画面から視線を外して、廊下に目を遣った。

妻の寝室のドアが開いた。それだけなのにドキリとした。寝室に入ったことについて、妻に非難されると感じたからだ。

妻はトイレに向かうこともなく、リビングルームに入ってきた。いやな予感がさらに膨《ふく》らむ。夜中に喧嘩《けんか》したくない。

「あなた、ずっとここにいました?」

妻の尖《とが》った声が飛んできた。今の今まで残っていた抱きたいという衝動が失《う》せていく。いくらパジャマのボタンの隙間から豊かな乳房が垣間見えていてもだ。

「さて、どうだったかな……。トイレには行ったけどな、どうして?」

「とぼけちゃって。わたしの部屋に入ってきたでしょう? わかってるのよ、起きていたんだから。どうしてノックもしないでこっそり入ってきたの? びっくりするじゃない。わたし、心臓が止まるかと思ったわ」

「起きていたなら、ほんとのことを言うしかないか……」

「何、本当のことって」

「寛子を抱きたいと思ったんだ。久しぶりだから、照れちゃってね……、とりあえず寝室に忍び込もうと思ったわけだ」

妻が驚いた顔で見つめてきた。ふたりのこれまでの関係を表すかのように、驚きだけで、妖しい雰囲気が漂ったりはしなかった。残念ながら、瞳を覆う潤みがいきなり厚くなったりもしなかった。

「わたしのこと、からかってるの？」

「本心を言ったまでだよ」

「変ね、あなたって」

「そうかなあ。夫婦として考えたら、ごく普通だと思うけどな。それを変だと思う寛子のほうが変だな」

「本当に、したいの？」

「さっきはすごくしたかったよ」

「ということは、今はしたくないっていうこと」

妻は腕組みをして、対峙《たいじ》するように向かい合って立っていた。その格好のまま深々とうなずくと、ソファに腰を下ろしてきた。

妻の肩を抱いた。拒《こば》まれるかもしれないと不安になりながら。

でも、妻は受け入れてくれた。

指先が震えている。妻とセックスすることはもうないと思っていたし、それでもかまわないと心の整理をつけていたから。妻も緊張しているらしい。息をひそめている。いつだったか忘れたけれど、初めて触れ合った時のような緊張感にふたりとも包まれている。

「変な気持……。わたし、もう寝ますね。手、離してください」

「どうしようかなあ。久しぶりにせっかく触れたんだからもったいないな」

「その気がないくせに、うわべだけの言葉を無理に言わなくていいですよ」

「寝るのかい？」

「そうします。ここにいたって仕方ないでしょ？」

妻に淡々とした口調で言われて、男の気力は萎《な》えた。肩から手を離した。それをきっかけにして妻は立ち上がった。一度も振り返ることなく、「おやすみなさい」と小声で言っただけで自分の寝室に入っていった。

午前零時五十分。

東川はまた、妻の寝室に入った。妻が起きているだろうという前提で。案《あん》の定《じよう》、妻はまだ眠ってはいなかった。

おかしなことをしていると思う。妻とのセックスに執着しているというわけではないのにだ。不毛なことをしているとか、無茶なことをしていると思いながらも、寝室に入らずにはいられなかった。

「入る時は、ノックくらいしてください。親しい仲にも礼儀あり、ですからね」

「ごめん。ここに入るのには、勇気を振り絞らないといけないからね、ノックすることを忘れてたよ」

「何しにきたの？」

「やっぱり、したいんだ。これ以上の理由はないと思うけどな」

「どうしても？」

「今夜を逃したら、当分の間、ぼくは自信を取り戻せない気がするな」

「変です、自信だなんて。夫婦なのよ、わたしたちは」

「夫婦だけど、普通の夫婦ではない。それくらいのことは、寛子だってわかってるだろ？ そうか……。わかっていながらそう言うってことは、いやだってことか」

「独《ひと》り合点《がてん》しないでよ。わたしはひと言も、いやだとは言っていません」

「だったら、ベッドに入らせてくれてもいいんじゃないかい？」

「仕方ないわねえ、入っていいわよ。言葉ではどうしても、わたしが負けちゃうなあ」

「わざと負けてくれたんだと思うな」

東川はくすくすっと笑い声をあげながら、ベッドに潜《もぐ》り込んだ。

すぐに、生温かい空気に包まれた。妻の温かさだ。体温や息遣いや火照《ほて》りの混じった湿り気のある温かい空気。懐《なつ》かしいようなせつないような気持になる。それでも、今は性的な高ぶりは湧き上がっていない。理由はわかっている。緊張を強いられているからだ。心情をはかることに集中しているからでもある。これほどまでに気を遣わせる妻でいいのか。そんな想いが巡りながらも、気を遣わないわけにはいかない。それがいやならベッドを出てしまえばいいのにそれもできない。

腕枕をした。妻は最初、腕をねじ込もうとしているのに、頭をまったく上げなかった。協力したくないというより、腕枕して欲しくないといった雰囲気だった。それでも腕枕をした。やはり、自信のおかげだ。

妻の頭の重みを感じる。久しぶりに味わう妻の生々しさだ。やわらかい肌の火照りを感じて、陰茎の芯が刺激を受けた。

何の前触れもなく、妻がいきなり、頬にくちびるを寄せてきたのだ。頬にキス。そして、ディープキス。しかも、妻が上になって。舌を絡めてきた。妻の荒い鼻息が吹きかかった。

興奮には興奮で応えないと、高ぶりを増幅しない。妻以上の荒い鼻息をしながら舌を動かす。唾液を送り込むと、妻もすぐに返してくる。口の端から洩れる呻《うめ》き声。言葉にならない喘《あえ》ぎ声。そこに唸《うな》り声が混じる。

妻のパジャマのボタンを素早くすべて外した。

「ちょっと待って、あなた」

妻の慌てたような声があがった。愛撫しようとしている手に触れてきた。いやがっているというより、戸惑っているといった気配だ。

「どうした?」

「それはわたしのセリフです。どうしたんですか? まさか、本当に求めてくるなんて思わなかったから」

「といっても結婚したんだから、セックスしなくなるほうがおかしいんじゃないか?」

「そうかしら……。ごく自然なことじゃない? 長年連れ添った夫婦に、性的なつながりがなくなるのは、おかしなことではないと思います」

「賛成はできないけど、寛子のその考えは認める。だったらその代わりに、ぼくの性欲も認めて欲しいな」

東川は思いきって言うと、さらに勇気を振り絞って、勃起している陰茎を妻の太ももになすりつけた。

「やめてください……」

思いがけない妻の冷徹な言葉に、東川は驚いた。ここまで自分の心の裡《うち》を明かしているのに……。舌打ちをして不快感を表したいのを我慢して、陰茎を押しつけた。

「やめてください」

妻の同じ言葉が耳に入った。どうしていやがるんだ？　受け入れることも妻としての役割ではないか？　こんな基本的なことさえできないのか。怒りと悲しみと呆《あき》れる気持が一瞬にして胸の裡で入り交じった。それでも東川はくじけなかった。勃起した陰茎をもう一度、妻の太ももになすりつけた。

久しぶりに妻のベッドに入って、パジャマまで脱がしているのに、なぜ拒むのか。努力と勇気を必要としたのに、それに対しての褒美《ほうび》はないのか。妻が持っている女のやさしさは、夫の性欲を受け止めないのか。

東川は精神医療の現場にいるのに、妻の心の裡を読み取れなかった。

解明できないものにぶつかった時、人はふたつのタイプに分かれる。好奇心を湧かせる人と、怖がって避ける人とに。言うまでもないけれど、東川は前者である。だからこそ、人の心が相手の仕事ができるし、その仕事を愉《たの》しいと思うのだ。

東川の胸には、夫を拒む妻の心への好奇心が湧き上がっている。それに、男の性欲も抑《おさ》えられない。だからどんなに妻に拒まれても退散しないつもりでいた。

パンティの上から割れ目を撫でる。デザインよりも機能重視の木綿《もめん》のパンティだ。扇《せん》情《じょう》的だった夏美のパンティと比《くら》べるのはかわいそうだ。割れ目がつくる溝に沿《そ》って指の腹を這わせる。

乳房は豊かだ。仰向《あおむ》けになっているけれど崩れてはいない。子どもを産んだとは思えないくらいだ。そうはいっても、三十八歳なりではある。二十一歳の夏美の肉体と同じということにはならない。

パンティを脱がした。「やめてください」という言葉は、さすがにもう、妻の口からは出てこなかった。割れ目への愛撫が効果を発揮したようだ。性的な高ぶりが理性を吹き飛ばしたのかもしれない。

「あなたって、変……」

妻が闇の中でうわずった声をあげた。沈黙を破るためだけの言葉ではなさそうだった。疑問が満ちていた。「やめてください」という言葉と同じくらいに、男の高ぶりに冷や水を浴びせる効果がありそうだった。

何が変なんだ？　妻にそんなことを言われたのは初めてだ。変と言われてもうれしくなかった。

大学生の頃までは、変人と言われることがうれしかった。特別な人間と言われている気がしていたからだ。でも、四十歳を過ぎてからは、変と言われて素直に喜ぶ感覚はなくなった。今さらこの齢《とし》になって、変か変ではないかといったことを話題にしたくなかった。それが今の自分の正直な気持だ。

自意識が薄くなったのではない。変かどうかといったことが重要なことではなくなったということだ。言い換《か》えれば、そんなつまらない評価に頼らなくてもいいくらいにまで自信を培《つちか》えたというわけだ。

「何が変なんだい?」

「強引だから……。やめてって頼んだら、必ずやめてくれる人なのに。今夜に限ってすごく変」

「理性では抑えられないくらいに、寛子が欲しくなったからじゃないかな」

「自分のことなのに、あなたってそんなふうに他人事みたいな言い方をするのね」

「照れているだけさ。他人事と思っているわけがない」

「ほんとにしたいの?」

「どうして、訊くかなあ、そういうことを……。せっかくの気持が萎えちゃうじゃないか。それとも、ぼくの勢いを削《そ》ぐつもりなのかな?」

「あなたが酔っているからよ。からかっているんじゃないの?　違う?」

「うまいなあ、すごく」

「何が?」

「男の気持を萎えさせるのが……」

「そんなつもりはないわ」

「新婚の頃はお互いに熱烈に求め合っていたのに、今では理由を言わないと求めることもできなくなったんだからね」

「あの頃は特別だったと思います。お見合いだったから、互いが互いを知ろうと努力していたのよ」

「それはある意味、正しい気がするな。ということは、今はもう知っちゃったから、性的なことはなしってこと？」

「そうじゃないけど、タイミングがずれているっていう感じかしら」

ああ言えばこう言う妻だ。ひとつとして素直にうなずくことがない。

自信があるからだ。実家が裕福だからという理由ではない。子どもを産み、子どもに愛情を注《そそ》ぐようになったことで得た自信だ。

子どもが三歳になった誕生日に、妻にはっきりと言われた。

『あなたよりも子どものほうが信用できる気がするの。どうしてかって？　あなたとは血がつながっていないけど、この子とはつながっているの。冷静に考えて、血のつながっているほうが信頼できると思わない？』

あの時の妻のあっけらかんとした表情を思い出す。重大なことを言ったという意識が感じられなかった。普段から感じている気持を明かした。そんなふうな表情だった。

今の妻を欲情させるのは難しいのかもしれない。同時に、女の心を読み解くというのも難しいと思う。理解できない自分を拙《つたな》いと思ってしまう。同性ではないのだから理解できなくて当然なのに、それを精神科医という職業が乗り越えさせてくれると考えているからだ。

　妻の手が掛け布団の中で動いた。

　陰茎に触れてきた。もちろん、ズボンの上から。今この瞬間の妻の指の動きは女そのものだ。妻としての義務感が動かしているのではない。だから勃起が強まった。男が鋭く反応した。

「おっきくなってる……」

「齢《とし》をとったら、できなくなるんだからね」

「どういうこと？」

「男としての機能が衰えるってこと。欲情しているのに勃起しなくなるんだ。想像したくないけど、いつか、そんな日が来るんだよ」

「不思議ね、男の人って……。プロのあなたにとっては、不思議でもなんでもないでしょうけどね」

「わからないことだらけだよ。女も男も不思議の塊《かたまり》だ」

「あなたは学究肌だから、知りたいでしょうね、全部を。男と女の心と軀についてのすべてを把握したいんじゃない？」

「できることなら、わかってみたいね」

「結婚する前後って、そういうことを熱く語っていたでしょ？　心を把握して、病んでいる人を治したいって」

「仕事への情熱は失っていない。好奇心もなくしていないつもりだよ」

「わたしが今、何を考えているか、わかる？」

「わからないなあ、残念ながら」

「こうしたかったのよ」

妻は言うと、素早くファスナーを下ろして、ズボンの中に手を入れた。勃起した陰茎をパンツの上から押してきた。愛撫のつもりだろうか、それとも、勃起していることを確かめているのだろうか。

妻の真意がわからなかった。しかし、疑問が拡《ひろ》がることはなかった。真意をわかろうと思わなかったからだ。わかったところで愉しいこともないと思ったからだ。

妻の指がパンツの中に入ってきた。

細くて華奢《きゃしゃ》な指から、成熟した女の高ぶりが放たれている。東川はそれをはっきりと感じながら、ここにいない夏美の心を理解したいと思った。妻の心ではない。

二十一歳の心はきっと単純で純粋だろう。だからこそ、理解したい。

東川はふっとそう思った。それを妻の愛撫を味わいながら思うとは……。

男心も貪欲《どんよく》で複雑だ。しかし、理解できる。自分の心だから。いや、そうではない。たとえ、他人のことであっても、男の心ならば理解できる。同性だから。それに年齢を重ね、男としての経験が増えたことで、想像力に幅ができたのだ。

「もう、いやな人」

妻の口から不快そうな言葉が洩れた。それとともに、細くて華奢な指が陰茎から離れた。パンツからも遠ざかった。

突然のことに、何が起きたのかわからなかった。女とはこういうことを平気でする生き物だ。不愉快だと思いながらも、東川は表情に出さないように努めた。

「何がいやなんだい？　せっかく味わっていたのに……」

「そう？　わたしのことなんてうわの空だったでしょ？　わかるのよ、それくらいのことは。いくら長い間、触れ合っていなくたってね」

「気のせいだよ」

「そう言うと思ってました」

妻は尖《とが》った声を投げた後、険しい表情で睨《にら》みつけてきた。なぜ睨むのか。それについてはわかった。だけど、そもそも、なぜ、うわの空だと感じたのかがわからなかった。

夫がうわの空だったら、いやでも快感に集中するような愛撫をしたらいいと思う。それをしないで怒ってしまうのは、妻として最低ではないか。

「女ってわからないな」

東川はうんざりした口調で言うと、妻のベッドから離れた。

夏美のやさしい笑顔を思い浮かべた。彼女の心に触れたいと思う。彼女が愛おしい。自分のベッドに横になりながら、深呼吸をひとつした。今この瞬間、二十一歳の女性に心を癒《いや》されていると実感した。

第四章　突然の冒険

妻との交わりが不調に終わったおかげで、夏美との再会が早まった。残業があるはずと言っていたけれど、無理を言って時間をとってもらった。

東川は今、彼女の部屋にいる。妻に挑《いど》んだ夜から二日しか経《た》っていない。

今夜が二度目の訪問だ。１ＤＫの部屋。見慣れたせいか、初めて訪ねた時よりも狭さは感じなかった。

彼女は訪問をいやがった。東川が無理強いしたことで実現した。

どうしても会いたかった。妻と交わろうとして湧き上がった欲望が消えずに残っていた。それを夏美を相手に完全に燃焼させたかった。妻にもう一度挑むことも考えたけれど、二度目を拒《こば》まれたら、本当に嫌いになりそうな気がした。だから東川は欲望のほとぼりが醒めるまで妻を求められないと思って諦《あきら》めた。

壁にかかっている四角い掛け時計の数字は午後八時五十四分だ。

二十一歳の部屋。女性の匂いが充満している。掛け時計の下側の壁には、何枚もの写真が画鋲《がびょう》で留《と》められている。若い男と撮ったプリクラもある。テニスウエア姿の写真もあれば、スキー場での姿もあった。

この部屋では、ベッドに寝転がってすべてができるようになっている。テレビの位置も寝転んで見ることを想定している。テレビやビデオ、エアコンといったリモコン類も手を伸ばせば取れるところにある。ケータイの充電器も同じ場所にあった。

東川は椅子に腰をおろしている。この部屋での特等席だ。客の居場所はそこ以外にない。ベッドにいきなり坐れるくらいの無遠慮な性格ではない。どちらかというと気を遣《つか》うほうだ。女性よりも細かいことに気づくことも多い。

「ふたりきりでいると、ちょっと照れますね……」

夏美がコーヒーを入れたカップを机に置くと、クスクスッと笑い声を洩《も》らした。愉《たの》しそうな笑顔だ。ほどよく緊張している。だからこそ、幼さが見え隠れする。

四十過ぎの男の胸に、彼女への愛《いと》しさがこみあげてくる。でもそれは、恋愛感情というよりも、保護者の気分のほうがより近い感情だ。

自分の心がいくつにもわかれているのだと感じる。彼女と同い年になった気にもなるし、先輩社員の目線になっていたりもする。多重人格といったシリアスな問題ではない。恋をしている男の心は千変万化《せんぺんばんか》する。年齢がいくつであっても、恋をすれば心は千々《ちぢ》に乱れるものだからだ。

「照れてくれたほうが自然でいいよ。何も感じずに堂々とされたら、年上の男でも引いちゃうからね」

「自然に動いているつもりなのに、ぎこちないでしょ？　先生の目はごまかせないでしょうから正直に言いますけど、わたし、今、すっごく恥ずかしいんです」

「コーヒーを置いた時の指、細かく震えていたね。波紋が広がっていたのを見たよ。普通の波紋よりもきれいだなって思ったんだ」

「意地悪過ぎます、先生」

「齢《とし》をとってくると、単純な言葉が口にできなくなるんだよ。夏美ちゃんが可愛《かわい》いって言ったつもりだったんだけどな」

「ほんとですか？　わたしには意地悪な言葉にしか聞こえませんでした。裏側に誉《ほ》め言葉があるなんて……」

「単純に言える人が、ほんとに、うらやましいと思うよ」

「わたしは単純だから、単純に言ってくれるとうれしいな」

「そのためには、もっと近づかないとな」

東川はベッドの端に腰を下ろした。寄り添う程度の近づき方だった。彼女の体温が感じられるくらいがよかった。

東川は自分の太ももを軽く二度三度叩きながら、彼女と視線を絡《から》めた。それが何を意味していたのか、二十一歳であってもわかるはずだ。

「澄ました顔しながら、先生、大胆なことを求めるんですね」

「わかったかい？　ぼくが夏美ちゃんに何をして欲しいかってこと……」

「誰だってわかります。あからさまなんだもの」

「それで？」

「少し落ち着いてください。部屋に入ってからまだ、十分くらいしか経っていませんよ」

「これでもずいぶんと待ったつもりなんだけどな。年上の男を焦《じ》らすもんじゃない」

「もう、ほんとに強引」

夏美は朗《ほが》らかな声をあげると、仕方ないといった表情をつくった。腰を浮かしたかと思ったら、ぶつかるような勢いで躯《からだ》を寄せてきた。

二十一歳の全体重が左右の太ももに乗った。重い。むっちりとしたお尻の弾力を味わう。彼女の尾てい骨と自分の大腿骨が当たる。彼女の背中と自分の胸板が重なる。

「やさしいんですね、先生って」

夏美はお尻をぐりぐりと押し込みながら言う。半身になって、首を回してきた細い腕に力を込める。たっぷりとした乳房が胸板に触れる。

「あらたまって言われると、奇妙な感じがするよ。ぼくはいつだってやさしいけど？」

「今日が何の日か、知っていますか？　正確には、約二時間後ですけど」

「夏美ちゃんの部屋を訪ねた二度目の日……」

「ずるいなあ、先生は」

「間違いではないよね」

「ほかに思いつかないんでしょう？　まったくもう……。今日はね、わたしの誕生日なんです。午後十一時ちょうどだったそうです」

「えっ、そうなの？」

東川は本当に驚いた。不意打ちを食らった気分だった。

「どうして教えてくれなかったのかな。恥をかいちゃった気分だよ」

「先生に気を遣わせたらいけないって思ったんです」

「君が生まれていなかったら、ぼくたちは出会わなかったんだよ。ということは、ぼくにとっても大切な日ってことだ。お祝いする権利があるんじゃないかな」

「ごめんなさい……。そこまで考えていませんでした」

彼女は申し訳なさそうな表情を浮かべながら頭を下げた。瞳には涙が滲《にじ》んでいた。

東川は鈍感ではない。彼女の悲しみが理解できた。誰かに祝ってもらいたかったはずだ。今夜会うという約束を強引に入れなかったら、どうなっていただろう。仕事をしていた？　友だちにお祝いをしてもらっていた？　いずれにしろ、ひとりで過ごすことはなかったはずだ。

「ぼくのせいなんだね。ぼくが強引に約束したからいけなかったんだね」

念を押すように言うと、半身になっている彼女の表情を覗《のぞ》き込んだ。

首を小さく振る。そうではないという意思表示だけれど、悲しげな表情のために、逆の意味に思えた。

「これからどこかで食事しないかい？　それとも、お酒でもどうかな」

「いいんです、そういう気の遣い方をされるのって好きではありませんから」

「でも、何かしてあげたいよ。さっきも言ったように、お祝いする権利がぼくにはあるんだからね」

「だったら……。わたしを愉しませてください。齢のこととか関係なく、たっぷりと可愛がってください」

「望むところだ」

彼女をきつく抱きしめた。指先では当然のようにブラジャーの上から乳房に触れた。ゆっくりと揉んだ。カップの部分をずらして乳房の感触を味わった。

彼女が生まれた日につながったら、特別な意識が芽生《めば》えるかもしれない。

夏美のブラウスを脱がした。勢いづいていた。ブラジャーもためらうことなくいっきに外した。

見事な乳房だ。お椀の曲線よりも急峻《きゅうしゅん》なラインを描いている。円錐《えんすい》を横にしてさらに上向きにしたといったところか。そんな表現をしても大げさとは思えない。しかも、夏美の乳房には、下卑《げび》た猥雑《わいざつ》さを寄せ付けないエロティシズムがあった。神々《こうごう》しいのだ。それでいて、男の欲を刺激する妖《あや》しさが匂い立ったりもしていた。

ズボンの中で息づいている陰茎は、芯から硬く尖《とが》っている。四十三歳とは思えないくらいの隆起だ。先端の笠の外周が何度もうねっている。細い切れ込みには、透明な滴《しずく》が溜《た》まったりもしている。

二十二歳の女体が動くたびに、鼓動が速《はや》くなる。胸がしめつけられる。ため息が自然と洩れる。口の底に唾液が一瞬にして溜まる。触るのがもったいない気がしたかと思ったら、触っていないと自分の手からすり抜けてどこかに行ってしまうのではないかと不安になったりもする。

夏美が欲しかった。自分の手の中に入れてしまいたかった。できることなら、かばんに入れて持ち帰り、好きな時に愛《め》でることができればと思ったくらいだ。

自分がこんなにも貪欲な男だと感じたことがなかったから、東川は今の自分の高ぶりに少なからず驚いていた。

理想とする精神科医というのは、抑制《よくせい》のきいた精神の持ち主で、性的なことにも動じることのない人物だ。そうならない今の自分にがっかりしていた。が、こんな自分だからこそ愛おしいと思ったりもした。

夏美を押し倒した。

シングルベッドが軋《きし》んだ。壁まで揺れている気がした。現実なのに、非現実的な感覚。二十歳《はたち》そこそこの女体を味わえるという現実感がないことに由来しているのだ。

右の乳首を口にふくむ。みずみずしい。乳首も乳輪も。舌の上で弾む。上向き加減だから舌で転がしやすい。幹《みき》は見た目よりも、舌先のほうが硬く感じられる。幹に浮かぶ細かい皺《しわ》もはっきりとわかる。乳首の先端は平らになっているけれど、愛撫するたびにうねって平らではなくなる。

彼女の擦《かす》れた呻《うめ》き声があがりはじめる。ためらいがちに。くちびるに手をあてがったりもする。濡れた瞳が艶《つや》やかに輝いている。

スカートの内側に手を入れ、膝《ひざ》を割る。拳《こぶし》がふたつ入るくらいにまで足を広げていく。女の恥じらいが太ももに力を入れさせている。いかにも若い女性らしい反応だ。愛撫を受け入れていながらも、それを認めるのが恥ずかしいといった雰囲気なのだ。初々《ういうい》しさを愛おしく思う。無性《むしょう》に、夏美を抱きしめたくなる。

「夏美ちゃんと会うたびに、好きになっていくのがわかるな。誕生日、おめでとう。生まれてくれてありがとう」

「さっきも同じことを言いましたよ。先生、ぼけちゃったんじゃないでしょうね」

「うれしいんだよ、君と出会ったことが」

「直球なんですね、言葉が。わたし、変な気持になっちゃいます」

「ところで、夏美ちゃんは、二十二でよかったんだよね。それとも、今日、二十一歳になったのかな」

「二十二です」

「よかった、確かめておいて」

「齢をとっていて、残念でした？」

「ははっ、一歳くらいの違いなんて、どうってことないな。ぼくくらいの年齢になるとね、正直言って、同じようなものさ。みんな、眩《まぶ》しいくらいに輝いているから」

「わたしのことを話したんじゃないんですか？　もうひどいなあ、一般論で済ませるなんて。心を診《み》ている先生なのに、デリカシーがなさすぎます」

「世代のギャップがあるんだろうな……。若い子のことがわかっていないから、ぼくはモテないんだね」

「先生って、たくさんの女性にモテたいんですか？　わたしひとりにモテるだけでは満足しないってことですか？」

「突っかからないで欲しいな。今夜は特別な夜にしたいんだから」

「わたしは冷静です。幸せな気分でもあります。先生がわたしを苛つかせているんです」

東川は応えようとしていた言葉を呑《の》み込んで微笑《ほほえ》むだけにとどめた。今はいくら話しても噛み合わないだろう。こういう時は、黙って微笑んでいるに限る。結婚生活で培《つちか》った知恵だ。そんなことが独身の夏美にも有効だというのは面白い。

東川はもう一度、乳首を口にふくんだ。乳輪ごと勢いよく吸いながら、スカートを脱がした。今度は、太ももに力は入っていなかった。膝を揃えようという気配も感じられなかった。

ブラジャーと同じデザインのパンティだ。ピンクのレース。Tバック。陰毛の茂みのあたりだけがピンクが濃くなっている。

生々しい匂いが湧き上がっている。もちろん、陰部から。とりわけ、太もものつけ根のあたりからだ。割れ目を守っているあたりにはじっとりとした染みがすでに浮かび上がっていた。

染みに鼻をつける。すぐに左右の太ももが顔を挟んでくる。火照《ほて》りをはらんだやわらかい肉に圧迫される。少し息苦しい。でもそれも気持いい。鼻から入ってくるのは、割れ目を源《みなもと》とする生々しい匂いがほとんどだ。くちびるを開くと、口の中にまでその匂いが充満する。

舌を這わせる。うるみと唾液がピンクの繊維の上で混じり合う。生々しい匂いが薄らぐことはない。その逆に、濃さを増していくようですらある。

厚い肉襞《にくひだ》はめくれている。Tバックの端《はし》から見て取れる。舌先でもはっきりと感じる。

内側の薄い肉襞も、舌の愛撫を求めているかのように立ち上がって大きく波打っている。

Tバックを脱がす。ここまでくると、さすがにゆとりはない。くちびるで挟んで焦らしながら下ろしていこうと思ったけれど、そんなことはできなかった。両手で勢いよく下ろした。


午後十一時ちょうどだ。

夏美が生まれた時刻になった。

「誕生日、おめでとう」

「ありがとう、先生」

二十二歳になった夏美は今、生まれたままの姿だ。

誕生日とほかの日では、どんな違いがあるのかわからない。とにかく、特別な日だ。

「きれいだよ、すごく。生まれた日に生まれたままの姿を見られるなんて、ぼくは男として幸せだな」

「そんなにじっと見つめないでください。観察されているみたいです」

「ぼくのことをなんだと思っているんだい？　今は普通の男だよ」

彼女は仰向けのまま、微笑みながら足を開いた。

繁茂している陰毛の茂みの奥から、割れ目があらわになる。粘《ねば》っこいうるみがゆっくりと溢れ出てくる。水のようにすっと流れることはない。蜂蜜《はちみつ》のようにとろりとしている。ベッドの上にいきなり落ちていかない。粘っこいことが、彼女の性欲の強さを表している気がしてならない。これを文学的と言うべきか、俗っぽい言い方と思うべきか。

「先生も裸になってください」

夏美にうながされ、東川は素直に従った。

ベッドの端に膝から足先を出している彼女の前で、東川は全裸で立った。隆々とした陰茎の姿を見せたかった。誕生日に交われることが、男にとっていかに幸運であるかを、陰茎の激しい勃起を見せることによって、彼女にわからせたかった。

でも、東川はわかっていた。そういう想いは伝わらないと。彼女が若い異性だからではない。言葉以外に自分の想いを乗せて伝えようとしても、相手はそこまで斟酌《しんしやく》しない。勃起は勃起でしかない。男の幸運という意味を、勃起から感じ取れるわけがない。

今ではごく当たり前のようにそれを受け入れているけれど、十代の頃はわからなかった。想いが強ければ、どんな形であっても伝わるし、伝わらないとすれば、想いが足りないからだと思っていた。そういうことが見当外れで意味がないとわかったのは、医師として働きはじめてからだ。

「ふたりとも生まれたままの姿になって、誕生日につながるんだ。何か特別なことが起きたとしても不思議ではないな。そう思わないかい？」

軽口のつもりで言うと、夏美は不安な表情をつくった。

「特別な日って、あんまり強調しないでください。本当に何かが起きるかもしれないから……」

「可笑《おか》しいなあ、夏美ちゃんは。お祝いの日なんだから、何かが起きるとしても、ふたりにとって素晴らしいことじゃないかな」

「わたし、誕生日にいいことがあったという記憶がないんです」

「悪いことがあった？」

「そうなんです。去年は泥棒に入られたし、その前の年は、隣の部屋がぼやをだして、この部屋まで水びたしになったたし、三年前の誕生日にはやっとできた彼氏と別れたんです。その前の年は、財布を落として、自転車をパンクさせられて、サドルまで盗まれて……」

「ほんと？　すごいね。それが全部、誕生日にまとめてきたってこと？　話をつくってない？　すべてノンフィクション？」

「もちろん、そうです。だから、あんまり特別な日って言って欲しくないんです」

「だけど、今夜は大丈夫。ぼくがついているんだから。君よりもずいぶんと年上で分別もあって、冷静さも分析力も持ち合わせている男がすぐそばにいるんだ」

「頼もしいということはわかっています。お願いですから、今夜だけは、妙な話題は切り出さないでくださいね」

「ははっ、びくびくしないで。ぼくがついているじゃないか。大船に乗ったつもりで、今夜を愉しもうよ。これまでの分も、取り返すつもりでいいんじゃないかい？」

東川は明るい声で言うと、くちびるを広げて割れ目を覆《おお》った。

粘っこくて生々しい匂いのうるみが口の中に流れ込んできた。呑み込んでもすぐに溜まる。うるみは薄くならずに、濃さを増していく。

「ああっ、いい……」

夏美の喘《あえ》ぎ声から恥じらいが消えていく。口に当てていた手も今はない。瞼《まぶた》を閉じている。気持よさに浸《ひた》ることに集中しているようだ。

うるみとともに肉襞も吸い込む。舌とくちびるで薄い肉襞をしごく。うるみを何度も呑み込む。彼女の足を目一杯開く。ざっくりと割れた厚い肉襞の奥に、割れ目のすべてが見える。

美しい。陰茎と違って漠然とした形なのに、輪郭がはっきりとした美しさを心で確かに感じている。

クリトリスは、乳房の円錐と同じくらいに急峻だ。うるみが白っぽく濁《にご》りはじめていて、それがクリトリスの先端を覆う。彼女は快感に没頭している。誕生日に災《わざわ》いが降りかかっていた過去のことなどもう忘れているだろう。

夏美という女の子はなんて不思議な子だ。

東川はつくづくそう思う。二十歳そこそこなのに四十三歳の妻子持ちとつきあいたいと願ったことも、誕生日に災いを呼び寄せていたことも、信じられないくらいの美しい肢体《したい》なのに、男の気配がまったくなかったことも……。

性欲が満ちているのに、冷静にそんなことを考える自分をおかしいと思う。

彼女とは似た者同士なのかもしれない。二十歳以上も年齢差があるのに気楽に話せるのも、素直に心を明かせるのも、共通しているところがあると認めているからではないか。

彼女は四十三歳の精神科医の心を理解できるかもしれない。そうでなかったら、こんなにも急速に心を通わせられることはない。彼女は年齢差も性差も超えている。すごいことだ。

「早くひとつになりたい、先生……。ねえ、きて、入ってきて。わたしの奥までいっきに貫いて」

「淫《みだ》らでいやらしくて素晴らしいよ、夏美ちゃん。もっともっと、欲望を剝き出しにしてごらん。今まで無意識に縛《しば》ってきた心を解放できるはずだからね」

「ほんとに？」

「ぼくを誰だと思っているのかな」

「はい、先生でした。無料で治療してもらっているみたい……」

東川は前のめりになると、ゆっくりと彼女に覆いかぶさった。勃起した陰茎を割れ目に当てがった。

仰向けになっているのに、円錐の形をした乳房は素晴らしいラインを保ったままだ。乳輪は迫《せ》り上がりが増していて、くっきりとした段になっている。それだけでも十分に驚きなのに、乳首のつけ根のあたりだけがひときわ盛り上がっていた。遠目には三段になっているように見える。

陰茎を突き込んだ。焦らそうとしたけれどできなかった。欲望が胸いっぱいに満ちていて、衝動に突き動かされていた。

割れ目は窮屈だ。締めつけが強い。厚い肉襞だけでない。最深部のあたりでも、笠を圧迫してくる。

若さとはこういうものだったのかと感嘆した。肉体の愉悦《ゆえつ》と、こんなにもみずみずしい女体とつながっているという喜悦《きえつ》が交錯する。

「ああっ、すごい、先生。気持いいの、わたしのあそこが熱くて気持いいの」

「ぼくもだ……。すごいよ、夏美ちゃん、きついよ」

「言わないで、恥ずかしい」

「ひとつになった感想は?」

「うれしい……」

「それだけ?」

「ほかに思い浮かばない。気持いいことに没頭しちゃっているから」

東川は腰を強く突き込んだ。そのたびに、二十二歳になったばかりの彼女の湿った大きな喘ぎ声が部屋に響き渡った。乳房が波打ち、下辺が揺れ、それが頂点の乳首に連動し、胸元にまで広がった。

女体は波だった。海のように大らかだった。何かを生み出す源のようでもあった。だからこそ、東川にとって、ひとつになったことの悦《よろこ》びは深かった。

「ひとつになったんだね。感動しているんだよ、ぼくは。わかるかい？」

「そうなんですね。うれしいけど、意外です。先生の口から『感動』なんていう言葉が出てくるなんて」

「君が特別だから、当然だよ、この感動は」

「特別な日という意味ですか？」

「それもあったね……。特別な夜に、特別な女性と交わって、ひとつになっているんだ。感動するのは当然だよ」

「わたしはごく普通の女です。特技もありません。なのに、特別な女なんですか？」

「ぼくにとって特別であればいいんだ。さっき、夏美ちゃんがぼくに言ったじゃないか。いろいろな女性にモテたいのか、自分にだけモテればいいはずなのにって……」

「だって、先生が変なことを言って、気持いいことに浸らせてくれないから」

夏美は囁《ささや》くように言うと、瞼をゆっくりと閉じた。腰を突き上げて、陰茎を奥まで迎え入れる体勢をつくった。

割れ目の最深部は弾力に満ちた肉の壁だった。押し返してくる。うるみに溢れてもいる。たっぷりと。ほどよい温かさ。しかも適度にきつい。快感が陰茎全体に拡がる。どこまでもつづく。ひとつの快感で終わることはないから。割れ目は無数の快感があった。さらに、彼女の肌のぬくもりや円錐の形をした乳房、尖った乳首が愉悦をもたらす。くちびると舌、そしてねっとりとした熱い唾液が加わる。

「わたしたち、ひとつなんですね、先生」

「そうだよ、ひとつだ。心と軀がひとつになっているんだ。だから、こんなに気持がいいんだよ」

「ああっ、すごい。初めてよ、ああっ、こんな一体感なんて……」

「ぼくもだ」

「いってください。あなたといきたい。先生、早く」

全身に感動が走り抜けた。二十二歳の女性にきつく抱きしめられながら、「あなた」と呼ばれたのだ。どこまでも一緒だと思った。一緒に気持よさを味わい、一緒に昇り、一緒に果てよう。そうすれば、心と軀だけがひとつになるのではなくなるはずだ。魂《たましい》までもが一体になる。

東川は魂が存在していると思っていた。患者には明かしたことはない。妻にも、友人にも。でも、夏美にだけは打ち明けてもいいと思った。究極の悦びは、魂の一体感の共有だ。ふたりが信じていればそれはできる。

「もうすぐいきそうだよ、夏美ちゃん……。このまま、一緒にいくんだ」

「そのつもりです。だから、教えてくださいね、先生」

「夏美ちゃんの心と軀が、ぼくに寄り添っているのを感じるよ」

「先生が近くにいるのは、わたしも感じます。ああっ、わたしたち、同じことを感じているんですね」

「魂がひとつに融合するんだ」

「すごい……」

「わかるかい？」

「わからないけど、ゾクゾクしちゃう。魂ってほんとにあるんですね」

「あるとも。そうでなかったら、こんなにも夏美を感じられるわけがない。説明がつかないよ。魂が触れ合っているんだ」

　魂がどういうものかわからない。でも、感じる。穢《けが》れのない生きた魂だ。東川は快感が大波のように押し寄せているのも感じていた。肉の愉悦と魂の悦楽。狂ったとしてもおかしくない。今なら狂ってもいいと思う。狂え、夏美と一緒に狂え。

「いくぞ、夏美」

「いってください。わたしにあなたのすべてを注いでください」

「ひとつになっているんだ。すごい、すべてのことがひとつになっているんだ。心も軀も魂もひとつだ。わかるか、夏美」

東川は絶叫していた。夏美に声を投げかけることだけを考えていた。ひとつになっていることを、ふたりで味わいつくそうとしていた。

東川は果てた。夏美も昇った。


特別な日が過ぎた。日付が変わった。

一緒に昇った部屋には、いびきと静かな寝息が響いている。ふたりは、絶頂の後の幸せな睡眠の中にいる。

先に目を覚ましたのは、東川のほうだった。

自分がどこにいるのかわからなかった。横を向いていた。右肩を下にして。目の前に、男の胸板があったからだ。部屋は今、男のいびきだけに包まれていた。

何かが起きていた。

男の顔を見た。

東川はその瞬間、

「えっ」

と、声をあげた。

人生最大の驚きに襲われた。


その男の顔は自分だった。


何が起きたのかわからなかった。

隣で寝ていたのは夏美だったはずなのに。

冷静になれ、慌てるな。

東川は自分に言い聞かせる。深呼吸をする。二度。でも、冷静にはなれない。それに、とんでもない今のこの事態を把握できない。いくらあたりを見回しても、この不可思議な事態も変わらない。しかもこれは夢ではない。

東川彰という男がふたりになったということなのか？　自問し、すぐに否定した。違う、それは違う。確かめるために、東川は自分の手や腕を見遣《みや》った。その瞬間、心臓がヒクヒクするのがわかった。鼓動が止まるのではないかと感じるくらいに驚いた。想像を超える事態が起きていた。

心は四十三歳の東川彰そのものなのに、軀は二十二歳の夏美になっていた。

彼女の爪やマニキュア。見覚えがある。乳房も。たぶんそうだ。今までと乳房を見る角度が違う。男の場合は正面だとか斜めからの角度だけれど、今は見下ろしている。胸毛がチロチロと生えている男の胸板ではない。ふっくらとしていてやわらかそうな女性の乳房だ。乳首も太くて大きい。

「起きてくれ、夏美。とんでもないことになった……」

彼女を揺り起こす。でも、ためらってしまう。触れているのが男の軀なのだ。気味が悪い。乳輪の外側に沿って生えた毛が無気味だ。目を逸《そ》らした時、米粒くらいの乳首の脇に小さなほくろが視界にはいってきた。子どもの頃からあったほくろ。信じられない。ここで寝ている男は東川彰だ。

「ほら、起きて。とにかく、今すぐ起きるんだよ」

「なあに？」

眠たげな声だった。でもその声は夏美のものだ。よかった。男の軀だけれど、ここにいるのは夏美だ。

「目を開けてごらん。信じられないことが起きてるぞ」

「なあに？」

「寝ぼけた声を出していられるのは今のうちだけだから……。ぼくたち、入れ替わったみたいだ」

「何言ってるの？　寝ぼけているのはあなたのほうじゃないの？」

「とにかく、ぼくを見て。夏美の前に、石坂夏美という女がいるんだから」

「おかしなことを言うのね」

「パニックを起こすんじゃないよ。いいかい、冷静にこの事実を受け止めるんだ」

夏美を驚かせないように声をかける。そうすることで、自分が冷静になるのを感じる。四十三歳という年齢なりの落ち着いた声音《こわね》。でも、肉体は二十二歳の女性。だから、奇妙に感じられる。女性のハスキーボイスといった類《たぐい》ではない。男そのものの声を、若い女性が出しているのだから。

「あれっ？　何これ？」

夏美の第一声だった。

彼女の声は東川彰の口から出ていた。中年の間抜けな顔。自分の顔なのに、今はそれを客観的に見ていた。やはり入れ替わってしまったのだ。事実を告げられた気がして、愕然《がくぜん》とした。

「びっくりしただろう？　ぼくも信じられないよ」

「何かの冗談なの？　これって」

「いたずらでできることではないからね……。男女が入れ替わるっていう日本映画があったよな？」

「知らない、わたし……」

「そっか」

「信じられない。どうして、こんなことになったの？」

「とにかく、落ち着こう。騒いだって解決にならないから」

「どうして落ち着いていられるんですか？　そっか、あなたはわたしになったからいいんですよね。だからのんびりしていられるんだわ。四十三歳の中年男になったわたしの立場になってみてください」

「立場って言われてもなあ。ついさっきまで、ぼくはその立場だったから……。はいそうですかって、夏美の悪口に同意できないな」

「もう、いいわ」

夏美はベッドを飛び降りた。男の動きだ。中年とはいえ俊敏だ。全裸だ。絶頂に昇った後すぐに眠ったのだから当然だ。東川にはそれが奇妙に映る。全裸になった自分が洗面所に向かっているのだから。

思考回路がショートしそうだ。悪い冗談だといったレベルの意識から抜け出せない。このままでは解決方法が考えられないではないか……。

夏美は戻ってこない。洗面所に目を遣った後、東川は寝返りをうった。

乳房が大きく揺れた。東川は初めて経験する乳房の揺れに驚いた。肩に響く揺れなのだ。巨乳だから当然だろうと思うけれど、肩にずしりと響くのを感じるうちに、こんなに重いものを四六時中持っているなんて大変だと思うようになった。

乳房に触れる。

やわらかい。張りもある。肌が指に吸い付いてくる。夏美の軀はこんなにもみずみずしかったんだ、と素直に感動する。この女体をもう味わえなくなるのかと思うと残念だ。そう思ったところで、思考回路が男そのものだと気づいた。

乳首を指の腹で圧迫した。あっ。小さな呻き声が洩れた。敏感な乳首だ。それは男の立場で想像していたものよりはるかに強く鋭い性感帯だ。女のことをわかったつもりになっていたのだと思い知らされる。

割れ目に指を伸ばす。夏美にとって大切な場所。今しがたまで、東川が陰茎を挿し込んでいたところだ。

じっとりと濡れていた。もちろん、めくれていた外側の厚い肉襞は閉じている。でも、わかる。奥が濡れていることが。男の感覚によってわかるのか、女の感覚によるものなのか、どちらなのかわからない。

クリトリスを探《さぐ》る。

厚い肉襞をめくる。ねっとりしたうるみが染み出てくる。

長い爪が肉襞に絡みつく。でも、痛くはない。痛みを感じそうになると、爪をすっと離すのだ。指が勝手に反応している。ということは、肉体だけでなく神経回路も夏美のものということだ。

夏美が戻ってきた。

バスタオルで胸を隠している。それは恥じらう女性の行動様式であって男のそれではない。夏美はまだ自分が男の軀だということを受け止めていないようだ。

東川は横を向き、目をそらした。自分の軀が近づいてくるのを見ていられなかった。怖《こわ》かった。男に無理矢理、迫られている感じがした。その男が自分なのだから、なおさら、おぞましかった。

「夏美、目が赤いよ……。洗面所で泣いていたのかい?」

「鏡に映る軀を見ているうちに、怖くなったの。元に戻れなかったらって最悪のことを考えるうちに、自然と涙が溢れてきちゃいました」

「中年男の軀をまとっているけど、夏美は二十二歳の女の子なんだな」

「わたし、考えたの。どうしてこうなったのかって」

夏美は淡々とした口調で言う。冷静でいようとしている。彼女なりの努力。目をつぶっていると愛しさがこみあげてくるけれど、目を開いてしまうと、そんな気持はすっと消えてなくなる。男に対しては、女性に対するものと同じ愛しさは生まれない。たとえそれが、四十三年間慣れ親しんできた自分の顔と肉体でもだ。

「結論は出たのかい?」

「出ました」

「解決策も見つかったのかな」

「思い返してみれば、すぐにわかることだと思います」

「というと?」

「わたしたちが入れ替わる前にしていたことって何だったか覚えていますか?」

「寝ていたな、ふたりとも。その前は、激しいセックスをしていた」

「そう、セックス。あの時のセックスを思い出してください」

「すごくよかったなあ。夏美と深くつながったと心と軀で実感できた気がするよ」

夏美はうつむいた。あけすけな言い方に、彼女は恥じらったようだ。変だ、やっぱり。二十二歳の女性らしいけれど、そのしぐさをしているのが四十三歳の男なのだから。もっとはっきり言うなら無気味だ。

「最高のセックスをしたでしょう?」

「そう思っているよ。心と軀が気持よかったから、ぐっすり眠れたんだと思うな」

「わたし、絶頂の瞬間、あなたとひとつになった感じがしました。心が溶け合ったといったらいいのかしら……」

「ぼくも同じように感じたな。ふたりの魂がひとつになったようだった」

「それです」

夏美が勢い込んで言った。東川も気づいた。

そうだ、それだ。

ひとつになったのは精神的な思い込みではなかったのだ。

物理的に融合し、そして、別々になった。その時、間違えてしまったのか。それぞれの魂が戻るべき肉体を。なんとも早とちりな魂か。

「ということは、もう一度、同じことをやってみればいいということかな」

「そういうことです。できますか？」

「たぶん。熟睡したからね」

東川は応えたものの、やはり、奇妙に思えてならなかった。男の肉体を持っている時と同じ感覚で考えているけれど、それではいけないのではないかと思う。

意識は中年男でも、肉体は二十二歳なのだ。二度でも三度でもセックスできる体力がある。それがないのは、中年の肉体をまとっている夏美のほうだ。つまり、心配すべき立場にあるのは、若い肉体をまとっている東川のほうなのだ。

「セックスは肉体が主体となるから、ぼくが心配すべきだよ。できるかなってね」

「そうでしょうか？　わたしは違うと思います。肉体が主体のセックスでは、魂がひとつにならないんじゃないですか？」

「わからない。そういうことまで考えていなかったからね。夏美もそうだろ？　魂なんてことを思いながら、いったわけではないよね」

「照れちゃいます、わたし。真顔で自分にそういうことを訊かれちゃうと……」

「照れるのは禁止。ぼくだってすごく変な気分なんだよ。女の立場で自分の軀に触れるわけだから、正直いやだよ。それを我慢するには、まずは照れるのを止めるところからはじめないと……」

「そうですね、照れてる場合じゃない」

「ところで、セックスではどっちがリードすべきかな。やっぱり、肉体は女でも、男の心を持っているぼくのほうかな」

「先生が決めてください。早く元に戻らないと、とんでもないことになっちゃいます。わたしたち、入れ替わったままで生活をしないといけなくなってしまいます」

「社会性とは肉体によって成立しているということがよくわかるな」

「感心している場合ではないでしょう。こんな時に分析するなんて、不謹慎です」

「よかったよ、ゆとりが生まれてきた証拠だ。さっきまでは、ほんと、いっぱいいっぱいだったからね……」

「で、どうするんですか」

「今は、成り行きに任せるしかないだろうな。肉体のほうに、無理矢理、心を合わせることはできないはずだからね。中年男に成りきってセックスするなんてことは、夏美にできないものね」

「できません、そんなこと」

「結論は出た。心を優先させながらセックスしよう」

東川は断言したが、確信があってのことではない。心がこれ以上のストレスを感じないようにすることを考えただけだ。


中年男になった夏美が乳房を舐めはじめた。

乳首はすっと硬くなる。目で見てはっきりとわかるくらいに大きくなる。米粒ほどの大きさしかない男の乳首とはまるきり違う。

感度も違っているようだ。女の肉体のほうが、敏感らしい。乳首を舐められただけでも、うっとりとする。自然と呻き声があがりそうになる。男の意識がそれを阻《はば》む。照れるのを禁止したのに、ついつい、自分にブレーキをかけてしまう。ダメだ。こんなことではセックスに集中できない。もっともっと快感に没頭するんだ。男の意識でもいいし、女の意識でもいいから。東川は自分を叱咤《しった》し、愛撫に集中する。

「たっぷりと舐めてくれるかい?」

「東川さん、それって女に成りきりだしたってことかしら」

「どうかな。はっきりしたことはわからないけれど、おっぱいを舐めたり揉んだりしてもらっていると、すごく気持ちいいことは確かだよ」

「たぶんもう、すごく濡れているはず」

「どうしてわかるんだい？」

「わかるに決まっています。ちょっと前まではわたしの軀だったんですから……。濡れやすい軀だということは、わたしがいちばんよく知っています」

夏美のくちびるが下腹部に移った。

東川は喘ぎ声をあげた。

「ああ、いい……」

東川は心臓が止まりそうなくらいの不意打ちを食らった。

声が違っていた。

自分の声なのに、夏美の声だった。しかも、その声に刺激を受けた。

男の時には、刺激は勃起につながっていたが、今は違う。割れ目が熱くなった。狂おしいくらいに。放熱できないせいで身悶《みもだ》えしてしまう。これか、女の身悶えの正体とは。快感に酔っているからではなかったのか。愉悦による熱の高まりを操《あやつ》れなくなるせいだったとは。女になって初めてわかったことだ。

「わたしも興奮してきたみたい。ねえ、触ってみて」

中年男の声に変わった夏美がねっとりとした響きで囁く。なのに口調《くちょう》は、女だった時の夏美そのものだ。

「触るって、何を？」

「男のいちばん敏感なところです。ほかの男のものに触るんじゃないから、抵抗は少ないでしょう？」

「長年慣れ親しんできたものだからね。触るくらいは抵抗がないな。だけど、フェラチオとなると……」

「だめ？」

「わからない」

東川は半身になって寄り添っている男の肉体に触れた。

陰茎は勢いよく勃起している。頼もしいくらいに隆々《りゅうりゅう》としている。

手が震える。自分の陰茎なのに。少し怖い。

陰茎の印象がまるきり違う。これまではずっと見下ろしてきたものだけれど、今は正面から見つめているのだ。はっきり言うと、とてつもなくグロテスクだ。見下ろしている時のほうが美しい。でもそういうことを考えるのは不毛だろう。静岡《しずおか》県側からと山梨《やまなし》県側では、富士山はどちらから眺めたほうが美しいかという議論と似ている気がする。どちらもきれいであって、優劣はつけられない。

「先生、舐めてみる?」

夏美が腰を押し付けてきた。東川はそれを強引だと感じた。自分がやっている時は、やって欲しいという甘えであったり、おねだりという意味合いを込めていた。まさか、強引という印象になるとは。女性というのは、男が考える以上に繊細《せんさい》のようだ。

「やってみようかな。こういう機会でないとできないからね」

「そういう言い訳はいいんです。ほら、何も考えずに舐めて……」

「強引だな」

「自分でびっくりしています。中年男の肉体のせいかもしれません」

「ぼくはもっとつつましいぞ」

「そうかしら。ずいぶんと強引だった気がします」

「男と女では、感覚が違うんだよ。それが今、わかった」

「貪欲ね、先生は。こんな非常事態に、何かを得ようとしているなんて」

「貪欲というよりも、貧乏性が抜けないんだと思うな。どんな情況の時でも、何かを吸収しようとするんだ」

「言い訳はいいから、とにかく、やってみてください。くわえ方がわからないなら、気持よくさせることを考えてみてください。それを忘れなければ、おのずと、上手な舐め方になるはずです」

「アドバイス、ありがとう。なんだか変な気分だ」

「女に没頭するんです。そのほうが自然です」

中年男にうながされた。東川は軀を移して、仰向けになった夏美の足の間に入った。陰茎が屹立《きつりつ》している。見事だ。芸術的な美しさだ。ふぐりがひくついている姿は、うっとりするくらいに叙情的だ。

しかし、男の軀をいくら肯定的にとらえても、やはりおぞましい。女の肉体になっているものの、意識は男なのだ。

陰茎をくわえるなんて。この期《ご》に及んでも、想像しただけでぞっとする。

でも、経験だ。自分を励《はげ》ます。ためらっている背中を自ら押す。

股間に顔を寄せる。右手で陰茎を摑《つか》む。

中年男の顔を見遣る。夏美も見つめていた。視線が絡む。脇腹のあたりがこそばゆくなるくらいに気恥ずかしい。

女の気持が少し入り込んでくるのを感じる。不思議なことに、そんな気恥ずかしさがうれしい。女心というのはいかに複雑なものかと驚いてしまう。

「ほら、早く。ためらっていると、できなくなっちゃいます」

「口に入るかな、こんなに大きなもの」

夏美が腰を突き上げてきた。暴力的ともいえる動きだ。その迫力に負けたのかもしれない。顔をさらに寄せた。

陰茎をくわえた。

口の中に、陰茎のぬくもりが拡がった。

笠の外周がひくつくのを感じた。いや、その前に感じたことがある。口を陰茎だけで満たされているという感覚だ。その後すぐ、気持よくしてあげたいという気持になった。東川はうながされたわけでもないのに、くちびるで幹を圧迫し、尖《とが》らせた舌で裏側の嶺《みね》を突っついた。女心？　男であっても陰茎をくわえたらそんな気持になるのか？　とにかく、気持よくなって欲しかった。だから、夏美の反応が気になった。

薄目を開けて、彼女の表情を探る。仰向けになっているけれど、意外とわかるものだ。気持よさそうな顔をしているようだ。うれしくなって、胸の奥が熱くなった。くわえることの励みにもなった。もっともっと気持よくさせてあげたいという情熱が生まれる。

東川はこの瞬間、男でありながら女だった。

男の意識に女の意識が育《はぐく》まれていた。でも、そのことに気づかない。陰茎をくわえることに、舌を動かすことに、割れ目を中年男の太ももに押し付けることに夢中だった。つまり、女の快感を求めることに没頭していた。

第五章　新しい世界

東川は仰向けになっている。数十分経ったが、肉体は夏美のままだ。頭の中はあいかわらず混乱している。でも、ずいぶんと落ち着いてきたからだろうか。女の肉体や感覚といったものへの好奇心が強まっているからだろうか。

夏美はベッドの端に坐ってニヤニヤしている。といっても、彼女の外見は四十三歳の東川そのものだ。自分がそこにいないのがおかしいという思いは消えない。陰茎は屹立《きつりつ》したままだ。陰毛がへそまでつづいて生《は》えている。目の前にいる男の中年ぶりが生々しく迫ってくる。

自分でも信じられない。この中年男の陰茎をくわえたなんて。陰茎はまだ自分の唾液で濡れている。鈍い輝きが放たれている。ドキドキしてしまう。そんなことは男の時には些《さ》細《さい》なことだった。それが今、男から女に替わった軀《からだ》にとっては、強い刺激となっている。

男の時の欲情の場合、陰茎の芯やつけ根の奥のほうが熱くなる。けれども、女の場合は違っていた。割れ目の奥のほうが男と同じように熱くなるけれど、うずく感覚のほうが強いのだ。

もうひとつ、これは男とは明らかに違う。

割れ目が濡れていくのがわかった。男の場合、興奮してくると陰茎の先端から透明な粘液が溜まる。でも、四十数年生きてきて、それが滲《にじ》むことを意識したことはない。たぶん、たとえ意識しようとしてもできないだろう。それが女の場合、意識しようがしまいが、濡れてくるのが感じられた。硬い陰茎を挿入して欲しいとさえ願っていた。軀は女であっても、男の意識のままだというのに。

「クリトリスに触って。自分で触ってみて……」

夏美にうながされる。東川はドキドキしながら股間に指を伸ばした。

初めての経験だ。女の軀に替わった男の感覚では、クリトリスは乱暴に扱うと壊れてしまいそうなガラス細工の宝物だった。

東川は仰向けになったままで股間に目を遣《や》った。

マニキュアが光っている。乳房のふたつの膨《ふく》らみの谷間に、手の甲が見える。乳房が上下するたびに、乳首が細かく震える。しんなりとしていた陰毛の茂みが立ち上がってくる。それをてのひらで押さえ込むようにしながら、クリトリスを探《さぐ》る。

あった。

意外にもすんなりと見つけられた。指がクリトリスの場所を覚えているように思えた。

割れ目全体がうるみに濡れているのかと思ったけれど、クリトリスだけが特にじっとりと濡れていた。指の腹に先端の尖《とが》り具合が伝わってきた。しかも、震えている。指を振動させなくても、クリトリス自身が動いている。

円を描くように愛撫する。それは男の時の撫で方だ。十分に気持がいい。くちびるを噛みしめていないと「ううっ」という小さな呻《うめ》き声が洩れてしまう。東川は気づいた。強い愛撫でなくてもいいと。たとえば、指の熱気だとか、すっと指の腹を滑《すべ》らせてかすかに擦《こす》るとか。男の時には愛撫としての価値を認めていなかった些細なことが、痺《しび》れるほどの快感につながっていく。もしかすると、こういうことを知らせるために、天の采配《さいはい》として、男女の入れ替えがあったのではないか。自然科学では明らかに不可思議なことが起きたのは、そういう理由なのだろうかとさえ思ってしまう。

夏美がねっとりとした声音《こわね》で囁《ささや》く。もちろん、中年男の声だ。女の軀になった東川の耳の奥に、男の声が心地《ここち》よく響く。好きという思いも募《つの》ってくる。そういうことを考えると、自分が同性愛者になった気になる。奇妙な感覚。でも、外見は異性愛だ。精神的にも異性愛である。なのに、同性愛と思えるから奇妙だ。

「気持いい？　ねえ、先生、わたし、変な気持になっているの」

「自分の淫らな姿を見ているから？」

「うん、そう……。でも、それだけじゃないの、変な気持になっている理由って」

「なあに?」

東川も変な気持になっていた。言葉遣いが変化していることに気づいた。

男言葉に女性的な言い方が入りはじめていた。無意識のうちにそうなっていた。しかも、それを変だとは思っているのに受け入れようとしていた。男から女に、意識も変わろうとしているようだ。

東川彰という人間が持っている、ひとりの大人の人としてのアイデンティティが、すっぽりそのまま、女の意識の中に入って馴染《なじ》んでいく気がした。男のアイデンティティは確実に失《う》せていっている。

普通ならば恐慌に陥《おちい》ったとしても不思議ではない。アイデンティティが崩壊寸前なのだから。なのに、まったく動じていない。受け入れていた。しかも愉《たの》しんでいるところさえあった。東川は今、夏美という女だった。夏美であろうとさえしていた。

夏美がベッドにあがってきた。東川はさりげなく足を広げた。男となった夏美の欲望が見て取れたから。

陰茎が跳《は》ねている。挿入したいとつけ根から勢いよく何度も求めている。すごい。動物的な男の迫力だ。逞《たくま》しさや元気のよさといったことよりも、陰茎がほかの誰でもない自分を求めているという事実に、東川は喜びを感じた。女の意識が入り込んできた証拠でもある。うれしさと戸惑いが混じり合う。こそばゆい感覚。それは、男そのものの時には感じられなかった微妙な感覚だ。世界が変わっていく。不安と期待がせめぎ合う。喪失感と手応えが絡み合う。

「今すぐにセックスしたいんだけど、先生、心の準備はできていますか？」

夏美は中年男ならではのいやらしい表情で言う。にやついている。目尻のあたりと鼻のあたり一帯の筋肉が緩《ゆる》んでいる。男の性欲が剝《む》き出しだ。

「準備はできていると思うよ。自分でわかるから、濡れているって」

「そうでしょ？　女の感覚ってすごく敏感なんですよね。ちょっと妬《や》けちゃうな、そんな感覚を手に入れられた先生が……」

「夏美ちゃんは、怖い？　肉体がスイッチしたことが」

「当然です。先生は怖くないんですか？」

「愉しんでいるよ、今はね。どうやったら元に戻れるか見当がつかないんだから……。ジタバタしても無駄だものね」

「新鮮なんでしょ？　女になったことで、いろいろ発見ができているから」

「よくわかるね、夏美ちゃん。どうせすぐには元に戻れないなら、全部見てやろう、全部経験してやろうっていう気持に切り替わっているみたいだ」

「ずるい、先生。わたし、やっぱり妬けちゃう」

「どうして？　男だって面白いはずよ。女では絶対に経験できないことを、今こそやるチヤンスじゃない?」

「わたしが東川彰先生になるってことでしょう? 知識ゼロなのに、精神科の先生として生活するわけでしょ? 怖い、そんなのって……」

「それを言うなら、ぼくだって怖いよ。夏美ちゃんの友だちについてまったく知らないし、どういう関係なのかもわからない。それなのに、たとえば、ケータイで話したり、喫茶店で盛り上がったりする必要があるわけよね」

「わたしの辛《つら》さからすれば、大した辛さではないはずです」

「今の情況を受け入れられないってこと?」

「受け入れるとか受け入れないなんて、まったく関係ないと思います。現実をみれば、受け入れざるを得ないんですから」

「楽しくなさそうね」

東川はぽつりと呟《つぶや》いた。偶然によってもたらされた男女の変換が、つまらない話をしているうちに、指の間からするりと落ちていくように元に戻ってしまう気がした。だからこそ、セックスに集中したかった。

割れ目がうずく。めくれた厚い肉襞が波打つ。腹筋に力を入れると、割れ目の奥から肉襞を突き上げるくらいのエネルギーが出てくる。男にはない感覚。強《し》いて言えば、トイレに坐ってイキむ時に似ているだろうか。割れ目全体と肉襞、割れ目の奥と腹筋、乳房と割れ目。それぞれが連関《れんかん》している。少しずつ、自分のものになった女の軀についての感覚が隅々まで行き渡っていく。それが心地いい。なわばりが拡がっているようだ。その一方で、四十三歳の男の意識は薄らいでいく。

こんがりと焼けた肌が艶《なま》めかしい。指も腕も乳房も下腹部も。夏美のものだったのに、今は自分の軀の一部だ。それを中年男に替わった夏美に見せつけながら、自分の肌に触れる。うっとりとした表情を浮かべてしまう。それは男にはない反応。割れ目が恍惚《こうこつ》を求めているようだった。

足の間に男が入ってくる。押し潰《つぶ》されるような迫力を感じる。怖くはない。押し潰して欲しいという欲が膨《ふく》らんでいる。こんなふうに女は感じていたのか。

組み伏される感覚が喜びにつながっている。それはマゾヒストだとか、従属することに悦びを覚えるといった性癖《せいへき》とは関係ない。強い者への敬意である。それを素直に表せたことへの悦びなのだ。複雑だ。けっして単純ではない。女はいつもこの複雑な気持をさらりと呑み込み、男を誘っていたことになる。

「足を開いて、先生」

「はい、夏美ちゃん……。わたし、素直になってしまうから変な気分」

「先生、おかしい。今ね、『わたし』って言った」

「そうだった？　自分ではぜんぜん気づかなかった」

「女が軀に馴染んできたの？　違和感がなくなってきたってこと？　わたしのものだった女の軀を、先生に乗っ取られちゃったということ？」

「慌てないで、夏美ちゃん」

「わたし、戻りたいのに……。いやだ、絶対。四十男になるなんて」

「そういうことは、今は言わないで。つながって、ふたり同時に昇るの。ふたりが入れ替わった原因と同じことをもう一度やると決めたでしょう？」

「先生には悪いんだけど、ちょっと気味が悪いな、その話し方。まるで女。どうしてそうなったの？」

「夏美ちゃんだって同じよ。男っぽい話し方になっているんだから」

「ははっ、冗談でしょ」

「今までとはまるきり違う言い方……。でも、自覚できないのは仕方のないことかもしれないわね」

　夏美が上体を覆いかぶせてきた。

　重い。息苦しいほど。でも不愉快ではない。男と触れ合っている実感につながって、心地いいくらいだ。うるみがじわりと滲むのを感じる。

　陰茎が割れ目を掠《かす》める。軀の芯が熱くなる。喉《のど》が渇く。小さな喘《あえ》ぎ声があがってしまう。乳房を胸板で圧迫される。首筋を舐められる。その間も、割れ目全体を太ももで押してくる。全身に散らばっている性感帯をいくつも刺激されていく。

快感に彩《いろど》りがあった。赤色だったり朱色だったり。深々と息を吐き出す時は、新緑の風景が目に浮かんだ。女性がこんなふうに快感を豊かにとらえているとは想像もしなかった。何もかもが新鮮だ。元に戻れるという確約があるなら、女でいられることは愉しい経験となるはずだ。

「女の大切なところがうずいてくる……。ああっ、夏美ちゃん、どうしたらいいの？　もっともっと気持よくなりたいの」

「太くて逞《たくま》しいものを挿《さ》し込んで欲しいって、素直にお願いすればいいのに」

「恥ずかしい……」

「それって、すごく変。先生だってわたしに無理矢理言わせたでしょう？　いざ自分が言うとなったら恥ずかしくて言えないなんて……」

「確かに、そう……」

「ほら、言って。恥ずかしがっていたら、物事が先に進まないでしょう？」

「わかるけど、ああっ、言えない」

「ということは、本気で欲しくないってことになると思っていいのかな。たとえば、砂漠で喉が渇いた人がいたら、水を飲みたいって本気で願うでしょう？　先生はそうではないってことだものね」

「夏美ちゃんって、意地悪」

彼女が言っていることは正論だ。男の立場ならば支持するだろう。でも、今は賛成できない。女の感情が、「どんなに正論であっても、とりあえず、反対の意思表示をすること」と、天の声となって胸の裡《うち》で響くのだ。

女は子宮で考えるという言うけれど、どうやらそれは嘘《うそ》ではなかったらしい。今の自分を見るとわかる。感情が論理を凌駕《りようが》している。論理がいくら破綻《はたん》していても、感情を優先させている。しかもそれが心地いい。男をやり込めている気にもなる。

「ゆっくりと入ってみて……。夏美ちゃん、わたしが初めて受け入れるってこと、忘れないでね」

「何言ってるの。軀はあなたを一度受け入れているんだから、問題ないはず。きっと男の心が抵抗しているだけよ」

「おっしゃるとおりかな」

「女言葉に変わってきているから、気持のほうも抵抗がなくなっているんじゃない？　ねえ、先生、今の気持を素直に言ってみてよ」

「期待でワクワクしていますよ」

「それだけ？　もっと刺激的な言葉があってもいいんじゃない」

「気持よくなって、狂いたい……。初めてだからやさしくして欲しいけど、気持よさにも没頭してみたい」

「上品なんだなあ、先生って」

「目茶苦茶にして、とでも言えば気が済むのかしら、夏美ちゃんは」

夏美は応えなかった。その代わりに腰を上下させはじめた。陰茎の先端が割れ目を掠める。「あっ」。小さな呻き声をあげたが、夏美は黙っていた。

自分もかつてはそうだった。黙って口や腰を動かしていた。男はセックスの時にべらべらと話すのはおかしいと思っていたから。でも今は、男になった夏美に黙っていられると不安になる。セックスだけに夢中なのではないか、目の前で触れ合っている自分の心を慈《いつく》しんだりする気がないんじゃないかと。

先端の笠がまた掠めた。

細い電流が割れ目から生まれて背中を駆け上がっていく。粘り気の強いうるみがとろりと流れ出る。「ううっ」。喘ぎ声とも呻き声ともつかない濁《にご》った声が、口の端から洩れ出る。腰が自然と動いて、陰茎を迎え入れようとする。それでも、夏美は挿し込んでくれない。じれったい。口惜《くや》しいくらいに、主導権を握られている。でも、それがよかったりもする。東川はまさしく女だった。そして気づいた。

焦《じ》らされていると。男の時に自分が何度もやってきたのと同じだ。

「焦らさないで、お願いだから。ねえ、最初からハードすぎる。夏美ちゃん、お願い、夢中にさせて」

「四十三歳の先生が、おちんちんが欲しいって、涙ながらに頼むんだ。ふふっ、素敵」

「ああっ、もう十分に焦らしたでしょ？　意地悪しないでください……」

「これも自分の本性ってことかなあ。男になると性格が変わるのかもしれない。自分でコントロールできないな」

夏美は今度はゆっくりと腰を突き込んできた。本当にゆっくりと。焦らすつもりの動きではない。「ああっ、すごい」。期待感がみなぎり、自分の心の裡だけでは抑《おさ》えきれない。それが言葉として出てしまうのだから恥ずかしい。はしたない人間になってしまった気がした。男の時にはそんなことは考えたこともないのに。

男の重みが陰部に集中してくる。

もうすぐだ。初めてのセックス。

男にやられてしまう。しかもその男が自分自身なのだ。

陰茎が挿し込まれた。

頭の芯が痺《しび》れてクラクラした。割れ目がひくついた。外側の厚い肉襞が、陰茎の幹に絡みついていく。うるみが溢れ出る。「ああっ」。言葉にならない。感動にも似た高ぶりが全身を巡《めぐ》る。夏美に自分を委《ゆだ》ねたい。このままゆらゆらと愉悦に漂ってしまいたい。

根元まで陰茎を受け入れた。すごい充足感。口でくわえ込んだ時よりも全身を貫かれている感覚が強い。しかも幸せな気分。興奮と幸福を同時に味わえるなんて。男でいたら味わえなかった感覚だ。

「先生、すっぽりと根元まで入っちゃったよ……。なんだかすごく恥ずかしいなあ、元の自分の軀がこんなにも淫乱だったんだからね」

「ああっ、幸せ……。わたしのこと、好き？ 夏美ちゃん、教えて」

「嫌いだったら、こんなことするわけないいんじゃない？」

「そういう言い方じゃなくて、きちんと言って。好きって」

「わたしは今は快楽に没頭したいよ」

「言って、はっきりと」

「先生は女になっているんだな」

「そうみたい……。軀の快楽だけでは満足しなくなっているから。心も満たして欲しいの。ここまで極端に変わってしまうなんて……」

「昇っていく時は、言うようにね、先生。女をやっていた経験があっても、今じゃわからないから」

「ふふっ、変な感じ」

「でも、愉しいんでしょ？」

「ええ、そう」

東川は女言葉で応えると、腰を突き上げて陰茎を自分から奥まで迎え入れた。

割れ目の中で陰茎が膨らむ。夏美の腰の動かし方が激しくなる。息遣いが荒さを増してきた。白い粘液を放つ寸前？　薄目を開けて、上に乗っている中年男の顔を見遣《みや》る。

半開きの口の奥に、歯を食いしばっているのが垣間《かいま》見える。頑張っているんだなあ、四十三歳の男は。一生懸命に軀を動かしているこの人が愛おしい。やさしい気持が胸いっぱいに拡がっていく。

これは愛？

突然降って湧いたような考えだ。言葉にならない驚きに全身が硬直する。

女の視線で元の自分を見て愛を感じるなんて……。

少しうろたえた。

「男と女の立場が逆転しても、愛しているという気持は変わらないんだ……。すごい発見。夏美ちゃんは、どう？」

東川はやさしく囁くように言う。愛おしい。四十三歳の男の汗ばんだ額さえも愛おしい。自分の中で暴れている陰茎はなおのこと愛しい。食べてしまいたい。女の心が陰茎を求めている。

「ああっ、すごい。離さないから、もう絶対に」

「先生、もう完全に女になってる」

「今は最高。あなたは？　男ってどう？　かつてのわたしってどう？」

矢継ぎ早に訊《き》く。彼の絶頂を食い止めるために。少しでも長く、この快楽を味わっていたい。そのためには、いかせないようにしないと。かといって、萎《な》えさせてしまうわけにもいかない。女としてのテクニックが必要になってくる。

「いいんじゃないかなあ。男の肉体にまだ馴染んでいないけど、とりあえずは気に入ったかな。それにしても、自分がまるでヤドカリになった気がするな」

「ヤドカリ？　どうして？　すぐにこの肉体は捨てて別の男になりたいってこと？　夏美ちゃんの浮気性な性格は本物ってことになるわね」

「浮気性？　わたしが？　まさか、一途《いちず》に想うタイプなのに」

「でも、それは女の時のことでしょ？　男になって、女の時には隠していたものが剝き出しになったんじゃない？」

「そんなこと言ったら、抜いちゃうよ」

「あん、だめ……」

東川は両腕を咄嗟《とっさ》に伸ばして、夏美にしがみついた。長くてほっそりとした足も、男の腰に絡み付けた。

絶頂は近いと、女の軀は感じ取っていた。だから、抜かれたくなかった。

割れ目の奥から快感の大きな波が生まれていた。退《ひ》いては押し寄せてきた。何度も繰り返されるうちに、快感によって揚力《ようりょく》が生まれて、自分の軀がすっと浮き上がるようになった。大学生だった頃につきあった女子学生がセックスで昇り詰めながら、浮いてる、浮いてる、ああっ、空に昇っていく、宇宙に出ている、地球が見える、などと叫んだことを思い出した。

女の絶頂とは昇っていくものらしい。快感によって得られる浮遊感だとか、強烈な快感によって揺すられる感覚に、思考は麻痺《まひ》していく。理性は没して、快感に酔いしれる。これが女の快楽であり、セックスの醍醐味《だいごみ》だ。

陰茎が突いてくる。割れ目の最深部に当たる。肉襞が裂かれそうだ。荒々しい動きなのに、女の軀はもっともっと激しく動いて欲しいと願っている。割れ目が壊れてもかまわないとさえ思う。快楽にも、陰茎にも夢中になっていく。

くちゃくちゃちゃっという粘っこい音が、ふたりが交わっているところから響き上がる。女心は羞恥心《しゅうちしん》でいっぱいになる。淫らな女。自分はしとやかなはずなのに……。いやらしい音が、セックスに奔放《ほんぽう》だから出てしまうという気になる。

絶頂は近い。男のそれと違って、じわじわと迫ってくる。軀が弾《はじ》ける感覚もあるし、熱気に溶けてしまうようでもある。もちろん、宇宙の彼方《かなた》に昇っていく感覚もある。

「ああっ、いきそう。ほんとに、いきそう。もうすぐだから、夏美ちゃん、一緒にいって。すごく気持いい。女の子って、すごく気持がいいことをしていたのね。ああっ、わたし、経験できてうれしい」

「先生はもう女、完全に……。男にはもう戻りたくないんじゃない？」

「わからない、ああっ、そんなことより、もっと強く突いて。壊れてもかまわないから、お願い、激しくして」

「だめ、そんなこと。わたしが元に戻った時に壊れていたら困るでしょ？」

「ああっ、だったら一緒にいって」

「うん、もうすぐだ」

「夏美ちゃん、いきましょう。さあ、いって、お願い」

東川は全身を巡る快感に酔いしれながら、夏美にしがみついた。

愉悦が満ちる。体中の筋肉が硬直する。足の指にまで快感が行き渡る。

割れ目の中の陰茎がいっきに膨らむ。幹が波打ちながら痙攣《けいれん》を起こす。男の絶頂のはじまりだ。同じタイミングで昇っていく。

何が起きてもかまわないと身構える。小一時間前、この瞬間に、男と女が入れ替わった。目を見開きつづける。どんなに些細なことでも見逃さないように。

何も起きない。

女の全身の硬直はつづく。覆いかぶさっている男の荒い息遣いも間断《かんだん》なくつづく。

ふたりは同時に昇った。

なのに、変化は起きない。絶頂のタイミングがずれたのだろうか。だから、入れ替わらなかったのか？

「替わらなかったみたい……」

「わかっているけど、よくそんなことを考えるゆとりがあるね。先生、気持よくなかったの？　ほんとは絶頂に昇らなかったんじゃない？　だから、入れ替わりが起きなかったのかも……」

「わたしのせぃ？」

「そうは言っていないけど、ずいぶんと冷静だなって……。息も絶え絶えになってもおかしくないのに」

「男と女では昇り方が違うってことがわかったの。男のほうが体力的なダメージが大きいんですよ。夏美ちゃんは、今の男のダメージを基準にして、わたしのことを見ているんではない？」

「疲れたから、眠りたい……。話は目が覚めてからにしてくれるかな」

陰茎が抜かれた。避妊をしているから、白い粘液が溢れ出てくることはない。夏美はげっそりとした表情で横になった。この人が愛しかった。だからこそ、避妊具を取ってあげるということを思いついた。それを取った。そして精液が洩れないように口を素早く結ぶと、だらりとして力を失った陰茎に顔を寄せた。

口にふくんだ。ためらいはなかった。きれいにしてあげたいという一心からだった。生々しい匂いにむせそうになったけれど、いやな匂いではなかった。自分の粘液を舐め取っている気にもならなかった。女としての意識のほうが勝ってきているらしい。小一時間前まで、自分が目の前にいる男だったという記憶すらも薄らいでいた。

「夏美ちゃん、このまま、わたし、くわえつづけてもいい？」

「貪欲なんですね。男の時の先生はもう少し、淡泊《たんぱく》だった気がするけど」

「女って底なし。さっき満足したはずなのに、くわえちゃったせいか、またしたくなってきたもの」

「そんなこと言われたって、男には無理だから。わかっているよね？」

「ええ、そうね」

東川は晴れ晴れした声で応えた。女としてやっていけそうな気がした。女としてセックスできたことが、女としての自信を生んでいるようだった。

もちろん不安はある。夏美としての生活に適応できるのか。でも、やっていくしかない。適応できようができまいが。これも現実である。

第六章　夜の生活

二十二歳という若さのおかげだろうか。夏美はこの非現実的な男女の軀《からだ》の入れ替わりに適応していた。

今は、東川の生活に興味津々だ。もちろん、ショックがないと言ったら嘘になる。いまだに股間の陰茎に違和感がある。当然、こんな非現実的なことを受け入れるわけにもいかないとも思っている。それでも、必ず近いうちに戻れるという気楽さがあったから、この非現実を愉《たの》しもうとしていた。

非現実なのは東川と夏美だけであって、ほかはすべてが現実だ。社会はふたりに関係なく正常に動いている。ふたりはそれを受け入れるしかなかった。つまり、東川は妻子がいるから、今夜はもう帰宅しないといけなかったのだ。

ＪＲ高円寺駅が最寄りになる部屋を出た夏美は、東川の自宅マンションの前にいる。自宅とは東川彰の自宅。夏美にとっては初めて足を踏み入れるマンションである。

場所は京王《けいおう》線の桜上水《さくらじょうすい》駅から五分ほどにある大学のグラウンドの脇に沿《そ》って歩いた先

だ。

マンションのエントランスに入る。バッグから鍵を取り出す。部屋の主《あるじ》の行動としてはごく普通のことなのに、自分が泥棒《どろぼう》になったような錯覚に陥《おちい》る。

午前一時四十分過ぎ。

緑をふんだんに取り入れたロビーだ。人気《ひとけ》がないためか、靴音が響いた。さすがに精神科医だけのことはある。高級マンションだ。心臓の鼓動が速《はや》くなった。足が震えた。腹の底から腸と胃がよじれるような感覚に襲われて吐き気を催《もよお》した。

エレベータホールはすぐに見つかった。鏡をいくつも貼ったきらびやかなエレベータに乗る。鏡に映る姿は、四十三歳の東川彰そのものだ。しぐさも表情も彼になっていることに、不思議な感動を覚える。意識だけが二十二歳の女子なのだ。

六階でエレベータを降りる。シティホテルのように、カーペット敷きの内廊下。高級マンションならではだ。

六〇一号室。東川彰が買った部屋。重厚なドアの前に立ったところで、夏美は深呼吸を三度繰り返した。チャイムを押さずにこっそりと入るように、万が一、妻が起きていたら、無視しないで会話すること、適当にうなずいていれば満足するはずだから……。東川にはそんなアドバイスをもらっていた。

鍵を入れて回す。施錠《せじょう》が解かれる。そうなるのは当然のことなのに、心臓が高鳴ってしまう。

ドアを開ける。静まり返っている。大理石《だいりせき》張りの玄関。靴底についたいくつかの砂利《じやり》を感じる。自分でもくたびれてしまうくらいに細かいことに気づいてしまう。

廊下の床に近い壁についている常夜灯を頼りに、玄関の明かりを点《つ》けた。

五メートル近く廊下がつづく。壁は漆喰《しつくい》。そこに風景画が五点飾られている。ひんやりとした空気。足がすくんでしまう。他人の家に侵入している気分だ。自信を持ちなさい。夏美の心が励《はげ》ましの声をあげる。自分のそれに後押しされて廊下を歩く。

右側のドアがトイレ、左側のドアが洗面所と風呂場。正面のドアを開けるとリビングルーム、そしてその先右側に妻の部屋、真ん中が子ども部屋、その左側のドアが東川の寝室兼仕事部屋である。

リビングルームの明かりを点けた。

シャンデリアの眩《まばゆ》い光に息を呑んだ。

ゴージャス。広い部屋。そんな単純な感想しか浮かばない。リビングルームは三十畳はありそうだった。驚いた。自分の部屋がこの中だけでも三つは入る。こんなに広い部屋で生活していたら、高円寺の１ＤＫに訪ねて来た時、狭苦しいと感じただろう。

L字形のソファに坐る。十五人は坐れるだろうか。ふかふかだ。やわらかい皮革《ひかく》。お尻が包み込まれるような感覚。信じられないくらいの豪華さ。東川の品の良さは、精神科医だからというよりも、こんなに豊かな生活を送っていることで培《つちか》われたのだろう。少し嫉妬《しっと》する。そして、なぜ自分のような小娘に興味を抱《いだ》いたのかと疑問に思う。

奥さんはきっと上品な大人の女性のはずだ。自分など太刀打《たちう》ちできない。先生が欲しかったのは何？　若さ？　みずみずしい肉体？　そんなことを考えるうちに、夏美は東川の妻がどういう女性なのか興味が湧いた。自分など太刀打ちできない女性なのかどうか。自分の目で確かめたくなっていた。

東川と自分が入れ替わったことを気づかれるのではないか。そればかりを恐れていたけれど、今は少し変わっていた。会ってみたい。

もうすぐ午前二時。

さすがにこんな時間に、奥さんを起こすのは無茶だろう。先生に教えられたとおり、彼の寝室兼仕事部屋で着替えた。クローゼットにはパジャマがきちんと畳んで置いてあった。洗面所に向かい、蛇口の横に並んでいる歯ブラシの中から、緑色のものを選んだ。ピンクが妻、ブルーが子ども用だ。

歯を磨き、顔を洗う。鏡に映っているのは東川彰そのもの。少し疲れた顔。そんな男の胸の奥にひそむ二十二歳の心も少し疲れていた。寝るしかない。寝て起きれば、いいことが待っているかもしれない。入れ替わってしまった軀が、元どおりになっていることだってありうるではないか。

洗面所を出て、自室のドアの前に立った。

その時だ。

夏美にいたずら心がふっと浮かび上がった。

奥さんの部屋に足が向かっていた。好奇心？　いや、ライバル心かもしれない。

ドア越しに様子を探った。何も聞こえない。この家に入った時よりも、今この瞬間のほうが緊張している。

入っていいものかどうか。先生のレクチャーによると、本当かどうかわからないけれど、夫婦仲はよくないということだ。不安に心が震える。だからといって、夏美の心は不安に負けていなかった。妄想さえしていた。奥さんとセックスできたらすごい経験になる、と。軀が入れ替わっている間に、一度は経験してみたいとまで考えていた。

ドアを開けた。恐る恐る。奥さんに待ちかまえられている気がした。闇に包まれていると想像していたけれど、意外と明るかった。カーテンの隙間から、街灯の明かりが洩《も》れ入ってきていた。

十五畳はありそうな広い寝室。そこに大きなベッド。セミダブル？　ダブルベッドかもしれない。奥さんがひとりで占領している。夏美はベッドの端に坐る。もちろん、奥さんの顔が見える場所。

女性らしい美しい顔。長い髪、そしてパジャマ。夏美はショックを覚えた。というのも、ブスな奥さんイメージしていたからだ。勝手にひとりで。先生の口からは一度も、奥さんをバカにしたり貶《おとし》める言葉は出ていない。こんなにきれいな奥さんがいるのに、浮気するなんて、どうかしている。横顔を覗き込んだ時の夏美の正直な感想だった。

「誰？」

奥さんの瞳がいきなり開いて、闇の中に囁《ささや》き声があがった。

心臓が止まるかと思った。

「ぼくだよ」

夏美は咄嗟《とっさ》に応えた。でも、東川の声。

奥さんの顔はこわばっていた。

眠っていながらも、視線を感じたのかもしれない。すごい緊張感。奥さんとの仲が良くないって言っていたけど本当らしい。旦那さんが帰宅した時、こんなに怖《こわ》い顔をするなんて信じられない。

こんなに贅沢《ぜいたく》な暮らしをさせてもらっているのに、どうして仲良くできないの？　頭の中は激しく回転しているけれど、声を出せない。微笑《ほほえ》むだけが精一杯《せいいっぱい》だった。

奥さんの名前は寛子、三十八歳。東川にレクチャーしてもらった奥さんのことを思い出す。呼び捨てにしていいことや、性格は男っぽさと女性的なやさしさの両面を持っていること、自尊心がものすごく強いこと、どこに根拠があるのかわからないけれど、とにかく自信に満ちていることなどを……。

「今、お帰り？」

「起こしちゃったみたいだね、ごめん」

「ううん、いいんですけど、どうしてここにいるんですか」

「顔を見たくなったんだ」

「あなたらしくない」

「眠いかい？」

「ほんの今しがたベッドに入ったところですから」

「それじゃあ、おやすみ」

夏美は部屋を出た。

自室のベッドに仰向けになった。深呼吸をひとつして、今したばかりの会話を脳裡《のうり》で繰り返した。奥さんの中にひそむやさしさに触れた気がした。眠ったばかりだと言ったけれど、それは夫に心理的な負担をかけさせたくないために言ったことだ。間違いない。なぜなら、リビングルームはひんやりとしていた。漆喰の壁のせいではない。人気がなくなってから少なくとも小一時間《こ》は経《た》っているはずだ。それなのに、ベッドに入ったばかりと言うなんて。

けなげな女性ではないか。同性から見ても、彼女の気遣《きづか》いは素晴らしいと思う。先生が気づいているのかどうか怪しい。精神科医なのに、女心については疎《うと》そうだから。

ドアが開いた。細い光が入り込んだ。

奥さんだ。

「ねえ、あなた……」

おやすみと言い合ったはずなのに。無視する訳《わけ》にもいかずに、「何?」と、夏美はけだるそうな声で応えた。予想外の展開に、心臓の高鳴りが激しくなる。

「そっちに行ってもいい?」

「眠そうなのに……。無理しなくていいって」

「ううん、平気。短い時間だけど、ぐっすりと眠ったから」

「ぼくのほうが厳《きび》しいかな」

夏美は焦《あせ》って応えた。東川彰という男の肉体は、今夜すでに、夏美と二回も激しいセックスをしている。四十三歳の中年に、ひと晩に三回やれるパワーはない。性的な好奇心は強くて絶倫かもしれないけれど、体力はついていきていない。悲しいけれど、それが先生の姿だ。

でも好奇心に満ちていた。それはつまり、夏美の心が好奇心を抱いていたということだ。自分がつきあっている男が奥さんとセックスする一部始終を見られると思った。部屋に入った時と似た期待感が湧き上がっていた。

「ぼくが君の部屋に行くよ」

「そう?」

「広いからね、ベッドが」

「そうね、確かに」

夏美はベッドから下りて、奥さんの後ろをついていった。部屋に入ると、すぐに布団に潜り込んだ。

腕枕をしてあげる。妻をいたわる夫がするように。それが二十二歳の女子の夫婦のイメージだ。長い髪から漂ってくるシャンプーの匂い。女の躯から放たれる特有のやわらかくてやさしい香り。彼女の首筋から伝わる肌のぬくもり。これってレズビアンプレイをするような感覚? 夏美の性的好奇心が増幅していく。

「珍しいんじゃないかな」

「すごく寂しかったの。理由はないんですけど……」

「そういう時もあるさ。我慢するのはよくないからね。こういう時は、触れ合うのがいちばんだ」

「よかった……」

「何が?」

「やさしくしてくれたから。眠いからあっちに行けなんて言われたら、わたし、どうしようかって不安だったの」

「曲がりなりにも、これでもぼくは精神科医だよ。不安を訴えている人を目の前にして、見捨てるようなことはしないって。それが自分の妻なら、なおのこと、そうじゃないかい？」

「普通に考えればそうなるでしょうけど、わからないでしょ？　あなたの場合」

「なぜ？　ぼくはすごくバランス感覚が優《すぐ》れた人間だと思っているんだけどな。その言い方だと、ぼくはすごく冷たい人間になるな」

「わたしみたいな凡人が考えつかないことを考えているでしょう。だから、冷酷なことでも変わったことでもしそうだと思っていますから」

「いつだって普通だろう？」

「そう思いますけど、普通でないことをしても不思議ではないと思っています」

「ありがたいな、それは。寛子がそういう心構えでいてくれたら、自分の気持を抑《おさ》えずに生活できそうだ」

「抑えてきたんですか？」

「そんなことはないから、安心していい」

「今夜のあなたは、ちょっと変です」

「どうして？」

「いつもよりもやさしいから……。何かいいことでもありましたか?」

「夫のやさしさに疑問を持つのは、よくないな」

「そうね、確かに」

「さてと、寝ようかな」

夏美は穏《おだ》やかな口調で応えつづけた。奥さんは気づいていない。夫の軀をまとった若い女性が話していることを。夫だと信じきって、夫婦の会話をしている。

夏美は自分が男の軀であることを忘れて完璧に女になっていた。このままでは精神的なレズビアンプレイになってしまう。そう思った時、奥さんが顔を寄せてきた。まずい。キスされる。そう思った時にはもう、くちびるを重ねていた。

奥さん、欲求不満だったの? それとも、こんなことは東川家ではごく普通のこと?

舌を絡めてくる。夏美は自分が異様に興奮しているのを感じる。股間が熱くなっている。女子には馴染《なじ》みのない陰茎が芯から硬くなって尖《とが》っているのもわかる。見た目は男女の交わりでも、心は女同士のプレイ。そこに夏美は興奮している。

舌を丹念に突っつく。勢いをつけたかと思ったら、舌先の輪郭に沿って舐《な》めたりする。唾液を呑み込んだり、送り込んだりを交互に繰り返す。奥さんのくちびるのやわらかい感触を味わう。自分のくちびるを押し付けたり吸ったりするだけでなくて、横にすっとずらしてみたりして味わう。女の心があるからこそのくちびるを遣《つか》ったデリケートな愛撫。奥さんに伝わっているかどうか。先生の乱暴ともいえる愛撫に慣らされていたら、この愛撫ではやさしすぎて物足りないかもしれない。

「ああっ、いい……」

奥さんは呻《うめ》き声を洩らしながら軀をよじる。白色のパジャマの上着の裾がめくれあがっている。ウエストから乳房の下辺のあたりまで剝《む》き出しになっている。

「今夜のあなたって、やっぱり変。どうしたの？」

「変って、何が……」

「今までとは、触《さわ》り方もキスも違っています。やさしいの、すべてが」

「普段は乱暴者みたいな言い方だね。これもぼくの姿ってことさ。受け入れて欲しいな。それとも、こういうやさしい触れ合いはいや？」

「ううん、ぜんぜんいやじゃない。今まで一度もこんな愛撫をされたことがなかったから、どうしたのかなって……。うれしいけど、戸惑っています」

「浮気しているのかと疑《うたぐ》りたくなる？」

「ええ、まあ」

「もしも浮気していたら、普段どおりにするんじゃないかな？　わざわざ疑われるようなことをする必要はないからね。だから、浮気が原因でやさしい愛撫をするようになったという考え方は間違い。どうだい？　納得したかな？」

「ええ、まあ。あなたに論理的に説明されたら、納得するしかなさそうです」

「こういう愛撫をしたくなっただけのことさ。ぼくの年齢を考えたら、直線的なセックスだけじゃなくて、うねるような、濃密なセックスもするんじゃないかな」

「たぶん、そうですね」

「そういうことがわかっているなら、不安に感じることよりも、気持よさに没頭したほうがいいと思うな」

奥さんは呆《ほう》けたような眼差《まなざ》しを送りながらうなずいた。うっとりした表情だ。夫の熱弁を聞いて、あらためて惚《ほ》れ直したのかもしれない。

夫婦が仲良くなるために協力してあげているの？　夏美は嫉妬心が湧き上がってくるのを感じた。だからといって、無茶なことをして、先生の夫としての立場を窮地《きゅうち》に追い込んでやろうという気にもならなかった。

奥さんが布団の中に潜り込んだ。

パジャマを脱がしはじめる。パンツも一緒に。下半身だけが剝き出しになる。暗がりの中だけれど、奥さんは的確に陰茎のつけ根を摑《つか》んで垂直に立てる。

勃起している。それが気持いい。性的な興奮があからさまにわかる。男が単純だというのは、こういうところからつくられたことではないかと思う。

先端の笠が撫でられる。親指の腹で。幹を包んでいる張り詰めた皮がしごかれる。ゆっくりとつけ根まで。そうしている間も、陰茎はさらに充実していく。血流が駆け抜けていく。それが快感につながる。奥さんは自分よりも、先生の陰茎の性感帯をわかっているかもしれない。

ちょっと妬《や》ける。でも、すぐに別の発想になる。奥さんのテクニックを今ここで覚えてしまえば、テクニックでも女としても奥さんを凌駕《りょうが》できるはずだ、と。

陰茎をくわえてきた。

ねっとりした粘膜に、快感が引き出されていく。これがフェラチオなのね。男子が求める気持がわかる。包まれているという感覚、そして、征服している満足感、快感にまみれる充実感。ああ、すごい。

湿り気を帯びた鼻息が陰毛の茂みに吹きかかる。陰茎のつけ根を舐めはじめる。丁寧《ていねい》な舌遣い。うっとりした甘い声が自然と出てしまう。「ああっ、気持いい」。男の声を耳にして、夏美はハッとなった。そうだ、自分は女ではなかった。東川彰という男なのだ。快感にまみれたって、男子なんだから喘《あえ》ぎ声をあげるものでない。

男は窮屈《きゅうくつ》だとつくづく思う。気持がいいのにそれを表さないなんて。表すことが男として恥ずかしいことだと考えるのはおかしい。愛撫してくれる女性に対する感謝を表すためにも乱れたほうがいいのに。

「すごく上手だよ、寛子。ああっ、何も考えられなくなりそうだ。このままいっちゃうかもしれない」

夏美は少し大げさに言った。奥さんに対する感謝の気持を込めたかったから。奥さんは布団の中で顔を上げて、意外そうな表情をした。

「変よ、やっぱり。そんなことを言う人ではなかったのに」

「どうしたのかな、自分でもわからない。とにかく、いい気分だということ。それ以上の説明はできないな」

「変ですけど、わたしにとってはいいです。今夜のあなたには尖ったところがないから、安心して話せます」

「いつもは違っている？」

「皮肉屋さんだってこと、自分でわかっていなかったのかしら？　わたしのことを小バカにして愉《たの》しんでいるところがあったでしょう」

「そうかな」

「だからわたし、イライラしていました。いくら妻だからって、バカにされて愉しいはずないでしょう」

「そうだね、確かに」

「わたしがここまで言っても、あなた、怒らないの？」

「反省しているんだから、怒りようがないじゃないか」

「やっぱり変。いつもは自分の立場が悪くなると、怒鳴ったり怒ったりして、なんとか挽回《ばんかい》しようとするのに……」

「ひどい性格だね、あなたの旦那は」

「ほんと、そう……。結婚してみて初めてわかったなんて。詐欺《さぎ》みたいなものね」

「もっと言っていいよ」

「もういいわ、なんだかすっきりしました」

奥さんは言うと、顔を伏せるようにして陰茎にくちびるをつけた。ふぐりを舐める。丹念にゆっくりと。その奥にひそんでいるふたつの硬い塊《かたまり》の輪郭《りんかく》をなぞりはじめる。

ほんの少し痛い。それでいて気持いい。危ういバランスの上に成り立っている快感。男子の快感といったらダイナミックなものばかりだと思っていたけれど、こんなにも繊細《せんさい》な愉悦《ゆえつ》があったなんて。

レズビアンプレイの感覚にはならなかった。たぶん、男性器への愛撫が中心だからだ。

奥さんが軀を元の位置に戻してきた。額《ひたい》に細かい粒の汗をかいている。瞳を覆《おお》う潤みが厚くなっている。陰茎を愛撫しているだけで高ぶったようだ。それは自分と同じだ。

好きな男のおちんちんを舐めた時に興奮するのはごく自然なことなのだ。

そこまで考えた時、奥さんは先生を愛しているのだと気づいた。夫婦仲が悪いと思っているのは先生だけで、奥さんの心の奥には確かに愛があったのだ。

先生とは明日また、会うことになっている。自分の部屋で。つまり、高円寺のアパートで。その時、教えてあげよう。奥さんの心の真実を。すごく喜ぶはずだ。と思ったけれど、止めることにした。教えるのは元に戻ってからで十分に間に合う。先生だって困るはずだ。奥さんに会って確かめたくても、夏美の姿のままではそれができないのだから。

「ねえ、今度はあなたが……」

奥さんが甘えた擦《かす》れ声で囁《ささや》いた。

ゾクリとした。今度こそ、レズビアンプレイになるような予感に包まれた。女の夏美の意識で、割れ目を舐めるのだから。

腹の底が熱くなる。女の高ぶりの時の感覚。でも、同じではない。腹の底の熱さは、陰茎の硬さにつながっていく。ふぐりが縮こまるほどの刺激になり、幹の芯を駆け上がる脈動を強めることになっていく。

男と女の違いを感じる。肉体に明らかに出るのが男。軀の奥で感じるのが女だ。

夏美は奥さんの割れ目に向かっていく。パジャマのズボンも脱がしていく。早く舐めてみたかった。パンティには興味はなかった。女だから当然か。

奥さんの足の間に入る。

レズだ、これは。

割れ目にくちびるをつけた。ほんのりとした生々しい香り。女の匂い。意外と抵抗はない。たぶん、自分と同じ匂いだからだろう。

外側の厚い肉襞を舐める。自分の肉襞を指で触れているのと、感覚はさほど変わらない。でも、ヘンタイ的なことをしている意識はすごく強い。客観的には、夫が妻の割れ目を舐めているにすぎないのだけど。

クリトリスはすぐに見つかった。でも、そこはまだ舐めない。

焦らしてやるのだ。女はそこへの愛撫を焦らされると、気が狂いそうになってしまうから。先生がそんなことを考えて愛撫しているとは思えない。だからこそ、奥さんに教えてやろう。愛撫の素晴らしさを。

「ああっ、気持いい。どうしたの、あなた。今夜は何から何まで違っているわ」

「そういう時もあるさ。たっぷりと愉しむといい」

「ねえ、舐めて。わたしのいちばん感じるところを……」

「どこかな、それって」

「知っているくせに。焦らしているのね。ああっ、意地悪。新婚の頃みたい」

「こういうセックスも、たまには愉しいものだよ。いつもだと疲れちゃうだろうけどね」

「幻滅するようなことを言わないで……。ああっ、気持いい。あなた、すごい」

奥さんは陰部を上下させて、クリトリスへの愛撫をねだっている。でも、まだだ。もっともっと狂わせてあげよう。夏美はレズプレイのつもりで愛撫していた。

第七章　信じられること

東川は呆然《ぼうぜん》としてベッドの端に坐っていた。

夏美と自分の軀《からだ》が入れ替わったという実感が、ひとりになったことで危機感を伴《ともな》って胸に迫っていた。元に戻れなかったらどうやって生きていけばいいのか。

パソコンを置いている机には化粧をする時のための鏡がある。そこには自分の姿が映っている。中年男の姿ではない。二十二歳の夏美が坐っている。

１ＤＫの部屋を見回す。舐《な》め回すように。夏美がいる時にはできなかったいやらしい目つきで。それだけで刺激的だ。コルクボードに貼られた女友だちと撮った写真が数葉、こまごまとした雑貨、いくつものバッグ、マニキュアの瓶……。

東川は自分の手を見つめる。夏美の手だ。細い指、ピンクのマニキュアを塗った長い爪、てのひらの薄さ、手首の細さ……。見れば見るほど、この不可思議な事実が信じられなくなってしまう。

椅子をわずかに回転させた。その時、自分が女性のように膝《ひざ》を揃えていることに気づいて、東川は苦笑した。男の肉体をまとっていた時、膝を揃えたことなどない。

今は無意識のうちに膝を揃えている。心は隅々まで男のはずなのにだ。いつの間にか、自分でも気づかないうちに、女の意識が入り込んだのかもしれない。もしかすると、肉体そのものに、女性のたしなみが染み込んでいるのかもしれない。

スカートの裾《すそ》をわずかにめくる。

むっちりとした小麦色の肌があらわになる。触れてみると、見た目よりもやわらかい。けれども、男の立場で撫《な》でている時よりもいくらか硬い。自分で触っている時というのは、異性に触れられた時とは違うのだろう。

スカートを太もものつけ根が見えるところまでめくる。胸がドキドキする。自分の肉体に触れているという意識ではない。目線が男そのものなのだ。

太ももの内側のやわらかい肉を撫でる。触れるかどうかの微妙なタッチで。男が女にする愛撫のように。やさしく、ゆったりと味わいながらつづける。性感を引き出すための愛撫であり、愉悦《ゆえつ》に浸《ひた》らせるための指の穏《おだ》やかな動きだ。

「ああっ、いい……」

東川は意識的に女の言葉遣《づか》いで呻《うめ》き声をあげてみた。快感が湧き上がっていたわけではない。それでも、しっくりときた。

Tバックのパンティを穿《は》いている。エチケットゾーンを剃《そ》っているおかげで、小さな面積のパンティでも、陰毛ははみ出していない。女子は大変だ。こうしたことにまで気を遣わないといけないのだから。男の目線で見ていると、女性の気遣いに感心させられることが多い。

夏美は腋の下の毛は永久脱毛している。ふくらはぎや太もものむだ毛は剃っていた。産毛《うぶげ》すらなかった。だから、撫でている指が気持いい。むだ毛だらけの男の太ももでは、こんな気持よさは味わえない。

パンティの中に手を入れる。ドキドキが強まる。エッチな男として四十三年間生きてきた者としては、女性の大切なところをひとりでこっそりと味わえることに、禁断の悦《よろこ》びを感じる。

男女が入れ替わったことによる最高の瞬間ではないか？　クリトリスを探《さぐ》るために人差し指と薬指で肉襞をめくり、中指で圧迫しながら考える。そんな遣《や》り方をするとは考えたことがなかったのに、ごく自然に指が動いていく。

割れ目にうるみが滲《にじ》む。めくれた肉襞がじっとりと濡れはじめる。指先を割れ目に差し込むと、うるみが噴《ふ》き出してきた。若さが爆発したようだった。滲むとか濡れるといった程度ではない。ホースから水が出るように、うるみが溢《あふ》れ出てきた。

「ああっ、すごい……。信じられないくらいに、ああっ、気持いい」

擦《かす》れた声が自然と洩《も》れた。大胆にもなった。立ち上がって、ベッドに仰向けになった。

ふんわりとした布団。女性らしい匂い。東川はスカートをめくり上げて、パンティを足のつけ根まで下ろした。

足を大きく開く。腰を突き上げる。誰かに見せるかのような格好。淫《みだ》らな女。そう思うことで羞恥心《しゅうちしん》を駆り立てる。

恥ずかしさが心地《ここち》いい。エッチな気分が盛り上がる。もっともっと淫らになってみたいとも思う。

快感が全身に拡《ひろ》がっている。でも、それは男の時に感じていたものとは違う快感だ。鋭いのにゆったりとしている。背中を貫かれるような強い刺激なのに、それは通り過ぎていかずに軀に残る。

男の場合、快感は一瞬であって、軀には気だるさと満足感と面倒臭さが残る。男の快楽は、軀ではなくて、記憶として刻まれる。だから、男のほうが快楽に執着するのだ。軀に残る快楽は時間とともに消えていくが、記憶に残る快楽は時間とともに強まっていくものだからだ。

「わたしって、いやらしい女なのね。先生が知らないエッチな女……」

東川はそう言うことで、盛り上がってる淫らな気分を増幅させてみた。軀が女になっているだけでなく、心まで女になっていくようだった。受け入れようが入れまいが、必然として、心が女に変わっていきそうだ。

クリトリスが大きくなっている。男の時に感じた大きさよりもずっと大きい。圧迫しながら撫でていないと、厚い肉襞が覆ってきそうになる。人差し指と薬指で押さえているけれど、うるみに濡れているために滑ってしまう。自分のクリトリスを撫でるのに、どうしてこんなに不器用にしかできないの？　陰茎を愛撫する時、男のほうが女よりもずっと上手にできるではないか。自分のことなのだからツボを心得ていて当然なのに、なぜ、うまくできないの？

女の指のほうが、クリトリスをダイレクトに撫でようとしているから。

それが東川が導《みちび》き出した答だ。男のほうが大ざっぱで荒々しい。つまり、愛撫のすべてが、女性の性感帯だとは思っていない。だからこそ、愛撫に迫力が出てきて、魅力的なものになるように思う。

クリトリスの頂点から快感が生まれる。それはつけ根に向かって拡がりながら下りていく。割れ目の奥に伝わると同時に、腹の底にも響く。指の遣い方によっては、快感が波のように次々と生まれてくる。そうなると、快感は連続になり、割れ目の奥や腹の底だけではなくなり、ついには全身に拡がる。連続の快感は陶酔を生むことになる。

女に替わったからこそ、女の快感の真実がわかったと思う。男の想像力だけでは、女子のことはわからない。書物を読みあさっても、実感としてここまでの感覚は得られないだろう。そう考えると、軀の入れ替わりは悪いことではなかったと思う。人生は落胆だけで構成されているものではない。落胆があれば喜びがあるという好例だ。

「いきそう……。ううっ、東川さん、わたし、いきそう」

人差し指と中指を重ねて割れ目に挿《さ》す。引き抜くと、人差し指でクリトリスを撫でる。それを繰り返す。絶頂の兆《きざ》しを感じたからといって、男の愛撫のように動きを速めたり、いっきにスパートしたりしない。あくまでもじっくりと愛撫をつづける。

淫らな自分を想像する。男のモノをくわえているところとか、四つん這いになって貫かれているところとかだ。もちろんそれは、男の側からの想像である。東川の男の心が、女の肉体をリードしているからだ。

「もうすぐ、ああっ、もうすぐいく」

目を閉じていたおかげで、ケータイが震えている音に気づいた。昇るまで出ないと思いながらも、夏美が妻とトラブルでも起こしたかと不安になり、仕方なく起き上がった。うるみに濡れた指でケータイの液晶画面を見《み》た。

原田《はらだ》。苗字だけの登録。東川はピンときた。男だ。しかも、親しい関係の男。知られたくないから、苗字だけにしているのだ。夏美の考えが手に取るようにわかる。

ところで、夏美のケータイをこっそりと見るのは、誰？　彼女はいったい誰の目を気にしていたのか？　ぼくか？　彼女はぼくがそんなことをすると思っていたのか？　一瞬にして、いろいろな思いが巡《めぐ》った。そして、通話ボタンを押しながら、いったい、夏美はこの相手のことを何と呼んでいたのかと考えた。

「つながってよかった……。夏美、今は部屋か？」

若い男のぶっきらぼうな声が聞こえてきた。やっぱり男だ。しかもこの男は、ずいぶんと馴《な》れ馴《な》れしい。ということは、夏美はぼくとつきあいながら、原田というこの男ともつきあっていたということか？

絶頂に向かっていた高ぶりは失せた。咳払《せきばら》いをひとつして、淡々と応えた。

「部屋にいましたよ、元気だった？」

「おれが今どこにいるかわかるか？　夏美の家の近くにいるんだけどな」

「無茶なことを言うのねえ。出ていけないから、わたし、こんな時間からは」

東川はチラと机に置かれている時計に視線を遣《や》った。

午前零時三十分を過ぎている。

ひどい男だ。こんな時間に、ひとり暮らしの女性を呼び出そうだなんて。そう思ったけれど、すぐにそれが勘違いだったことに気づかされた。

「何言ってるんだよ。おれが夏美んちに行くんだって……。いつもそうだろう？　夏美が出てきてくれたことなんて、一度もなかったじゃないか」

若い男の馴れ馴れしい響きが耳障《みみざわ》りだ。夏美としての気持ではなく、四十三歳の中年男性としての意識になっていた。まずい、よくないぞ。東川はなごやかな雰囲気をつくるように努めながら、彼が部屋に訪ねてこない流れにもっていく。

「疲れちゃったから、寝ようかと思っていたの。だから、ねっ、今夜はごめんね」

「ひとりだろうな？」

「それって、どういうことよ」

「油断も隙《すき》もないからな。おれがちょっと目を離すと、ほかの男に色目を遣《つか》うからな」

「ひどいわねえ……」

「実際に起きたことを話しているんじゃないか」

東川は驚いて息を呑んだ。男の憤《いきどお》りの声に嘘《うそ》はない。夏美という女性はそんなことをしていたのか。自分が接していたウブな二十二歳の夏美とは別の顔が存在していたことになる。これもふたりが入れ替わったからこそわかったことだ。

割れ目が熱い。男が欲しいと訴えているようだった。

東川は気づいた。これが、女のうずきだと。男が欲求不満になっている時とは違う。男の場合、自慰をしたくなったり、女を抱きたいと思う。女になっている今は、全身で男を求めていた。軀の中に男を迎え入れたい。太くて硬い陰茎をぶちこんで欲しい。快感にまみれたい。自分の感性にない淫らな言葉が脳裡《のうり》に浮かんでくる。

「いいわよ、それじゃあ。でも、ゆっくりと来て……。コンビニに寄って、お土産《みやげ》をお願いね」

「夏美はいつもちゃっかりしているなあ」

「あなたこそ、わたしの部屋に来て、空腹を満たしているんじゃないの?」

東川は当てずっぽうで言った。夜中に粗野《そや》な言葉遣いで電話する男というのは、金に困っていて、いつも空腹ではないかと想像したのだ。どうやら、当たっていたようだ。男はムキになって言い返してきた。

「大げさだな、いつもじゃないだろう? 二回に一回ってとこだ。夏美、おかしいんじゃないか? いつもと違うぞ、今夜は」

「いつもはどんな感じ?」

「ノリがもう少しいいじゃないか。不機嫌そうな口のきき方だしな」

「これもわたし。女っていうのは、いろいろな顔を持っているの。わかった?」

「わかってるって、それくらい。アルバイトしていて、女が一瞬にして変わるのを目の前で見ているからな」

「いつのアルバイト?」

「いつって……。夏美、ほんとに大丈夫かよ。おれはこの三年間、つまり、夏美とつきあうようになってからは同じアルバイトをつづけているじゃないか」

「そうだけど……」

「おれのアルバイトの仕事が不満なのか?」

「そんなことないわよ。それでご馳走《ちそう》してもらっているわけだから」

「そのとおり。おれは地下の居酒屋でのアルバイトが気に入っているから、文句を言われたくないな」

「健康のことを気にしているのよ」

「いつもそう言ってるけど、地下なのに換気がいいんだよ、意外にな」

「いくら言っても無駄そうね。わかりましたから早く来て」

「それだけ？　チュッとかしないの？」

「しないわ」

電話は切れた。あっさりとしたものだった。東川はベッドから飛び起きて洗面所に向かった。化粧は簡単にしておこう。それが男性を迎える時の女性のたしなみというものだ。化粧はできる、きっと。無意識のうちに膝を揃えて坐っていたくらいなのだから。意識しなければ、勝手に手が動くはずだ。

化粧はうまくいった。初めてとは思えなかった。やはり、軀が記憶していたのだ。化粧だけでない。どこに何があるのかまでわかっていた。たとえば、アイライナーやマスカラの置き場所であったり、コットンの場所、とげ抜きがどこの抽出《ひきだし》にあるのかまでわかっていた。

原田を待った。

胸の高鳴りは強まっている。これが女の喜び？　東川は嫉妬に心が奪われそうになるのを感じながら、ドアを見つめていた。


チャイムは鳴らなかった。その代わりに、ノックがつづいた。

午前零時五十八分過ぎ。

切羽《せっぱ》詰まったようなノックの湿った音。

ドアスコープで覗いた。

想像していたよりも知性的ないい男。夏美の男の趣味、意外といいかも。キーチェーンを解きながら、うずきが渦《うず》を巻くようにして強まっているのを感じた。

百七十五センチはありそうな身長の男が勢い込んで入ってきた。圧倒的な迫力に、東川は後ずさった。

「ほら、お土産」

「ありがとう、うれしい」

「喜び方が大げさ過ぎて、嘘臭いな。うれしくないんじゃないか？」

「お水とバナナ、それに……」

コンドームの箱を見つけて、東川は声を詰まらせた。でも次の瞬間、苦笑を洩らしていた。わかりやすい男。いや、頭が切れるのかもしれない。この後に必ずセックスすると暗にほのめかし、了解を得ようとしているのかもしれない。

「アルバイトをしているから裕福ね」

「何、妙なお世辞《せじ》を言ってるんだよ。そんなことより、な、いいだろう?」

原田は部屋に上がると、いきなり迫ってきた。男の野卑《やひ》な心が剝《む》き出しだった。怖いけれど、心地よかった。求められていることに満足した。東川の心はこの時、まさしく女の心だけになっていた。

彼にしなだれかかるようにして抱きついた。

厚い胸板だ。男の肉体が放つ圧迫感に息が詰まりそうになっていた。これが女の幸せなのか? 男を感じることで、自分が女だということを感じる。それが幸せということなのか? 抱かれる喜びと、女であることの喜びが、原田の胸板の厚みというキーワードによって、ひとつの喜びになっていく。

「夏美、ちょっと会わなかっただけなのに、雰囲気が変わったみたいだな」

「そう? 変わったかな、わたし」

「変だよ、すごく。女っぽいからさ。セレブの大人の女性っていう雰囲気かな」

「ありがと。お土産だけじゃなくて、お世辞までもらっちゃって……。どんなお返しをしたらいいのかな」

「わかってるだろう、そんなの」

原田に耳たぶを舐められた。不意打ちのようだった。だからこそ、快感が強かった。背中にゾクゾクとした鋭い快楽が駆け抜けていった。「ううっ」。短い呻き声が閉じたくちびるの端から洩れ出た。それは間違いなく無意識。恥ずかしいけれど、女としての肉の悦びを感じた一瞬だった。

「今夜はどうするつもりなの？」

東川は囁《ささや》きながら驚いていた。どういう意図で訊《き》いているのか、自分ではっきりとわからなかったからだ。とにかく、何でもいいから話していたかった。黙っていると理性を失ってしまいそうな恐怖感に襲われていた。理性を捨てて身も心も彼に任《まか》せてしまえば愉しいだろうに、それができなかった。女でいることに不安や戸惑《とまど》いがあるために、女のあるべき姿になりきれなかった。

「泊まるつもりだよ。夏美まさか、帰れなんて言うんじゃないだろうな」

「そんなこと言わないから安心して」

「やっぱり変だな、今夜の夏美は。ちょっとの間かまってあげなかったから、へそを曲げたのかな？」

「釣った魚に餌《えさ》をくれないからよ。こんなことがつづいたら、浮気しちゃうかもしれないわよ」

「冗談でもそういうことは言うなって」

彼の腕の力がいちだんと強くなった。この男は意外と純情なのかもしれない。女の言葉を疑っていない。言葉だけではない。夏美という女の行動に対してもだ。したたかな女だ。それは夏美という女になったからこそわかったことだ。東川という男とつきあっていることを、原田に気づかれないようにしていたとは。その逆も同じだ。ぼくは毎日のように電話していたのに。

原田の顔が近づいてきた。

おいおい、ちょっと待てよ。キスするつもりだろうけど、夏美ではなくて、ここにいるのは男なんだからな。東川は胸の裡《うち》に言葉を浮かべた。なのに瞼《まぶた》を薄く閉じて、キスをねだるような表情すらつくっていた。

男とのキス。いったいどういう感触なのかという好奇心が強かった。それは以前から持っていた好奇心ではない。夏美と軀が入れ替わったことで芽生《めば》えたものだ。同性愛に目覚めたということではない。あくまでも好奇心である。

くちびるを重ねた。

同性とのキス？　それとも、異性とのキス？

抱きしめている彼の腕に力がこもる。彼の舌先が乱暴に動く。熱を帯びてくる舌の動き。腰が砕けてしまう。ああっ、素敵。唾液も舌の感触も美味《おい》しい。キスに全身がとろけそうだ。もっともっととろけたい。だから、甘えたような鼻にかかった呻き声をあげてしまう。それこそ、女の特権。呻き声で男を操ろうとしている。東川という男の心を持っているのに、女のしたたかさが出せるなんて。

舌が離れる。キスは終わったけれど、彼のくちびるは動きつづけている。首筋から耳の後側を舐めてくる。唾液まみれになる。性感帯を的確に刺激されて、性欲が増幅していく。うずきも強まる。

原田の愛撫は女の変化といったものがわかったうえでの動きに思えてならない。無我夢中というより、客観的な部分があるようだ。それだからこそ、女は身を任せられる。快感に没頭できる。愉悦《ゆえつ》に浸ってうっとりできる。

「あなたって、こんなに頼りがいのある男だったかしら」

「丁寧《ていねい》な口調のまま、平気で、ひどいことを言うんだな」

「誉《ほ》めているつもりなんだけど……」

「毒舌だなあ」

「昔からでしょ?」

「今夜だけだよ。やさしさがいっぱいの女だったのにな」

「退屈しなくていいんじゃない? ひとつの顔だけじゃないんだから。それとも、こういう女はいや? 従順な女でないと、つまらない? だとしたら、原田さんこそつまらない男だわね」

「ははっ、おれに喧嘩《けんか》を売ってるのか？　そんな手の込んだことをして、別れようとしているのか？」

「違うから、安心して。心に浮かんだことを言葉にしているだけです。こういうのって、ダメ？」

「そうは言わないけど、遠慮ってものがあってもいいんじゃないかな。それもひとつの顔と言われたら、そうかなって認めるしかないんだけどね」

「今夜は難しいことを話しているわね、わたしたち。ねえ、もう止めにしましょう。いいでしょ？」

「賛成だな」

「だったら、抱いて……」

東川は粘《ねば》っこい口調で囁いた。こんなことを言われて気分が高ぶらない男はいないと思う。四十三歳の自分だっていきり立ってしまう。若い原田が興奮するのは当然だ。

彼は勢い込んで抱きしめ、ベッドに押し倒してきた。圧倒的な迫力。そこから男の欲望の強さだとか、愛の強さといったものを感じた。刹那《せつな》的な性欲の迫力ではない。

「お話を終わりにしないと、セックスに没頭できないよ」

「感じたことは言葉にしないと、あなたに伝わらないでしょ？　しぐさと反応だけだとわからないじゃない」

「夏美ってこんなにも理屈っぽかったかなあ。いちいち、文句をつけるんだな」

「文句ではありませんから、勘違いしないでください。あなたとの同じ感覚や思いでつながっていいたいからです」

「ああ言えばこう言うんだな」

「好きでしょ？　そんな女でも……」

「度が過ぎる女は好きじゃないな。おれは素直な女がいいんだ。尊敬はしなくてもいいから敬意を払ってくれる女だ」

「敬意をもって接しているつもりですけど、伝わってない？」

「これまでは伝わっていたけど、今夜は違うみたいだ。見下されている気がするから」

「絶対に違います。喧嘩を売っているのは原田さんのほうよ」

東川はきっぱりと言った。こういう時に曖昧《あいまい》なことを言っていると、相手に都合よく解釈されてしまう。たとえ相手が屈強な男であっても、強情な男であっても、違うと思ったら臆《おく》せずはっきりと否定すべきなのだ。

「そう言えば、夏美はおれに抱いて欲しかったんだよな」

彼は確かめるように囁いた。東川はゆっくりとうなずいた。彼の瞳を見つめながら、

「そうでした、ごめんなさい」と言った。心を込めた素直な口調で。男の愛撫や熱い陰茎を味わいたかった。だからこそ謝《あやま》ったのだ。

快感に没頭する時だ。

東川は彼にしがみつくようにして抱きついていった。

男と女のセックスでありながら、男同士のセックスでもある。激しい興奮に身震いしながら、原田の肌の熱さに酔いしれるようになった。

原田がキスを求めてきた。これで何度目だろうか。さすがにもう抵抗感はない。舌を絡める。彼の舌のせわしない動きに合わせる。口の中で暴れているみたいだ。そのせいで、気持ちよさを味わうゆとりがない。積極的で激しい舌遣いをしてくるのはありがたいけれど、快感が湧き上がっても、残念なことに次の舌の動きがそれを打ち消してしまう。そういうことがわからないまま、原田は慌《あわ》ただしく愛撫を繰り返してくる。

若さとはこういうものなのだろうか。

東川は胸の奥が焦《こ》がれるようなせつない感覚を味わった。自分もこんな時期があったのかと思うと、原田の拙《つたな》いキスが愛おしくなる。

男だった時の自分は、軀から湧き上がる快感に浸ることよりも、相手の女性に気持ちよくなってもらうことを優先させていた。それが男の使命だと思っていた。だからこそ、無我夢中で愛撫した。当然、加減がわからなかった。知識と経験が不足していた。女性がどんなキスで気持ちよくなるのかわからなかったし、どういった愛撫をすれば愉悦に浸るのか想像もできなかった。

彼の舌が細かく動く。顎《あご》から耳たぶに向かっていく。生温かい唾液が塗り込まれる。気持がいいけれど、全面的に気持いいわけではなかった。それは東川にとっては驚きだった。男ならば誰しも、魅力的な女性に舐めてもらえさえすれば、気持いいに決まっている。なのに、夏美という女になってみると、愛撫のすべてが気持いいわけではなかった。特に、耳の奥に舌が入ってきた時、中耳炎《ちゆうじえん》になるのではないかと不安になった。男と女ではこれほどまでに違うのだ。

乳房にてのひらが伸びてくる。やさしく揉んで欲しいという欲求が膨《ふく》らむ。でも、それを口にするのははばかられた。言わないほうがいい。そう思った時、それこそが紛《まぎ》れもなく、女としてのたしなみだと気づいた。

男の東川にとっても女の東川にとっても驚きだった。たぶん、女の感覚が違和感なく男の心に入り込んできているからだ。男と女の両方の性の感覚が絶妙なバランスで保たれている。でも、時間が経てば、女だけの感覚に心のすべてが変化していくのだろう。原田の愛撫に酔いながら、自分が女になっていくのを感じる。それが心地よい。女になれたことを幸せに感じる。

ブラウスの上から乳房を揉まれる。洋服が皺《しわ》になっちゃうとチラと考えて、早く脱がして欲しいと思う。でも、今はまだ無理だ。彼は乳房を揉みたがっている。

乳房の膨らみは仰向《あおむ》けになっているために消えかけている。荒々しい愛撫をされたら、ブラジャーがずれるだろう。恥ずかしい、すごく。もっとおっぱいが大きければよかったのに。男の時には、こんなにも夏美の乳房が小さいとは感じなかった。こんなところにも男と女の感覚の違いが表れるということか。

彼が首筋を舐めはじめた。

ブラウスのボタンを外していく。それに気を取られて、舌遣いがおざなりになる。男だった東川にはその理由がよくわかる。首筋への愛撫は、ブラウスを脱がしていることに気づかれないためにしているのだ。そうでなければ、気持よさに浸らせることで、咎《とが》められずに、セックスへの道筋をつけるためだ。

脱がされていることに、気づくに決まっている。セックスしたくなければ、拒《こば》むに決まっている。でも、それらは東川が女に替わったことで初めてわかったことだ。

男というのはおめでたい生き物だ。いくつになっても妄想の中にどっぷりと浸《つ》かっているものらしい。女になって視点が男から変わったからこそ気づくことができた。そうでなければ、身勝手な妄想を信じつづけていただろう。

「脱がして、お願い」

東川は囁いた。甘えた声は、夏美の声として自分の耳に心地よく響いた。薄目を開けて、原田と視線を交わしながら微笑《ほほえ》む。甘えと媚《こ》びが混じり合っているのがわかる。自分でそれを意識している。わざとらしい。なんていやらしいんだ。こんな表情やしぐさが許される理由は、女性だからだ。

「夏美は男には脱がす愉しみがあるって言っていたけど、最近になってその意味がやっとわかるようになってきたな」

「ほんと？」

「脱がしていることに、すっごく興奮するんだ。ブラジャーが見えてきているだろう？同時に、肌のぬくもりも伝わってきている。エッチな匂いも濃くなっているしね。こういうことを味わうことが、夏美の言った、脱がす愉しみっていうことなんだよな」

「男の人って、こうした経験をすることで、魅力的な大人の男に成長していくのね。男の人がうらやましい」

「何言っているんだい。女のほうがずっといいよ。目一杯、男に気持よくさせてもらえるじゃないか」

「おかしな人。目一杯なんて言って……」

東川はくすくすっと笑い声を洩らした。甘えていた。自然とできてしまえるから不思議だ。女であることが、中年男の心にしっかりと身についてきたらしい。

夏美にとって、原田は同年代の男性だ。でも、東川にとっては二十歳くらいは年下だ。可愛《かわい》い坊やみたいなものである。そんな男の子の言うことに深々とうなずいたり、感心している自分が不思議だった。皮肉ったり、茶々を入れたくなったけれど、口にしなかった。甘えている女が、男に対して批判的なことを言うのはおかしい。ましてや今は、セックスの真っ最中なのだ。

ブラジャーとパンティだけになった。

しなやかな太ももだ。むだ毛のない小麦色の肌はツヤツヤしている。ウエストのくびれの曲線も美しい。赤ちゃんのようにぽっこりと下腹が出ていない。間食しないように気をつけていると夏美が言っていたとおりだ。

自分は女。そう思った途端、心臓が熱くなった。鼓動も速くなった。口の底に唾液が溜《た》まっているのに、口が渇《かわ》いた。下腹部の奥のほうがじわじわと熱くなった。割れ目がひくひくっとうねった。それはほんのわずかな動きのはずなのに、まるで割れ目全体が口を開いたと錯覚するくらいの大きな動きに感じられた。

割れ目を閉じていた厚い肉襞が緩《ゆる》む。うるみが滲み出てくる。パンティが濡れるのを感じる。彼は気づいていないけれど、今まさに、女の羞恥心《しゅうちしん》が煽《あお》られている。淫乱な女になってしまった気分。そのことを彼に悟られてしまうかもしれないという不安や戸惑い。自分がいかにエッチな女であったのかがわかって、うらめしい気持になる。

ブラジャーのホックが外された。

時間がかかった。「片手だと難しいよね」。原田は照れ笑いを浮かべながら言い訳がましく囁いた。東川は今またしても、女と男の感覚の違いを味わった。

男にとってブラジャーのホックを外すのは難関のひとつだ。素早くスマートに外したい。手間取るのは恥である。東川はずっとそう思ってきた。原田だって同じだろう。だから、恥ずかしそうに言い訳を口にしたのだ。

女になってみると、ブラジャーの外し方の巧拙《こうせつ》など、まったく気にならなかった。手間取ったからといって、バカにすることはないし、嫌いになったりもしない。逆に、好ましいと思ったくらいだ。まったくの正反対だったなんて。童貞の頃からずっと信じてきたことが間違っていたのだからショックだった。

「きれいなおっぱいだね……」

原田は平坦になった乳房をかき集めるようにして揉む。そのおかげで、仰向けになっていても、乳房の輪郭が形作られていく。美しい円錐形だ。肌は小麦色なのに透き通っている。男がこの乳房に魅了されるのは仕方ないことだと納得してしまう。

「どうして、そんな意地悪を言うの？　原田さんって、皮肉屋さんだなあ」

「おれ、素直に誉めただけじゃないか」

「女の軀としてはきれいじゃないって、わたしが感じているのに、わざわざ、あなたは誉めているのよ。悪意がないとは思えないでしょう？」

「おかしいなあ。なぜ、おれの感動が伝わらないんだろう」

「お世辞か皮肉か意地悪が、あなたの言葉の奥にあるからじゃないの？」

「そういうのを、言いがかりって言うんだぜ……。まったく、夏美は誉め言葉にすごく弱いんだよなあ」

「意地悪に敏感なだけです」

話している間も、乳房を揉まれつづけていた。乳首は大きく膨らみ、乳輪が迫《せ》り上がっていた。仲がいいからこその小さな痴話《ちわ》喧嘩。この程度のことで、ふたりの関係に波風が立つこともなさそうだ。

乳首を口にふくまれた。その瞬間、鋭い快感が全身を走り抜けていった。「あっ、いい」。短い吐息とともに喘《あえ》ぎ声をあげてしまった。すべてが無意識だ。

女性の乳首はこんなにも感じるのか。東川にとっては驚きだった。熱心に吸ったり転がしたりしなかった。乳首の快感をあなどっていた。

乳首を吸われる。つけ根の奥にツンとした刺激が生まれる。「すごく、いい」。快感の源《みなもと》だ。それは乳房の表面に拡がっていく。同時に、乳房の奥にも響く。不思議なことに、乳房や乳首の快感によって、割れ目のうるみが大量に溢れ出てくるということはない。男の妄想では、乳房を愛撫しているうちに興奮してきて、割れ目が濡れて開いていくという図式を描いていたのに。どうやら、それも違っていたらしい。

太ももをわずかに開く。割れ目に導くためだ。東川が意識的にやったことではない。女の軀がそれを覚えていた。だから、自然だった。

原田は誘い込まれるように、太い指を割れ目に伸ばしてきた。

愛撫は荒々しかった。パンティの上からだったけれど、クリトリスを潰《つぶ》すように圧迫してきた。東川は咄嗟《とっさ》に腰を引いた。

女の防御反応だ。荒々しい愛撫は、時として、痛いだけになる。男にはそれがわからない。クリトリスに触れていれば、必ず気持いいと思っていた。たとえば、男が股間に持っている痛みに敏感なふたつの肉塊について考えてみればわかるだろう。やさしく撫でられていれば気持いいけれど、摑《つか》まれてぎゅっと握られたら……。クリトリスも同じなのだ。

パンティを脱がされる。原田のために、東川は腰を浮かして協力する。陰毛の茂みがあらわになってくる。それとともに、うるみの生々しい匂いが漂う。日に焼けていない下腹部の白い肌が桜色に染まっていく。産毛が震えながら黄金色に輝き、陰毛の茂みの黒色が際立《きわだ》つ。女性だけが放つ妖しいコントラストだ。

東川は全裸になった。

自分の軀ではないという意識が強いせいか、羞恥心はさほどなかった。それでも東川は、割れ目が剝き出しにならないように太ももを重ねた。欲望が剝き出しの原田の視線が陰部に集中していたからだ。

二十代前半の男子にとって、割れ目というのは女の神秘の場所である。好奇心を剝き出しにするのも仕方ない。それどころか、バーチャルな世界よりも生身の女体に惹《ひ》かれるというのは、このご時世だからこそ、エッチと批判するよりも、健全な精神と称えたほうがいいい気がする。

彼の指がクリトリスに向かってくる。重ねた太ももに、加減しないで容赦《ようしゃ》なくねじ込んでくる。数本の陰毛が抜ける。細い痛みが生まれる。ああっ、怖い。乱暴にされて喜ぶ女がいるかもしれないけれど、自分は違う。

夏美になった東川は、男にやさしくされることを好むタイプだと思っていた。それでいて、こうした凌辱《りようじよく》まがいの激しい攻められ方にも興奮していた。いったい、これは東川という男の性癖《せいへき》？　夏美の肉体の嗜好《しこう》？　いずれにしても、異様に高ぶっている。割れ目からうるみが噴き出すように溢れて、太もものつけ根まで濡れている。

「どうして乱暴にするの？　女って、敏感だってことがわかっていないんじゃないの？」

「それもいいんだろう？　そうでなかったら、こんなに濡れるわけないものな」

「下品。わたし、好きじゃないな、そういう言い方」

原田の指がクリトリスからも割れ目からも離れた。あっ。愛撫はもう終わり？　そんなのつまらない。快感に酔いしれるところまでいっていないのに。高ぶった女心も、女体も不満だった。だからといって、自分からせがむことはできない。

彼が起き上がった。次の瞬間、東川は驚きの声をあげた。

「あっ」

原田が股間に顔を寄せてきた。予想していなかった。陰毛の茂みを噛みながら、鼻先を下腹部に埋め込んできた。

唾液をたっぷりと載せた舌で、割れ目の端を愛撫する。やさしい動きとせわしなさのバランスがいい。強弱もほどよい。しかも、彼の舌には気合いが入っていた。おざなりの愛撫ではなかった。永遠につづくのではないかと思えるくらい、彼の舌が割れ目にべたりと張り付きつづけた。それが気持よさの源になっていた。つまり、せわしなく愛撫の場所を何度も変えられると、快感に没頭できないのだ。常に中途半端。そうなると、気持よさよりも不満のほうが膨らんでしまう。

「原田さんって、指よりも舌での愛撫のほうが上手。ああっ、うっとりしちゃう。このまま舐めつづけてもらったら、わたし、いっちゃうわ」

「そういうことを平気で言える女ではなかったはずだけどな。夏美、人が変わったみたいだね」

「いや？　こんな女は」

「嫌いではないな。エッチな女であることが、おれにとってはいいわけだからね」

「エッチな女なら誰でもいいんだ」

「そんなこと言わないで……。とにかく、足を広げてごらん。すっごく気持よくさせてあげるから」

「わたし、恥ずかしくて、頭がおかしくなりそう……」

「そうだ、その調子。恥ずかしさも快感のひとつなんだから」

「嘘、そんなの」

東川は甘えた口ぶりで言って、拗《す》ねた表情をつくった。うつ伏せになって陰部に顔を寄せている原田の視界に入るとは思えなかったけれど、表情に感情を乗せる練習のつもりだった。でも、彼は見ていた。

目ざとい男だ。そんな言い方はひどいか。気持よくさせてくれている男なのだから、敬意を持つべきだ。そうでないと、クリトリスから生まれる快感に集中できない。バカにしている男の愛撫に浸ることはできないし、軀をあずけられない。

「原田さんの舌って、すごい……」

「すごいって、どういうふうに？　今後の参考のために教えて欲しいな」

「性感帯からなかなか離れないでしょう？　それがいいの。快感にずっと酔っていられるの。それって、意識してやっていること？」

「まったく意識していないよ」

「天性だったのね。やっぱり、あなたってすごい」

「コケにしているのか？　女好きだとかセックス好きが天性だって言われても、素直に喜べないんだけど……」

「若い時は図に乗ったほうがいいの。だから、素直に喜んで。そのほうが可愛げがあっていいのよ」

「夏美のほうが年下なのに、上から目線で言うんだな。どっちが年上なのか、わからなくなりそうだ」

「いいじゃないの、そういうことは。胸に染みる言葉を教え合えたら、互いのためになるでしょう?」

「今まで、難しいことは言わなかったじゃないか。勉強嫌いっていうのが顔にも言葉にも出ていたのに……。変わったな、夏美」

「わたしって、つまらない女だったんだ」

「そんなこと、今となってはどうだっていいじゃないか、ふたりでとことん愉しめば……。それが女の幸せになるんじゃないか?」

「セックスで悦びを味わえることも、人生ではすごく大切なことだものね」

原田を持ち上げながら、東川は人生に対する自分の考えを伝えた。原田にも少しは勉強して欲しいと思う。それがふたりのつながりを濃密にさせていくはずだからだ。夏美と自分の軀が元に戻った時のためにも、原田には少し厳しくしておいたほうがいい。彼には男としても大人としても成長して欲しい。

普通ならば、不倫している女性がつきあっている若い男に嫉妬するだろう。でも、東川はそんな発想にはならなかった。夏美には正しく成長して欲しかった。心も軀も。そのためには、周囲の人の協力が不可欠だからだ。

原田の舌がクリトリスを覆う。左右の指で、厚い肉襞を押し開く。うるみと唾液が混じり合うのを感じる。それは粘り気の強い粘液になって、割れ目全体を濡らしていく。

ゾクゾクする。割れ目を舐められているとわかっているのに、男に陰茎をくわえられているという感覚に襲われる。そのたびに、乳房を見遣って、自分が夏美という女なのだと自覚する。

「気持いいだろう？」

「ええ、いいわ、すごくいい」

夏美のくちびるは即座に答えた。東川の意識で言ったのではない。質問に対して、反射的に答えていた。くちびるが言葉を記憶しているようだった。性的な高ぶりは強い。でも、まだ最高レベルではない。なのになぜ、「すごくいい」と答えたのか。

女の演技。東川はそんな結論を出したけれど、女の夏美の軀は別の答を出していた。もっと愛撫をして欲しいから。原田を励《はげ》ませば、熱心に舐めてくれる。

「原田さんだから、わたし、気持よくなれるの」

「そうだろうな。ここまで夏美の軀のことがわかっている男は、ほかにいないからな」

「ああっ、もっと、気持よくさせて」

「おれが本気になったら、止《や》めてくれって、ヒイヒイ言いながら懇願《こんがん》するようになるぞ」

「ああ、そこまで没頭してみたい」

「貪欲だなあ」

「だって、好きなんだもの、気持よくなることが……」

原田を刺激するために、お尻を上げて、膝を大きく開いた。

屹立《きつりつ》している陰茎がひくつく。

女になって客観的にそれを見ると、頼もしいと思ったり、不思議な生き物だと感心したりする。勃起のエネルギーのすべてが自分に注がれると思うと心地いい。愛されているという実感につながるし、自信にもなっていく。

彼は太もものつけ根のあたりを丹念に舐める。片足を上げさせたと思ったら、太ももの裏側のやわらかい肉をついばむように愛撫した。触れられたことのない場所、そこには性感帯がびっしりと埋まっていた。

「ああっ、こんなところまで気持がいいなんて、知らなかった」

東川は喘ぎ声をあげた。快感は新鮮だ。どこまで気持よくなれるのか摑めないし、予想もつかないから、快感に対して素直になる。

太ももの裏側から鋭い快感が走る。それはウエストに一瞬とどまった後、背中に鳥肌を立てさせながら、後頭部から頭頂部に向かう。しかもそれは、言葉を発しないと軀に溜まっていくようなのだ。

東川はまたしても、女と男の違いに気づいた。快感のその後についてだ。

男の場合の快感は、気持いいと思って味わってしまえばおしまいだ。

女の場合は違う。快感が蓄積されるのだ。声をあげたり髪を振り乱したりして発散すれば、それは溜まることなく消えていく。でも、快感に没頭するあまりに快感に反応しないと、それが軀の奥底に留まる。そんなふうにして留まった快感が、次の性欲の橋渡しの役割をするのではないか。絶頂の直後であっても欲情できるのは、溜め込んだ快感が刺激になるからに違いない。

快感が溜まっているのだろうか、是《ぜ》が非《ひ》でも挿入して欲しいという激しい欲望は生まれない。もちろん、挿入によって圧倒的な快感に包まれることはわかっている。でも、それだけのために挿入を求める気は起きない。それもまた、新鮮な感覚だった。

「女の悦びって、懐《ふところ》が深いのねえ。わたし、感心しちゃった」

「何？　それ。女になって初めてわかったような口ぶりじゃないか。やっぱり、おかしいよ、今夜の夏美は」

「ねえ、して」

「やっとねだってきたな」

「だって、恥ずかしくて言い出せなかったんだもの」

「貪欲な女のはずなのに、そういうところだけは、少女みたいなんだよな」

「嫌い?」

「大好きに決まってる……。わざわざ訊くんだなあ、女っていうのは」

「そういう生き物だから。嫌い?」

「また訊くかあ? 大好き、大好き。これで満足したか?」

「ううん、だめ。してくれないと、わたし満足できない」

「どんな情況になっても、夏美はいつでも貪欲だ。やっぱり、変わっていないか」

彼は陰茎を摑むと、先端を割れ目にあてがってきた。

ああっ、これが陰茎の感触なのか。口にふくんだ時とは違う感覚だ。生温かさが伝わってくる。でも、そうした肉の感触よりも、男の迫力や気迫に気持が向く。男の欲望の激しさや荒々しさといったものを強く感じる。女心が喜んでいる。挿入はまだなのに、胸いっぱいに快感が満ちていく。女の場合、セックスといえども、軀よりも心の気持よさが先にやって来るらしい。後になってから、肉の快感にまみれるのだ。男の快感のメカニズムと明らかに違う。

「久しぶりだな、夏美を味わえるのは……」

原田は腰を突き込んできた。

気迫が伝わった。陰茎はするりと入った。男が男に襲われる感覚はなかった。これが女のセックスの感覚なのか。男には絶対味わえない。たとえるなら、解熱剤をお尻に挿《さ》す時に似ているだろうか。いや、違う。もっと圧迫感がある。しかもその圧迫感が快感に直結している。

腰が前後に自然と動いてしまう。ああっ、どうしよう。はしたない女。自分のことを恨みがましく思ってみても、腰の動きを止められない。冷静になりなさいと自制する声と、高ぶりを煽る声が、同時に胸の裡にあがる。それを自分の喘ぎ声がかき消していく。これが女のセックスの醍醐味《だいごみ》かもしれない。

「いきそうだ。いつもの夏美らしくないせいかな、我慢できそうにないよ」

「いっていいわ。わたしも一緒にいけそうだから」

「挿入してまだ三分くらいしか経ってないだろう？　今いったら、自己嫌悪に陥《おちい》っちゃうよ」

「ふたりが満足したら、それで十分じゃないの？　自己嫌悪なんておかしいわよ。達成感を味わって欲しいわ」

「やさしいんだな、今夜は」

「いつだってやさしいでしょう、わたしは。セックスは時間の長さじゃないの。それは、長いおちんちんがいいというわけではないってことと似ているかな」

「それって、励まし？　慰《なぐさ》め？」

「あなたに勇気と自信を与えたいの。わたしの真意を汲《く》み取ってちょうだい」

彼はうなずくと、何度も腰を突きはじめた。

割れ目の奥に陰茎の先端が当たる。内臓が動いてしまうような感覚に包まれる。少し不安。でも、快感が強まるから不思議だ。

腰の動きが激しくなる。前後に動くスピードも速まる。あまりに勢いがありすぎて、快感を味わうゆとりがない。原田は無我夢中で、自分の快感を追っている。女の心を持った東川は、彼に遅れないように必死についていく。

「いきそうだ、夏美」

「いって、ああっ、わたしもいくから」

「いくぞっ」

彼がしがみついてきた。荒い息遣いが止まった。全身が硬直して、体重をかけてきた。男の重みを受け止めながら、東川も愉悦に集中していた。

「うっ」

彼は小さく呻いた。その直後、割れ目で陰茎の脈動を感じ取った。

いっている。

今まさに彼は白い粘液をコンドームに向かって噴《ふ》き出している……。

「いってくれたのね。わたしもいく、ううっ、いくっ」

東川も昇りはじめた。彼の欲望を受け止めたという満足感や喜びが、軀の悦びにつながった。男よりもずっと深くて強い、女ならではの快感だ。

第八章　異性の難問

今夜の新宿はもわりとした生暖かい空気に覆《おお》われている。すっきりと晴れ渡っているようでいて湿気が多い。暑いのに寒くも感じる。何かが起こりそうな予感を抱《いだ》かせる奇妙な天気だ。

東川は今、東川の顔を持った夏美と会っている。

新宿駅南口の目の前の喫茶店。午後七時三十分。待ち合わせ場所としては絶好の店なのだろう。混んではいるものの、客はひっきりなしに入れ替わっている。

「寛子とうまくやっているかい？　夏美にうちの真面目な奥さんを操縦できているのか心配だよ」

「やっていますとも。心配の必要はありませんよ」

「本当は喧嘩《けんか》しているんじゃないか？　離婚届に判を押したなんてことになっているんじゃないだろうね」

「先生、わたしたちはふたりきりではないんだから、言葉遣《づか》いに気をつけて。先生の外見は女性なの。もう少し、女性らしくやさしい言葉を選んで言ってください」

「ごめん、そうだった。外見が自分だったから、ついつい、気を許してしまった。ところで、今夜は時間がとれそうかい?」

「大丈夫だと思います。遅くなっても怪しまれないように、製薬会社の接待で飲むと言ってきましたから」

「それはうまい嘘《うそ》がつけたね。納得しただろうな、寛子は……」

「会いたい? 奥さんに。先生はわたしに、奥さんとうまくいっていないと言っていたけど、違っていましたものね」

「うまくいっていなかっただろう?」

「何言っているの。結婚している男性って必ず、奥さんとの仲がよくないって言うんだとわかったくらいですよ」

東川の顔をした夏美が、呆《あき》れた表情をつくった。どういうことだ? 夏美と妻はどんな会話をしたんだ? 立場が入れ替わったことで、彼女は何かを知ったのだろうか。それとも、つくり話をしているのか。

たとえ夏美が何かを知ったとして、東川は不安になることはない。妻との関係は冷めきっている。それは事実だ。嘘をついてはいない。だからこそ、堂々としていられるし、彼女に対して後ろめたさを感じることもない。

夏美が、意地悪そうな目をした。可笑《おか》しなものだと思う。目そのものは東川のものだけれど、意地悪な目の光は、彼女そのものだ。夏美は言う。

「ねえ、奥さんが恋しくなってきたんじゃないの？」

「まさか。このまま元に戻らずにずっと夏美で通してもいいと思うくらいに快適だよ」

「奥さんの愛情に包まれていると、先生と奥さんってラブラブだったろうなって想像できちゃいました」

「夏美の勝手な思い込みだよ。とにかく今のぼくは夏美としての生活が面白くて、男の時のことにまで気が回らないんだ」

「冷たい夫ねえ……」

夏美は大きなため息を洩《も》らした。見た目は、期待や希望を抱いていそうにない中年男の姿だ。しょぼくれていて、新宿の駅前の慌《あわ》ただしい喫茶店にはそぐわない。

「夏美はぼくと妻との関係に踏み込まないように。これはお願いではなくて、軀《からだ》が入れ替わったふたりにとっての最低限の約束事だよ。至上命令といってもいいんじゃないかな」

「命令なんて言葉は遣《つか》わないでください。ふたりに上下関係はないはずです」

「たとえば、タイムマシンに乗って過去に行く人には、過去の事実を変えないってことが約束事になっているよね。過去を変えたら、歴史が変わる。今を生きる誰かが生まれていないかもしれない。それと同じことだよ」

東川はやさしく諭《さと》した。今必要なことは、彼女と危機意識を共有することだ。いくらひとりでムキになって言っても、彼女がわかってくれないと意味がない。

「夏美もわかっているだろう？」

「わかりますけれど、先生自身ではどうにもできなかったことが、夏美という女の心を持った先生だったら、解決できたりするんじゃないのかなって思うんです。特に、男女の関係については……」

「どうやら、ぼくたち夫婦のことに、夏美は関わりたいみたいだな」

「だって、当事者になってみてわかったけど、先生たちって修復不可能な夫婦関係とは思えないんだもの」

「実際のところ、不可能だよ、それは。数日一緒に暮らした程度では、夫婦のことなんてわかりっこないさ」

夏美は修復できるという手応えでも感じとっているのだろうか。だとしても、実際の修復は本人の手によってなされるべきではないか？　当事者同士の納得がなければ、一時の修復はなっても、長つづきはしない。

納得しないなら、彼女にまつわる話をしてあげたらどうだろうか。原田についてだ。夏美に成り代わったことで知り得た彼女の恋人。

「原田っていう男と会ったんだけど……。夏美の恋人だよね」

「どういう意味？　わたしが彼のことを隠していたから、先生、怒っているの？　だとしたら、今はその怒りを表すタイミングではないと思います」

「怒ってなんていないよ。恋人かどうか確かめておきたかっただけさ」

「恋人ですけど、わたしの感覚からすると、彼氏っていう感じでしょうか。恋人だとちょっと重い存在かな」

「彼、いきなり泊まりにきたよ」

「えっ、また？　図々《ずうずう》しいなあ。彼って、お金がなくなると、ご飯目当てで泊まりにきたりするんです。それに、タダでセックスできるとも思っているみたい」

「厳《きび》しい見方だけど、それでもつきあっているということは、嫌いではないってわけだよね。結婚は？」

「先生、何が言いたいんですか？　わたしに結婚させたいんですか？　わたしと別れたいということですか？」

夏美が気色《けしき》ばんだ表情を浮かべた。

隠してきた恋人の存在がバレたからか。結婚という大事なことを問題にされたからだろうか。軀が入れ替わっていても、夏美の心の有り様についてまではわからない。彼女は今、何を考え、どう思っているのか。知るためには訊《き》くしかない。

「別れたいんじゃないよ。ぼくは夏美のことが好きだし、これからもつきあっていきたいと思っている。それだけはわかって欲しいな」

「それじゃ、どうして?」

「原田という男と、どんなつもりでつきあっているのかってことだよ。結婚したいのに踏み切れないなら、ぼくがその手伝いをしてあげるよ。夏美がぼくの結婚生活を変えてくれようというのと同じことだね」

「そういうことを言いたくて、原田さんのことを持ち出してきたんですね」

「やっとわかったみたいだね。ちょっと鈍いな」

「意地悪な言い方」

「で、どうして欲しいのかな? ぼくが介入してもいい? それとも、成り行きでいいってこと?」

「彼のことは好きだけど、結婚はまだしたくないから。変なことは絶対に言わないでください、先生。彼を焚《た》きつけたり、希望を持たせたり……。逆に、がっかりさせるようなことも言わないでください」

夏美は背筋を伸ばしたまま、真剣な眼差《まなざ》しで言った。原田のことが好きで別れたくないという想いが溢れていた。

「彼には今、どんなことを伝えたいんだい? 好きという気持だけでいいのかな? たとえば、彼がプロポーズしてきたらどうすればいい？」

「すべて今のままの曖昧な形にしておいてくれますか？　わたしの人生の重大事なんですから、わたし自身で決めます。先生が決めないでください」

「やっぱり夏美もそう思うだろう？　だから、夏美がぼくたち夫婦の関係に踏み込んでもいけないいんだよ。これで本当にわかってくれたよね」

「わかりますけど、もったいないな。奥さんの様子からして、必ず、修復できるんですから。セックスだってしたし……」

「そういうことは言わないの。知り得た秘密は明かさないようにしよう」

夏美はうなずいた。顔全体が明るくなった。今度こそわかってくれたらしい。

東川はようやく安堵《あんど》のため息をついた。店内を見渡すゆとりができた。ガラスを張った店内から、新宿駅の南口と甲州街道が眺められた。

女の軀になって初めての喫茶店だけれど、緊張はしていない。さすがに、女の軀に慣れた。不安になることもなかった。つまり、意識が男であっても、ほかの人は、自分のことを女としか見ていないと確信が持てるようになったのだ。女装して女子トイレに入ったら、とてつもなく不安だし、緊張もするだろう。女でいることに慣れないうちは、そんな感覚がずっとつきまとっていた。

見慣れた顔が店に入ってきた。

妻の寛子だった。

「あっ」

東川は短く驚きの声をあげた。

ごく普通の喫茶店がいっきに不思議な空間に変わった気がした。

夏美はおせっかいを焼いたのだろう。本当に大きなお世話だ。善意のつもりだろうけど浅知恵だ。保守的な妻の性格のことを考えていない。それに、東川彰の夫としての立場もわかっていない。

どういう振る舞い方をしていいのか戸惑ってしまう。心は寛子の夫であっても、見た目は二十代の女である。しかも、寛子の夫と親しげにお茶を飲んでいる情況だ。妻が嫉妬《しっと》してもおかしくない。

妻が向かってくる。表情は当然ながら硬い。

夫としては、妻がずいぶんとおしゃれをしていることのほうに注意が向く。まるで披露宴に呼ばれた時のような気合いの入った装《よそお》いだ。一年に一度見るかどうかのダイヤがいくつも入ったネックレスもつけている。

東川彰の顔を持った夏美が手を挙げた。妻を招き寄せた。妻は硬い表情のままでうなずいた。夫の前に坐っている若い女に厳しい視線を送ってきた。不倫している夫への非難よりも、若い女に対する敵愾心《てきがいしん》のほうが先に来ているようだった。

「時間ぴったりだね。眩しいくらいに素敵だよ。夫婦でも時々は外で会ったほうが刺激になっていいのかな」

夏美は東川彰という男に成り切っている。頑張っているというふうには見えない。夫としても男としてもごく自然だ。

夏美の軀に替わっている東川は黙っていた。

妻の顔からは相変わらず表情が消えている。警戒心が目の光に表れていた。穏便《おんびん》に事を済ませることが大事なのだ。そのためには、若い女、つまり自分が黙っていることが条件だ。しゃしゃり出て、この場を仕切ろうとしたら、情況はさらにややこしくなる。東川の姿の男に、すがるような眼差しを送る。早くなんとかしてくれないか、このままでは針のむしろだ。

「おいおい、寛子。そんなに怖い顔をしなくてもいいだろう？　この子は石坂君。ぼくの教え子だから、変な勘ぐりはしないように。三ヵ月ぶりかな、会うのは。久しぶりに電話をもらって、相談したいことがあるということで会っているだけだから。話を聞く日を寛子と同じ日に選んだのは、やましいところがないからだよ」

夏美は平然と嘘をついた。おどおどしたところはないし、目も泳いでいなかった。あくまでも真剣だ。

紹介をされたことで、寛子の表情に安堵の色が滲《にじ》んだ。面白いものだと思う。見ず知らずの時には、あからさまに敵対心を燃やしていたのに、素性《すじょう》がわかった途端、彼女の敵意は萎《しぼ》んだのだ。彼女にとって、教えてもらった女の素性が本当かどうかは関係ない。素性がわかっていることが重要ということだ。

「やましいからこそ、紹介しているのかもしれないでしょう？　いやだわ、わたし。精神科の先生なんかと結婚しなければよかった」

「初対面の女性の前で、そういうことは言わないこと。教え子なんだから、恥ずかしいじゃないか」

夏美は眉間に皺《しわ》をつくって寛子を睨《にら》みつけた。本気で怒っている表情ではないけれど、表情のすべてが演技ということもなさそうだった。つまり、自然だったということだ。もちろん、彼女の顔は東川彰そのもの。顔のどこにも、夏美の気配は感じられない。

寛子が頭を軽く下げる。無表情ではあるけれど、勝ち誇ったようなゆとりが感じられる。愛人に妻の立場の強さを誇示《こじ》しているつもりなのか。

「どうも初めまして……。東川の家内の寛子です。お名前は、石坂さんでしたっけ……」

「石坂夏美です。去年からデザイン事務所で働いているんですけど、いろいろと大変で……」

「デザイン事務所？　主人の教え子なのにデザイン関係のお仕事？　医学部の学生ではなかったんですか？　それとも、心理学を学んでいらっしゃるの？」

「子どもの頃から絵が好きで、美術の大学に行っていました。父は大反対でしたけど……。先生の授業を受けていました」

「へえ、珍しいわね。今時、娘の進路について反対する親御さんがいるなんて……」

「田舎《いなか》の人ですから、父は。デザインをしてお給料をもらえるなんてこと自体が、想像を超えているんです」

「事情はわかりました、石坂さん。頑張ってね……。反対を押して仕事をしているということは、悩みも多いでしょうからね」

「わたしもう、先生に会わないほうがいいんでしょうか？　誤解されるだけなら我慢しますけど、ご夫婦の関係にヒビを入れることになってしまうなら……」

夏美の軀になっている東川が言うと、あわてて割って入るように、東川の立場の夏美が口を開いた。

「こういうところで話すのも変だから、どこか静かな場所に移動しないか？　変だよ、いつまでもここに陣取っているのは。待ち合わせのためにあるような喫茶店なんだから。それに、お腹も空《す》いたしね」

夏美は言うと、屈託《くったく》のない笑い声をあげた。中年男の笑い声というのは、どんなに自然に振る舞ったとしても、演技が含まれているように感じられる。何かの思惑《おもわく》があって笑い声をあげるという感じさえする。当然ながら、これは自分が中年男の時には感じなかった。二十二歳の肉体を得たことによって体感できるようになったことだ。

「あなたが言っていた会食というのは、こういうことだったの？　石坂さんとご一緒するということ？」

「そういうこと。実はレストランを予約してあるんだ。西新宿のイタリア料理店なんだ」

東川はいぶかしく感じながら、夏美を見遣《みや》った。思惑は何だ。夫婦仲を良くするつもりなのか？　だとしたら、二十二歳の若い女は必要ではないはずだ。

寛子は喜んでいるようだった。はしゃいだ声でウエイターを呼んだ。

「お水をください」

自分のためではなくて、夫のグラスの水が半分ほどになっていた。

夫との久しぶりの外食だから喜んでいるのではなさそうだ。そこまで彼女は単純ではない。たぶん、若い女の前で、妻として振る舞えることがうれしいのだろう。そうでなければ、夫のためにウエイターを呼んだりしない。

午後七時五十五分。

三人で喫茶店を出た。東川夫妻がイタリアンレストランを目指して前を歩き、夏美の軀になっている東川がついていく。夫婦だけにして自分は帰ってしまおうかとも考えたけれど、疑惑を生むことになる気がして思いとどまった。それに、夏美には秘密にしている計画がありそうだ。彼女に勝手なことをさせないためにも、そばにいる必要があった。中年男の姿になってはいるけれど、頭脳と心は二十二歳なのだ。自分の思い込みで暴走しかねない年頃だ。

西新宿の高層ビル群に向かっている。

三人並ぶとなると、男を中心にすることになりかねない。だから、夏美になった東川が引き下がった。

妻に無用な嫉妬心やライバル意識を芽生《めば》えさせるのは得策ではない。今だけでも十分にややこしいのだから、自分からわざわざ複雑にすることもない。とにかく、三人の関係が織りなす複雑さから生まれるのはトラブルだけ。楽しさや喜びはない。そういうことを肝《きも》に銘《めい》じておかなくてはいけない。

三人は新宿中央公園が見下ろせるシティホテルに入った。

おしゃれな雰囲気を好む夏美らしい選択だ。ホテルのレストランなら相場よりも少々高いだろうけど、ひどい外れはないから安心だ。

東川は夫婦の後につづいて、エレベータに乗り込んだ。狭い空間に三人。居心地のよくない空気がいっきに満ちた。最上階のボタンを夏美が押した。緊張感が漂《ただよ》う中、中年男になっている彼女は、大胆にも、妻に背を向けたのを見計《みはか》らってにやりと笑った。

秘密の思惑があるのは間違いない。

東川は身がすくむようなスリルを感じた。彼女は妻を巻き込もうとしている。それは疑いようもない。

どういう意図があるのか。

妻に不倫の関係だったことをぶちまけるつもりなのか。それとも、妻の目の前で不倫関係を清算するつもりか。いや、どちらでもないはずだ。修羅場《しゅらば》になるだけなのだから。本気で別れを望んでいるとしたら、ここまで手の込んだことはしないだろう。ならば、何度も彼女が言っているように、本当に夫婦仲を元に戻そうというのか？　それなら、夫婦ふたりですればいいではないか。若い女を加えるのはおかしい。

五十一階に到着した。エレベータを降りると、夏美は妻に寄り添った。東川の目には、彼女の行動がわざとらしく映った。しかも腕を絡めようとさえしていた。そんなことは結婚してから一度もない。当然ながら、妻はそれを拒《こば》んだ。

「やめてください、あなた。こんなところで、何を考えているんですか。石坂さんが見ているんですよ」

妻はあからさまにいやがっている表情を浮かべた。上体を反らし気味にして、夫との距離を広げている。それは彼女の無意識レベルでの嫌悪《けんお》の表れだ。

店の手前で夏美は立ち止まった。

妻の耳元で何やら囁《ささや》いた。そして、うっすらと微笑を浮かべた。冗談を言ったのか。話し声は東川の耳には届かなかった。冗談を言うことで、妻に隙《すき》ができたようだった。その隙に、彼は妻の頬《ほお》に軽くキスをした。

「あなたったらもう、調子に乗って……。これ以上おかしなことをしたら、わたし、本当に怒りますからね」

「ぼくはわざわざ石坂君に見せてあげているんだ。彼女、異性にあまり興味がないみたいだからね」

「だったら、逆効果でしょう？　中年同士がベタベタとくっつきあっている姿なんて、見苦しいだけだもの」

「卑下《ひげ》するものじゃない。お世辞《せじ》抜きに、寛子はきれいだ。うれしそうな顔をしている時なんて、若い子以上に輝いているもの……」

「わかりましたから、齢《とし》のことは言わないでください。そういう発言は、いくら夫婦であってもセクハラになりますからね」

イタリアンレストランに入った。気さくな雰囲気のトラットリアではない。客に緊張を強《し》いる高級店だ。

夏美は堂々としていた。予約している旨《むね》を伝えた。物怖《お》じしていないところが素晴らしかった。

ウエイターに窓際の席に案内された。東川夫妻が並んで坐った。もちろん、妻が窓際だ。女性の姿になっている東川も窓際。女同士が向かい合うことになった。

「寛子、今夜は何も気にしないで、心ゆくまでお酒を飲んでいいからね」

夏美はワインリストに目を落としながら、隣に坐る妻にやさしく声をかけた。

妻は酒に弱かったはずだ。いきなり飲めるようになったとでもいうのか？　夫はウエイターと相談しながらワインをボトルでオーダーした。イタリア産のフルーティな辛口。夏美の好みだ。軀が入れ替わっても、ワインの好みは変わらないらしい。

「あなたにいくらけしかけられても、無理して飲みませんよ、わたしは。気持悪くなったら、どうするんですか。あなた、背負っては帰れないでしょう？」

「ははっ、大丈夫。酔い潰れた時のための準備はしてあるからさ。寛子だけじゃない。石坂君も大丈夫だからね」

「何を準備しているというの？」

「このホテルのスイートルームを予約してあるんだ。どんなに遅くなっても電車を気にしないでいいし、気分が悪くなってもそこで介抱できるからね」

夏美はあっけらかんとした口調で言った。妻は驚いていた。数秒間は、口を開いたままだった。あまりに予想外のことに、なぜという疑問の声すら忘れたようだった。

まさか、三人で夜を過ごそうというのか……。

東川の脳裡《のうり》にいかがわしい想像が浮かんだ。それは、乾杯をした後も消えずに頭の片隅に残りつづけた。

珍しいことに、妻の寛子が二杯目のワインを頼んだ。

彼女の目はウエイターを見ていなかった。向けていたのは隣に坐っている夫にだった。憎しみを丸出しにした眼差し。おいしいカジキマグロのカルパッチョを食べているというのに。憎悪のせいで、両頬が小刻みに震えている。

夏美になっている東川にしてみたら、ヒヤヒヤの連続だった。妻は滅多《めった》なことでは怒りを爆発させたりはしない。でも、爆発したら手に負えない。つまり、ギリギリまで怒りや不満を溜め込むタイプなのだ。そんな妻の本当の性格は、数日暮らしただけではわからない。夏美は高《たか》をくくっている。同性だからというそれだけの根拠で、妻のことを理解した気になっている。危険だ、すごく。

夏美が思うほど、妻は温厚でお人よしではない。意地が悪いし、ずるさも持ち合わせている。それを理性で隠している。喧嘩などをして感情を抑えられなくなると、女としてのいやらしい性格があらわになる。

今はまだ女としても妻としても理性的で優等生だ。そのためにも、酒が強くない妻にあまり飲ませないようにしないと。そして、無用な嫉妬心を煽《あお》らないように気をつけないといけない。

「奥様って、お酒、強いんですね。わたし、かないません」

本当の夫は、夏美の顔で驚いた表情をつくった。妻をいい気分にさせるために言ったのではない。酒は強くないんだからほどほどにしなさい。そんな自制をうながすために投げた言葉だ。

「ワインのおいしさが、ようやくわかる年齢になってきたのかしら。すごくおいしいの。えっと、石坂さんだったわね。あなた、おいくつ?」

寛子は敵意を剝き出しにして言う。まずい。嫉妬心があらわだ。容姿にかげりが見えはじめた三十八歳の妻にしたら、二十二歳の女の子に対して優位に立ちたいのだ。

「二十二歳です……。奥様のように大人の女ではありません。世間のことがよくわからない幼い年齢です」

「男って単純だから、あなたのような無邪気《むじゃき》な女の子が好きなのよね。うちの主人も、大好きだと思うわ」

寛子は言うと、夫のほうに目を遣《や》った。外見は確かに夫だ。でも、内面は二十二歳の夏美であって、その人こそ敵愾心《てきがいしん》をぶつける相手なのだ。東川はヒヤヒヤの連続に冷や汗が浮かぶ。夏美が冷静に対応してくれればいいのだけれど……。

「若い子もいいけど、ある程度、年齢がいった女性も素敵だと思うよ。下世話《げせわ》なことだけど、若い子よりも、いろいろなことを知っているし、上手だからね」

「あなたはそんな答え方で、うまくかわしたつもりでいるの?　わたしの耳には、二十二歳の女の子に好意を持っていると告白したように聞こえたけど」

寛子は挑戦的だった。言い方も内容も表情も。嫉妬心のせいで冷静さが失われている。酔いが回っているせいで、抑えが利《き》かないのだ。これこそ、東川が恐れていたことだ。でもまさか、こんなにも早くやってくるとは。

だからといって、口出しできる情況ではない。そんなことをしたら、妻の嫉妬心は爆発する。火に油を注ぐようなものだ。夫の姿をした夏美が空気を読む。妻をいさめようと声を投げる。

「嫉妬するなんておかしいよ。勘違いしないでくれるかい？　石坂君は教え子っていうだけなんだから。寛子がぼくにとっての最愛の女性なんだ。それに、ぼくたちは結婚しているんだよ」

「そんなことを言って、後で大変なことになるんじゃないの？　いいのよ、無理しなくても。わたしはわかっていますから」

「勘違いもはなはだしいな。石坂君の前なんだから、変な喧嘩を売らないでくれるかい？」

「あなたがそうさせているんじゃないのかしら。この三人で食事をするっていうこと自体、変なんですから」

「夫婦という関係がどれだけ素敵なものか、石坂君に教えてあげようと思ったんだ。彼女のご両親は離婚していて、結婚に希望を持っていないってこぼしていたからね」

「あなたって人は、女の子の悩みを、こんな無茶な遣《や》り方で解決してあげているの？　いつも？　それとも、石坂さんだけ？」

「何をそんなに力《りき》んで訊くのかな。石坂君が戸惑っているじゃないか」

夏美は穏《おだ》やかな声で妻を落ち着かせようとする。夏美も妻の性格の怖さに気づいたのではないか。こんな計画でうまくいくと思ったことを、後悔しているのではないか。

「今夜のあなたって、やっぱり、変です。普通じゃない。なぜですか？　どう考えたって、石坂さんがいらっしゃることが影響しているんですよ。あなたはわかっているはずです。それとも、わたしを試しているんですか」

「試すって、何を」

「石坂さんを紹介して、何も感じないか、それとも、何かに気づくかって……」

「おいおい、やめて欲しいな。石坂君に失礼だろう」

「ごめんなさいね、石坂さん。独身のあなたにはわからないでしょうけど、これって夫婦喧嘩しているわけではないから、気にしないでね。夫婦のレクリエーションといったところかしら。そうでしょう？　あなた」

寛子はいくらか冷静になったようだ。夏美も鋭く感じ取ったらしい。突っかかるようなことは言わずに、微笑みながら素直にうなずくだけにとどめていた。

パスタとメインの肉料理を食べ終えた。次はデザートだけれど、東川はもう満腹だ。残念ながら胃袋の大きさも、男から女に変わってしまったみたいだ。おいしい料理をおいしくゆとりをもって食べられないのは悲しい。

寛子はまたグラスワインのおかわりをした。これで三杯目。初めてだ、妻がこんなに飲むのを見たのは。

飲める体質ではない。ということは、嫉妬心がワインを飲ませているということだ。この後、荒れなければいいけれど。心配だ。顔色が青白くなっている。そこまで見て取れたけれど、妻の嫉妬心やライバル心を煽ることになるから、何も口にしなかった。妻は絶対に、目の前にいる若い女性に気遣われたくはないはずだ。

東川の軀を持つ夏美に、夏美の軀の東川が声をかける。このままでは気まずい。

「いいですね、おふたりで今夜はスイートルームにお泊まりになるなんて……。わたしも、ロマンチックなことをしてくれる旦那さんを見つけたいなあ。先生、誰かいい人、紹介してくれませんか」

東川は内心、無難なことを言ったと思って安堵した。もちろんそこには、このホテルの部屋の予約を取っていたことを、妻に思い起こさせるためでもある。

「石坂さんも泊まったらどう？　夕食を一緒にとったのも何かの縁だと思うの。それに、主人とふたりきりだと、わたし、照れちゃうし、間が持たないから……」

「どうして、そんなことを言うんですか？　大人の気持って、わたし、まったくわかりません。奥様、今言ったことは、嘘ですよね？　わたしがもし、遠慮なく泊まらせてもらいます、と言ったらどうするんでしょうか」

「泊まりたいなら、喜んで一緒に泊まりますよ。ああっ、こんな話をしていたら、わたし、酔いが回って坐っていられなくなっちゃった……。ねえ、あなた。部屋の鍵を持っていたら、貸してください。先に部屋に入って休ませてもらっていいかしら？」

寛子は夏美に顔を向けながら話していたけれど、終わりのほうでは、東川に視線を送っていた。夏美はジャケットの内ポケットからカードキーを取り出した。二枚のカードキーがテーブルに並んだ。

「ほら、鍵」

「今すぐでもいい？」

「気分が悪いなら仕方ないよ。遠慮しないで、行きなさい」

「おふたりさん、愉《たの》しんでね。それではお先に」

寛子はデザートが運ばれる前に、マナー違反を承知で席を立った。嫉妬心を制御できなかったのだ。酔いが回ったせいで坐っていられないというのは言い訳にすぎない。

お尻を椅子から浮かし気味にして、東川は寛子を見送る。部屋まで付き添ったほうがいいかもしれないと、本気で思った。寛子に誠意を見せようとしていた。男の心にそんな感覚はない。東川は自分の心が女に変わってきているのだと気づいた。でも、付き添わなかった。夏美が手で制したからだ。

「二十二歳の女の子が同情しているようなところを見せたら、奥さん、もっと怒っちゃうと思いますよ、先生」

「そうだった……。自分が夏美だということを、つい、忘れてしまうんだよ」

「奥さん、意外と手強《てごわ》いんですね。気が弱くて素直な人かと思ったのに」

「今さら、そんな無責任なことを言わないでくれるかな」

「部屋を予約したけど、本当に奥さんが利用するとは思っていなかったんです。先生、予想外のことだけど、これでよかったでしょう?」

「よかったかどうか……。夏美が考えていることって、ぼくの想像をはるかに越えているからね。それにしても、どうして、部屋を取ったのかな」

「もったいなかった?」

「お金のことはどうでもいいの。寛子を巻き込んだ本当の理由を知りたいんだよ。仲直りさせたいなんてことを、ぼくが本気で信用していると思っているのかい?」

「愉しめれば、理由なんてどうだっていいでしょう?」

「どうやって……。妻がいるのに」

「奥さんだって、嫌いではないはずです。それに今夜は酔っているし……」

東川は答えずにため息を洩らして瞼《まぶた》を閉じた。

3Pをしたいのか、と訊きたかったけれど言葉にできなかった。快楽のためにそんなことをしてはいけないと思う。が、その反面、性的好奇心も確実に芽生えていた。夏美が承知しているなら、性的な冒険に突き進んでみたかった。

四十六階のジュニアスイートルーム。六十平米弱。東京タワーが東南の方角に見える。さらにその向こう側では、ブルーの照明を浴びたレインボーブリッジがくっきり浮かび上がっている。

女性の軀を持った東川は、自分の姿をした夏美の後ろをついていく。寛子が部屋にいることを思えば、東川よりも先に部屋に入るのはまずいだろう。些細《ささい》なことだけれど、寛子の強い嫉妬心を考えると、気をつけるに越したことはない。

部屋は1L。入ってすぐがリビングルーム。広い部屋を埋めるように、三人掛けのソファやローテーブル、ライティングデスク、大型の液晶のテレビが置かれている。奥の左側がキングサイズのダブルベッドを据《す》えたベッドルームだ。

寛子は三人掛けのソファで横になっていた。夫が入ってきてもそのままの格好だったけれど、後ろからついた夏美の姿に気づくと、上体を起こした。

「寛子、調子はどうだい」

体調を気遣って、夏美が声をかける。緊張気味の声音《こわね》。妻の感情がどのような状態なのか、見定めようとしている。夏美はつづけて声を投げる。

「石坂君をつれてきたよ。彼女、スイートと名がつく部屋を見たことがないんだって。だから、見せてあげようと思ってね」

「すみません、奥様。お疲れのところをお邪魔しちゃって……。拝見させてもらったら帰りますから」

夏美の声の東川も、緊張気味の声をあげた。こんなにも気を遣わせる女だったのか。寛子のあらたな一面を見せられているようだった。

「気にしないで、石坂さん。一緒に泊まっていったらどう？　エキストラベッドを頼めば、三人でも十分に泊まれる広さよ」

「惹《ひ》かれるお誘いですけど、夫婦水入らずの時間を邪魔するような野暮なことはしたくありませんから」

東川は丁重《ていちょう》に断った。それでも夏美が強引に泊まらせようとするはずだと思っていた。そこまでは想像がついた。その先は、わからない。成り行きに任《まか》せるしかない。

「ちょっと待って、石坂さん。とにかく坐って。あなたも、ほら、ぼやっとしていないで、勧めてください」

寛子の表情と声に緊張感がみなぎっている。夏美の軀の東川はソファに腰を下ろした。寛子のすぐ隣。約三十センチの間隔。夏美はライティングデスクの椅子に腰をおろした。

不思議な空気が漂う。なごやかな雰囲気ではないけれど、トゲトゲしくないし、ピリピリとした空気でもない。三人がそれぞれに親しげな眼差しを送り合っていて、警戒心を瞳に浮かべている。そのために、自然な会話にならない。

「ぼくもソファに坐っていいかな」

「もちろんいいですよ。でも、わたしの隣。石坂さんの隣ではダメですからね」

「ははっ、わかってるよ」

妻を挟《はさ》み込んで夏美は坐った。

夫婦ということもあって、ふたりの距離はほとんどない。太ももが触れ合っている。寛子は当然、いやがらない。それどころか、左隣に坐る若い女に見せつけるかのように、彼女は自らのスカートの裾《すそ》をいじってずり上げて、太ももを中ほどまであらわにする。

夫の姿の夏美が妻の太ももに手を伸ばす。本当の夫が見ている前で。スカートをゆっくりと上げていく。まさか、こんな展開になろうとは。寛子が愛撫を許すことも信じられないし、そのきっかけをつくったことも信じられない。

妻は性的に淡泊な女性で、積極的に求めるタイプではない。三人という特異な情況に、妻が培《つちか》ってきた理性や礼儀正しさといったものが壊《こわ》されたのか。それとも、自棄《やけ》になった？　若い女に見せつけることで嫉妬心を鎮《しず》めようというつもりか？　若い女と張り合おうとしているのか？

三人とも黙っている。夏美と寛子は唾液を何度も静かに呑み込んでいる。東川も口の底にすぐに溜まる唾液を呑む。部屋が淫靡《いんび》さを帯びる。妖しい空気が濃密になっていく。誰も言葉を発していないのに。荒い呼吸と唾液を呑み込む音だけなのに。

「寛子、キスしてもいいかな」

東川になっている夏美が耳元で囁いた。寛子は答えなかった。その代わりに、唾液をごくりと呑み込んだ。

夏美は妻の太ももを撫《な》でながら、妻の頬から顎《あご》にかけてくちびるを滑らせる。それを二十二歳の女がじっと見ている。寛子の頬が赤く染まる。ベージュのストッキングを穿《は》いているのに、太ももが朱色になっていくのが見て取れる。

妻のくちびるが薄く開く。「ううっ」。快感に満ちた呻《うめ》き声が洩れる。性的に淡泊なはずの寛子が興奮している。

夏美が寛子にくちびるを寄せた。見た目には四十三歳の男と三十八歳の女のキス。でもそれを傍《かたわ》らで見ている東川には、女ふたりのキスに思えてならない。

寛子の向こう側にいる夏美と、何度となく目が合う。いたずらっぽい眼差しの時もあれば、恥ずかしさを帯びた目をする時もある。気持よさに浸っているとわかるうつろな目をしていたりもする。

東川は全身が熱くなりはじめたのを感じた。割れ目の表面も奥のほうも火照《ほて》る。これこそ、男の時に何千何万回と味わってきた勃起がはじまる時の高揚感だ。懐《なつ》かしい感覚。夏美の軀になっているのだから、当然、股間《こかん》に陰茎は存在しない。なのに、勃起していると感じる。クリトリスが勃起しているのかもしれない。

ふたりのキスはつづく。粘っこい音があがる。部屋の濃密な空気が妖しさを増していく。すぐ横に坐っている東川は、熱い視線をふたりに注いでしまう。見ないようにするけれど無理だ。

「やめてください、あなた。石坂さんが見ているんですよ」

「若い子ってね、ぼくたちの世代とは違って、キスくらいでは驚かなくなっているんだ」

「そうかもしれないけど、わたしがいやなんですから……」

「石坂君は同性だよ。それなのに、寛子は恥ずかしい？」

「当然です、キスはふたりきりでするものでしょう？　違いますか？　いつから、あなたは考え方を変えたんですか？」

「突っかかった言い方をしなくてもいいじゃないか。ぼくはすごくうれしくて、愉しいんだから……。この気分のままでいさせて欲しいな」

「わたしだってそうです。久しぶりにたくさんお酒を飲んで、いい気分になっていたんです。しかも、あなたが奮発してとってくれたスイートルームなんだもの。気分がいいに決まってるでしょう？」

隣で聞いていた東川には、ふたりの言い合いが仲睦《なかむつ》まじさの表れに思えた。夏美は妻と実にうまくやっている。

「わたし、お邪魔のようなので、帰ります」

東川が申し訳なさそうに言うと、すかさず、寛子が声をあげた。高ぶった眼差しで見つめると、

「帰らないで、ここにいて」

と、手を伸ばしてきた。艶《なま》めかしい細い指。若い女の子が立ち上がろうとしたから、寛子は引き止めようとしただけだろう。が、誘っている指の動きとしか見えなかった。

陰部の火照りが強まる。割れ目の奥のほうがジンジンする。クリトリスが勃起して熱を放っている。東川は火照りの源《みなもと》をはっきりと意識できた。男のままだったら理解できなかっただろう。貴重な体験をしているとあらためて思う。この3Pまがいのことも、夏美と入れ替わらなければ起きなかったことだ。

東川は思い切って、寛子の太ももに触れた。指先ですっと撫でた。

レズビアンプレイ、3P……。そんな言葉を脳裡に思い浮かべた。

自分からはもっとも遠くにあるものだったのに、今ではもっとも近くにある。息遣いが荒くなって、自然な呼吸ができない。額に汗が滲む。てのひらにも汗が浮かぶ。

「ああっ、わたし、変な気持。女の子にマッサージされているだけと思えばいいのに、妖

しい気分になっちゃうなんて……」

寛子が照れたような微笑を口元に湛《たた》えながら囁いた。正直で素直な感想だ。東川も同じだった。心が男であり夫であるということは別にして、見た目だけで考えれば、若い女が年上の女性の太ももにちょっと触っただけのことなのだ。

エッチな気分は増幅している。不思議なことに、男の感覚は隠れている。女の心でレズプレイをすることを考えている。同性とセックスすることなど考えたこともないのに、東川はこの成り行きを違和感を覚えることなく受け入れていた。

東川は積極的に愛撫をはじめた。

夏美とふたりで、寛子の足を左と右で分け合って触れる。ストッキングのスベスベした感触が気持いい。これは男だった時の感覚だと思ったけれど、女でもこの感触が気持いいのかもしれないと思い直す。

「ストッキングを穿いた女性の足を撫でたのって、わたし、初めてです。いやらしい気分になるものなんですね。これって、変でしょうか、寛子さん」

寛子を紹介してもらってからずっと奥様と呼んでいたけれど、今初めて、名前で呼んだ。親しみを表そうとして思い切った。呼び方の変化に、寛子も気づいたようだった。その直後、夫には見せたことのない慈《いつく》しみに満ちた微笑を浮かべた。

「変ではないから安心して。だって、わたしも気持いいんだもの……。ああっ、でも、わたしは素肌のほうがいいの。脱いでもいい？」

「寛子さんのお好きにしてください」

「若い子って、素直で可愛《かわい》いわね。隣にいる不愛想の夫とはまったく違って……。比《くら》べるには無理があるかな」

「素敵な旦那様だと思います。男性としても素敵でしょう？」

「ありがとう。でもね、無理にお世辞を言わなくてもいいのよ。この人すぐにつけ上がるから」

東川は同意したようにうなずいて曖昧な微笑を浮かべた。隣で夫が聞いているというのに、大胆な言い草だ。寛子という女のこれが本性なのか。それとも、夫の心を搔《か》き乱し、操《あやつ》れるようにするために言っているのか？

妻はストッキングを脱がしてもらうのを待っている。脱がすのは当然、夫の役目だと思うから、東川は何もしない。でも、夫の姿の夏美は妻の太ももを撫でるだけだ。

「ねえ、石坂さん、お願いがあるんですけど、聞いてくれる？」

「なんなりとおっしゃってください。せっかく、お知り合いになれたんですから」

「もう少し、わたしに近づいてくれるとうれしいわ。手だけが伸びているみたい。そんなのって、よそよそしいでしょう？」

二十二歳の姿をした東川は少し照れながら腰を寄せた。

ふたりの間隔は十センチ弱。レストランにいた時、寛子は嫉妬心を剝き出しにしていたが、今はまったく逆の接し方だ。理由はわからない。お酒の酔いがほどよく回っているからか。二十二歳の女子を、夫の浮気相手ではないと思い直したのか。元々、レズっ気があったのか。同性とも異性ともセックスができるバイだったのか。

「わたしが脱がしてもいいでしょうか」

東川は思い切って、寛子の耳元で囁いた。反対側に坐っている夫の姿をした夏美には聞こえなかったようだ。いや、聞こえないフリをしたのかもしれない。

寛子がはにかみながらうなずいた。東川は彼女の真正面に移って膝立ちした。裾がめくれているスカートの内側に両手を入れた。しかし、このままではスカートのウエストに邪魔されて、ストッキングの上端を摑《つか》めない。

スカートを脱がすしかない。そこまでやっていいのか。寛子はストッキングを脱がすことは求めているけれど、スカートを脱がして欲しいとは言っていない。手が止まっているせいで、寛子が怪訝《けげん》な顔をしている。

「どうしたの？　石坂さん」

「スカートを緩《ゆる》めるか脱ぐかしてくれないと、ストッキングに届きません」

「あなたの好きにしていいから……」

「だったら、スカートを脱がしちゃっても、いいですか」

東川は言った瞬間、クリトリスがジンと痺《しび》れるのを感じた。勃起している。肉襞を押しのけて、割れ目の奥から、先のほうが顔を出している。パンティに擦られている。そんな刺激からも鋭い快感が生まれている。

スカートのホックを外す。わずかに防虫剤の匂いが漂う。タンスに大事にしまっておいたのだとわかる。とっておきのスカートを、今夜の会食のために出してきたとは……。スカートを下ろす。寛子は黙って腰を浮かす。膝を開いたままだから、不格好でいかがわしい。そんな姿が、隣で坐っている男の夏美を刺激する。

ズボンの股間が盛り上がっている。確かに勃起している。東川にはわかる。妻のあらわになった太ももに興奮するというのは、夫の肉体として健全だ。

それにしても、不倫の関係をつづけている夏美という女の目の前で、よくも勃起するものだと驚く。感心すらしてしまう。大胆なのか、厚顔無恥《こうがんむち》なのか。

スカートを脱がして、ストッキングのウエストのゴムを摑んだ。きつかったけれど太ものつけ根のあたりまで引き下ろした。ピンクのパンティだった。ブラジャーとお揃いだ。割れ目のあたりに染みができていた。

妻と夏美を交《まじ》えて三人で肌を重ねてみよう。

東川の心に新たな性欲が溢れ出ていた。寛子の足からストッキングを抜き取ると、キングサイズのベッドに向かって投げた。ストッキングの編み目がキラキラと耀《かがや》きながら、ベッドの脚のそばに落ちていった。

寛子はパンティだけの姿になった。

三十八歳の人妻の軀は熟《う》れきっている。夏美の軀に替わった東川にも、熟した女の魅力が伝わってくる。軀のいたるところに開発された性感帯があるように思える。一度くわえ込んだら離さないような厚ぼったいくちびる。唾液に濡れて光る舌。フェラチオの技巧に長《た》けているようだ。

が、実情はまったく違う。見かけ倒しと言うべきだろうか。寛子に性的な技巧などないに等しいし、セックスへの熱情も薄い。

ベッドの端に東川の姿になっている夏美が腰を下ろした。パンティ一枚の熟女を目の前にしながらも、落ち着いている。とにかく、頑張っている。男と女が入れ替わったことをいまだに妻に気づかれていないのだから。しかも、二十二歳の女性の心なのに、四十三歳の夫と男を演じている。

東川は激しく興奮していた。女になって、女を脱がした。しかもこれから三人でのセックスがはじまる。経験してみたかったことのひとつでもある。しかも、妻を交えての3Pという、単純に興奮できない情況ということも刺激になっている。

夏美が寛子に寄り添う。女同士での触れ合いに触発されていた。積極的だ。でも、見た目には、夫が妻を抱こうとしているようにしか見えない。

「若い女の子に興味があるみたいじゃないか。石坂さんに触られても、いやがっていなかったね。寛子の思いがけない一面を見せてもらったよ」

「酔った勢いですから……。変な色メガネで見ないでください。自分でも気づかなかったことです」

「わかっているって……。心配しないでいい」

「そうですか？　あなたって、心の専門家なのに、意外なくらいに思い込みの激しい人だから」

「ぼくのそんな性格を、寛子は長所だと思ってくれているんじゃなかったかい？」

「まあ、図々しい。笑っていますよ、石坂さんが」

「彼女に、ぼくたちがどれくらい仲睦まじいか、見せつけてやろうよ」

「それって、対抗心？」

「石坂君が寛子の別の面を引き出してくれたじゃないか。それに刺激を受けたことは間違いない。夫のぼくにも、同じようなことができるんじゃないかな」

「わたしに期待しても無理です。知識もないし経験もないんです。性的なことをストックしている抽出《ひきだし》がないから、何もできませんよ」

「意識過剰になると、何もできなくなるからね。普通にしていればいいんだ。心にブロックをつくらずに、素直に受け入れてくれさえすればいい……」

夏美は穏やかに微笑んだ。それは一メートルほど離れて見ていた東川が思わず嫉妬したくらい、慈しみに満ちた微笑だった。

夫婦がキスする。妻をいたわるようなくちづけだ。

中年夫婦のキスに見えるが、冷静に考えると、東川の姿をした夏美がキスをしているのだ。だから、これはレズだ。

夏美が寛子の首筋を舐《な》める。

パンティだけの寛子の息遣いがいっきに荒くなる。乳房が大きく上下する。下腹部がうねりながら波打つ。夏美は舌先を乳房に向かってゆっくりと下ろしていく。そうしながら、寛子の股間に指先を這《は》わせる。

夏美だからだろうか、中年男のくちびるなのに、ふっくらとしていてやわらかそうに感じられる。そのために、キスがやさしそうだ。舌の動きも、男のそれとは思えない。繊細《せんさい》でていねいで丹念だ。

夏美がチラチラと視線を送ってきた。東川は一瞬にして息苦しくなった。

加わって欲しい……。

これが夏美の視線の意味だ。

東川はうなずいた。でも、どうすればいいのかわからない。

きっかけがなかった。すぐそばにいるからといって、割って入ることはできない。

「石坂君、今どんなことを考えているんだい？」

夏美が声をかけてきた。彼女もきっかけを探しているようだった。

ふたりの気持は通じている。それはつまり、石坂夏美と東川彰のふたりが、東川寛子を愉しませるというプレイを思い描いている。その底流にある本意は、不倫関係のふたりが本妻を可愛がることで、さらに強い結びつきを築《きず》こうというものだ。秘密を共有し、ある種の共犯関係をつくろうとしているわけだ。

「仲良しのご夫婦だなって……。わたしもあやかれたらいいなあって思っていました」

「あやかりたい？　ほんとに？」

「はい、もちろん。わたしが結婚しても、ほかの人にイチャイチャしているところを見せられたら素敵《すてき》だと思います」

「無理していない？　こういうことって、ヘンタイだとは感じない？」

東川の姿になっている夏美が意地悪な言葉を投げつけてくる。硬軟取り混ぜた会話をしているようでいて、実際のところは、３Ｐへのきっかけを探しているのだ。

「素敵だと思うだけで、絶対にヘンタイだとは考えていません。仲良し夫婦のそばにいることで、仲良しでいられる理由もきっと見つけられるんじゃないでしょうか」

東川は自分が二十二歳の小娘になっていることを忘れずに力説した。

「ねえ、石坂さんもわたしと同じ格好にならない？」

寛子が手を差し出しながら誘ってきた。

まさか、妻がきっかけをつくってくれるとは思わなかった。

東川は数秒後には、立ち上がって自ら下着姿になった。

中年男の夏美がため息混じりに言った。

「女性ふたりが下着姿になって、ぼくだけが服を着ているというのは不自然だね」

「先生も洋服を脱いだ姿を、見させてください」

「妻に見られても平気だけど、石坂君に裸の姿を見られるのは恥ずかしいな」

「わたしも頑張ったんです。先生も思い切って……」

東川は礼儀正しい口調で言うように心がけた。不倫関係ではないかと妻に疑われないように、細心の注意を払った。裸の姿を見るのは初めてだということにするのは、当然の嘘だった。

中年男は下着だけの格好になった。三人全員が下着姿になったことで、３Pに向かう流れはでき上がった。

「石坂君も脱いだんだから、挨拶しようよ、寛子。歓迎していることを教えてあげよう」

夫の立場の夏美が妻の寛子をうながした。客観的な立場で聞いていた東川は、胸の裡《うち》でうなった。なんて口がうまいんだ。寛子の気持を考えるだけでなくて、女同士が触れ合えるように仕向けているではないか。

「歓迎しますよ、石坂さん。さあ、わたしの横にいらして」

寛子が声をかけてきた。東川はこの期《ご》に及んでも、まだ照れがあって、うつむいたままじっとしていた。パンティだけの姿になるまでは勢いがあったのに。東川彰という男の心よりも、羞恥心《しゅうちしん》を強く抱いている二十二歳の軀のほうが勝ったらしい。だめだよ、こんなことじゃ。励ましの言葉を自分自身にかけた。

夫の立場の夏美が寛子に言葉を投げた。

「ほら、彼女、困ってる。言葉だけだから、どうしていいのかわからないんだと思うよ。こういう時は、お姉さんの立場になってあげるべきじゃないか？　さっきは、彼女にマッサージをしてもらっただろう？　そのお返しだってしていない……」

「どうすればいい？」

「とりあえずは、抱擁《ほうよう》してあげるのがいいんじゃないかな。恋人を包み込んであげるように、やさしい気持でね」

「女同士で？」

「だったら、ぼくが抱いたほうがいい？　寛子はいやだよね。ということは、石坂君だっていやなはずだ」

「あなたの言うとおりかもしれない。わかったわ、こういう雰囲気になったことに戸惑っていたらダメってことね。愉しまなくちゃ、滅多にないことだから」

妻は自分自身に向かってきっかけを与えるように言うと、手を差し伸べてきた。指先は震えていた。期待と不安による震えだ。

東川はお尻をずらすようにして近づいた。

手首を摑まれた。何をしてくるのかと身構えた時、仰向けに倒された。強引だったけれど、乱暴ではない。力を入れていたけれど、痛くはなかった。

三人が川の字のように横になった。壁際から、夏美、寛子、東川の順。中年男の夏美の声は、寛子越しに聞こえてくる。この順番にしたのは、夏美の考えだった。無用の嫉妬心を寛子の心に芽生えさせないためだ。同時に、女同士が手を伸ばせばすんなりと抱擁できる位置取りにするためでもあった。

寛子が抱擁してきた。

ふたりの乳房が触れ合う。寛子の乳房は男の胸板で感じていた時よりもやわらかい。人肌のぬくもりも伝わってきて気持いい。彼女の指が背中を這う。やさしくいたわるように、てのひらで押してくる。圧迫することで性感を引き出そうとしているのではなくて、慈しんでいる気持をてのひらに載せて伝えているようだ。

寛子の顔が近づく。

三十八歳の熟女を間近で見る。最近ではここまでマジマジと見つめたことはなかった。新鮮だ。きれいな顔だけれど、年齢を重ねてきた肌だというのも見て取れる。

キスするつもりなのだろうか。寛子の顔との距離が十五センチほどになる。きっかけができると、女は大胆になるのか?

くちびるを重ねてきた。

いっきだった。予想できたけれど、まさか本当にするとは。それだけ突然だった。寛子の意外な一面を見せつけられて、軽い眩暈《めまい》と嫉妬を覚えた。自分の戸惑いに気を取られて、彼女のくちびるの動きに応えることを忘れていた。

「ごめんなさい、いやだった?」

寛子は頬を赤く染めながら囁いた。背後にいる夫に聞こえないように話していた。

「いいえ、突然だったから、びっくりしちゃったんです」

「嫌いになったんじゃない?」

「そんなことはありません。もし、そう感じたのなら、誤解です。女の人とのキスが初めてだったから」

「わたしも初めてよ。自分でも驚いているわ。同性とキスできちゃった自分に……。石坂さん、もう一度訊くけど、本当に嫌いになっていない?」

「嘘はつきません。それに、東川先生の奥様だから、嫌われないためにおべっかを言っているのでもありません。素敵な女性だと素直に思ったんです」

「よかった……」

「奥様、もう一度、キスしてくれますか」

「ごめんなさい、わたしから言うべきなのに、あなたに言わせちゃったわね。それに、奥様なんていうよそよそしい呼び方は止《や》めて。さっきみたいに、寛子と名前で呼んで……」

　寛子がやさしい言葉を返してきた。キスをした女性同士というのは、こんなにも会話がやさしくなるのか。彼女の心に包み込まれるようだった。現実感が薄らぎ、ロマンティックな気分にうっとりとした。

「寛子さん、わたしたちって、レズビアンということになるんでしょうか」

「わたしは三十八歳の今の今まで、女性とキスするなんて想像もしなかった。レズの気があったとしたら、もっと早く、たとえば二十代前半とかに、女性を恋愛の対象として見ていたと思うの。でも、違った。男性しか考えられない。それに、あなた以外の女性とキスすることも考えられない……」

「わたし、ちょっと怖い」

「未知の世界に踏み込む時って、怖いものなのよね。わたしだって怖い。普通の主婦ですからね」

　寛子はくすくすっと微笑を洩らすと、顔を寄せてきた。今度のほうがさらに積極的だ。それでも荒々しくはならない。あくまでもやさしく、優美な動きだ。

　くちびるを重ねる。やわらかい舌が入り込む。妻の舌の感触を味わう。こんなにもやわらかかったのか……。これはきっと、夏美という女の舌とくちびるとの連関《れんかん》によるのだと思い直す。男の舌では、女の舌の本当のやわらかさまでは感じられないに違いない。

「いいんでしょうか、女同士で仲良くなってしまって。先生、嫉妬しませんか？」

「いいのよ、嫉妬させておけば。貴重な経験をさせてあげているんですもの」

「寛子さんって、腹が据《す》わっているんですね。わたしがもし同じ状態になっても、寛子さんみたいには言えません」

「これは夫の器《うつわ》を大きくするための、妻としての務《つと》めだと割り切ったの。お仕事柄を考えれば、ある程度のことには目を瞑《つむ》るべきなんです。石坂さん、覚えておくといいわ。自分の心に芽生える嫉妬心をコントロールできなくなって相手を責めるのは、女として最低だって。嫉妬心を無視するか、自分の手中に収めて操《あやつ》れるくらいにしたたかにならないとね」

背後にいる夫の耳に届かないように、寛子はずっと小声で話しつづけていた。東川は感心した。時間を持て余している暇《ひま》な専業主婦だとばかり思っていた寛子が、こんなにも夫のことを考えていたなんて……。

「寛子さんって、心の広い女性なんですね。先生がこの話を聞いていたら、調子に乗って浮気のひとつでもしてしまうんじゃないですか」

「いいのよ、浮気の一度や二度しても。それによって夫が大きくなってくれたら……。それに、性的なことを求められても、はっきり言ってわたしは夫を満足させられる自信がないの。上手な女性が相手をすればいいと思っているのよ」

東川はヒヤヒヤしていた。彼女は妻の立場の優位性を語りつづけているのだ。まるで夏美という女性が夫の浮気相手だとわかったうえで話しているようだった。

東川はもう一度、今度は寛子よりも先に、積極的にキスを求めた。

キスをした。二十秒ほどで舌を離すと、首筋に向かった。そして舌をさらに下に滑《すべ》らせて、乳房のすそ野に辿《たど》り着いた。

乳首をくわえる。舌先で転がしながら、てのひらで乳房をすくい上げるようにゆっくりと揉みあげる。量感を湛《たた》えた乳房だ。不思議なことに、男の時に揉んだ感覚よりも、女になった今のほうが感覚が鋭敏だ。乳房のぬくもりが胸元に近いすそ野と乳首に近いあたりでは違っていることにも気づいた。

「女同士でのセックスってどうですか?」

寛子の耳元で訊いた。妖しく濃密な空気。寛子が唾液を呑み込む。いやではないというサインだ。彼女は何も言わない。無言によって肯定《こうてい》を表している。

「寛子さんのおっぱいって、きれい。わたしのよりも大きいし……」

「ああっ、舐めるのが上手。乳首の周りを突っつかれたり吸われたりすると、気持よくってうっとりするの」

「先生は知っているんですか？　寛子さんの性感帯のこと……」

「知るわけないわ。夫婦だからといって、セックスの快楽を共有できるとは限らないの」

「そうなんですか、先生。わたしたちの話、聞いているでしょう？　まさか、寝ていませんよね？」

寛子の背中側で横になっている夏美に声をかけた。

きっかけをつくってあげないと、夏美は入ってこられない。外見は中年男になっているから、なおのこと、躊躇《ちゅうちょ》しているはずだった。その気持、すごくよくわかった。情況に自分がフィットしているかどうか、齢を経るたびに気になっていた。中年男の外見は、二十二歳の心にも影響を与えるということだ。

「奥様が重大発言をしたんですよ。先生、聞き逃したんですか？　すっごくもったいないことですよ」

「えっ、何？」

ようやく夏美がこちらに顔を向けてきた。気だるそうな表情だった。疲れた中年男の姿そのものだ。聞こえなかったのだろうか。また同じ言葉を繰り返した。「えっ、何？」と。大げさでわざとらしかった。こういうところが、妻である寛子は嫌いなのかもしれない。過剰な反応はやめたほうがいいということだ。

「奥様って、物分かりがいいんですよ。浮気公認ですって」

「公認してもらっても、残念ながら、したいとは思わないな」

夏美は今度は淡々とした口調で答えた。東川は笑いそうになるのを必死で堪えた。

「寛子さん。たとえば、わたしが先生とキスしてもいいんですか?」

東川が訊くと、寛子はにっこりと微笑みながらうなずいた。

言質《げんち》は取った。これで、正々堂々と夏美とキスできる。うまくいったというべきなのか、夫婦の関係がここまで冷えていることがわかったと考えるべきなのか。

東川は寛子への愛撫をつづける。彼女の左側の乳房を舐める。ゆっくりと揉みあげながら、肌のキメの細かさややわらかみの変化を味わう。

夏美が愛撫に加わってきた。表情が生き生きとしている。夏美が願ってきた3Pだ。見かけは、夫婦の触れ合いに、若い女性が入っているのだが、実際は、不倫関係のカップルに、本妻が引き込まれているのだ。

寛子の右側の乳房を、夏美が音をあげながら吸いはじめた。男女それぞれに左右の乳房を舐められ吸われ、寛子はうっとりとしている。

「気持いいかい、寛子。どうだい、こういうのって」

夏美が乳房からくちびるを離して声をかけた。それは高ぶりを煽るためではなくて、3Pの感想を訊きたいからだ。東川もぜひとも知りたい。

「わたしばっかり気持よくなって、申し訳ないと思っています。それに、石坂さんが本当に、わたしを気に入ってくれているのか心配だわ」

「気に入っているさ。それに、寛子が気持よくなってくれることが、愛撫しているぼくや石坂君にとっては悦《よろこ》びになるんだ」

「お姫さまになったみたい。申し訳ないわ」

「いいじゃないか。もっともっと没頭していいからね」

夏美は励ますように言うと、寛子の尖《とが》った乳首にむしゃぶりついた。

三人でのセックスは長くつづきそうだ。

第九章　濃厚な三人

二十二歳の夏美の肉体を持っている東川の目には、もっとも興奮し、もっとも疲れた表情をしているのは、妻の寛子だと映っている。

疲労は性欲を失わせる。普段ならば絶対に気にならない細かいことにも気づかせ、イラつかせることにもなる。どんなに快感を味わっていてもだ。寛子がゆっくりと首を回しながらため息を洩《も》らす。

「疲れたようだから、少し休もうか。寛子にとっては刺激が強すぎたね」

東川の軀《からだ》になっている夏美が彼女を気遣《きづか》う。夫としての立場で声をかけているように見えるが、女のキメ細かい感性によるものだ。

夏美は素早くベッドを下りた。全裸のままだ。陰茎は硬く尖《とが》っている。冷蔵庫からミネラルウォーターを取り出す。グラスに注《つ》いで、寛子に手渡す。

「起きなくていいって、寛子……。ベッドに横になったまま飲めばいいさ」

「ありがとう、あなた。体力あるのね、びっくりしたわ。まったく疲れていないみたい。

まさか、慣れているなんて言わないわよね」

「美女ふたりに囲まれていたら、疲れたなんて言っていられないじゃないか」

「わたしなんかより、若い石坂さんに夢中なんでしょう？　やる気満々になっているのはそのせいね」

「寛子がいてくれるからだよ。ここに君がいなくて、石坂君だけなんて、ぼくには考えられない。そんなことをしたら、不倫だし、浮気になるだろう？　君を裏切れないし、裏切りたくもないから」

「でも、三人だったらできるのね」

「君の許しを得たからこそ、石坂君とキスできたんだ」

「ほんとかしら」

グラスを空にした寛子がくすっと笑い声を洩らした。先ほどまでの疲労感があらわになった表情が少し穏《おだ》やかになった。よかった。寛子は気づいていないけれど、この三人の中心は彼女なのだ。もっと言えば、彼女の気持次第で、セックスが盛り上がることも醒《さ》めることも中止することもある。

寛子の疲れが回復するまで、夏美に世話は任《まか》せよう。夫婦の仲を戻そうという夏美の魂《こん》胆《たん》にも叶《かな》う。

東川は気を利《き》かせてベッドを離れる。洗面所の向かい側のミニバーに立つ。飲物からウイスキーのミニボトルを選ぶ。

酒を飲みたいわけではない。鎮《しず》まった雰囲気を盛り上げるためにだ。三人分の水割りをつくろうとしたけれど、ひとり分だけにした。回し飲みをすればいい。そうした些細《ささい》なことの積み重ねによって親密感が増して、先ほど以上の盛り上がりを起こせると思う。三人それぞれが濃密な親密感を持ってこそ、3Pは充実したものになる。それは数分前までのプレイ経験から得た事実であって、エッチ系の本やウェブサイトの知識ではない。だからこそ断言できる。

まずはじめに、寛子にグラスを手渡した。

彼女は「ひと口だけいただきます」と言って受け取って口元へ運んだ。本当にひと口だった。くちびると舌先を濡らす程度に飲むと、夫の姿の夏美に手渡した。妻はアルコールが苦手だ。よく飲んだと思う。彼女も盛り上がりたいと願っているのだ。

夏美は喉《のど》を鳴らして飲んだ。グラス半分くらいまで。東川は受け取ると、残りをいっきに空にした。酔うほどの量ではないのに、アルコールが全身を巡るのを感じた。

性的な興奮はアルコールの酔いを助長するらしい。

二十二歳の女の軀になった自分の姿を見下ろす。急峻《きゆうしゆん》な乳房のライン、左右に広がる乳首。その中央部の谷間の先には、みぞおちが見え、陰毛がこんもりとした茂みとなって広がっている。

男の視線で眺《なが》めていた時よりもエロティックだ。しかも、神々《こうごう》しいまでに美しい。尖った乳首や迫《せ》り上がった乳輪は、人知の及ばない造形美といっていい。桜色に染まった乳房の斜面、濃い肌色の乳輪、そして凛《りん》とした強さを印象づける乳首の肌色などは、性的な興奮が湧き上がっていなければ出てこない色味の変化だ。そのすべてが美しい。

東川は上体を小さく揺すった。

張りと弾力に満ちた乳房が左右にぶるぶるっと揺れた。

乳房全体がいっきに動くのではなかった。乳房の下辺の重みのあるあたりが真っ先に揺れ、その後、胸元に近い乳房のすそ野が波打つように揺れた。それらの動きから少し遅れて、乳輪と乳首が揺れはじめた。揺れに段階があることに初めて気づいて新鮮な気分になった。

「石坂君、こっちにいらっしゃい」

東川の姿の夏美に呼び寄せられる。

素直に従ってベッドの端に坐る。ベッドに上がるようにうながされる。寛子も勢いを取り戻したのか、「遠慮しなくてもいいの。あなたとはキスまでしているんだから」と囁《ささや》いて手を差し出してくる。

ベッドに上がった。

全裸の三人がベッドに並ぶ。

壮観だ。ドキドキする。性的な興奮というよりも、見たことのないことに対する驚きと、これからはじまるはずの体験への期待がごちゃまぜになって胸に渦巻《うずま》く。

東川が窓側の右端、真ん中に寛子、壁側の左端に夏美の順に横になる。先ほどは、寛子のことを考えて、彼女が夫と向かい合う形になっていた。今は全員が仰向けだ。寛子も夫にだけ心を向けている様子ではなかった。女同士のキスによって、十六歳も年下の夏美に、三十八歳の女が心を許したのかもしれない。

「石坂さん、もう一度、キスしてもいいかしら……」

夫に背を向けながら、寛子は囁いた。

仰向けになっていた夏美の女体がビクンと跳《は》ねた。鳥肌が立ち、ゾクゾクした。陰茎が勃起《ぼっき》したのかと思うくらいに、クリトリスが硬く尖るのがわかった。二十二歳の女体の高ぶりは激しい。

「わたしも、したかったみたい」

「ほんとに？　あなたにとったら、わたしなんて中年のおばさんだろうから、キス、いやだったんじゃない？」

「変な思い込みをしないでください」

「嫌われていないって、信じていい？　キスしたかったという言葉も、本当のことだと思っていい？」

「はい、寛子さん」

「ごめんね、何度もしつこく訊《き》いて……」

「自信を持ってください。寛子さんって、同性から見ても、すごく素敵《すてき》だと思います。さすがは、先生が選んだ女性だなって感心していました」

「いやだわ、そういうお世辞《せじ》。だから、信じられなくなっちゃうの」

「ほんとです。今も、キスしてもいいかなって思います」

東川は横を向いて、寛子の肩口に鼻を擦《こす》り付けるようにしながら囁いた。女の甘え方が自然とできていた。

客観的な見方はそこまでだった。キスしたいと言葉にしたことが強烈な刺激となって、東川はそれに突き動かされた。

寛子に、積極的にくちびるを重ねた。ためらいはなかった。

隣で東川の姿をした夏美が、ふたりの女を凝視《ぎょうし》している。陰茎は下腹から離れるくらいに強い勃起をしていて、すでにもう、先端の笠の端にはうっすらと透明な滴《しずく》が溜まっている。男の心を持っているからこそわかる陰茎の変化だ。

女同士で舌を絡め合う。やわらかい舌。唾液《だえき》もやさしいぬくもりがある。ふわふわとした気持になる。軀の奥底から突き上げてくる強い快感とは違うやわらかい快感。女になったからこそわかる女の軀のやわらかみの気持よさ。男の時には、女体に弾力があって当然だと思っていたから、やわらかみを意識したことがなかった。

「ああっ、素敵……」

寛子がくちびるをわずかに離すと呻《うめ》き声を洩らした。全身が火照《ほて》りに包まれている。数十秒のキスだけなのに、汗で軀はじっとりと濡れている。寛子は瞼《まぶた》を閉じながら囁きつづける。

「石坂さんとのキス、好きになりそう……」

「寛子さんって、キスが上手」

「嘘、そんなの。主人に一度も誉《ほ》められたことがないのよ」

「先生だけじゃなくて、世の男性は奥さんのキスを誉めたりしませんよ」

「そうかもしれないわね。世の中の夫婦ではセックスレスが大多数のようだし……」

「寛子さんのキスに、わたし、とろけてしまいました。もっとしたい」

「ほんと？」

「嫌でなかったら、してください」

疑心暗鬼《ぎしんあんき》になっている寛子をその気にさせるには、こういう奥ゆかしいやりとりが必要なのだ。焦《あせ》ってはいけない。下手《へた》をすると、忘れていた理性を復活させ、社会常識を蘇《よみがえ》らせることになる。長年、彼女の夫として接してきたからこそ、どういう態度やしぐさをすれば、彼女が気持よくなっていくのかがわかる。

キスをする。やさしく慈《いつく》しむように。寛子のくちびると舌をついばんでは刺激を加える。でも、技巧に走ってはいない。彼女が心と軀を解放するのは、安心感と信頼感を得た時だから。快感が強いから解放するのではない。力んでも無理強《じ》いしてもテクニックを信奉しても無駄。それまでは焦らないことを心がけるだけだ。

頰《ほお》から首筋にかけて舌を這わせていく。キメの細かい肌は触れていて気持いい。吐息もやさしい。

甘い香りが耳たぶの後ろから湧き上がっている。薔薇《ばら》の香りのオーデコロン。夫として生活している時には気づかなかった匂い。女になると、触覚《しょっかく》も嗅覚《きゅうかく》も敏感になるということだ。

男はなんと鈍感なことか。野蛮で野卑《やひ》。長年男だったことを忘れて、男の粗野《そや》ぶりに呆《あき》れてしまう。だからといって、男が嫌いになってはいない。寛子とのレズビアンもいいけれど、男とのセックスもいいに決まっている。何度も、夏美の股間で硬くなっている陰茎に目が行ってしまう。正直なものである。

ふたりの乳房が重なる。弾力は夏美のほうが強い。二十二歳の女性のほうが勝っているのは当然だから、勝った気分にはならない。

乳首同士を重ねる。

でも、自然に重なるものではない。互いに呼吸を合わせて、軀の向きや乳房の角度を同じくする必要がある。容易にはできない。でも、それができた時は格別だ。快感は当然強いし、ふたりで力を合わせて共同作業をしたという達成感もある。

東川はくすぐったさと快感のふたつの刺激が、乳首の先端の平らなところから生まれるのを感じていた。ちょっと気を抜くと、乳首は離れてしまう。乳輪を突っついたり、乳房に埋まったりする。それも愉《たの》しい。男とのセックスにはない悦《よろこ》びだ。

「ねえ、軀を重ねてみてもいい？」

寛子がためらいがちに囁く。背後に夫がいることなど忘れているようだ。瞳が淫《みだ》らな輝きを放ち、覆《おお》っている潤みが大きく波立つ。

華奢《きやしや》だと思っていたのに、今まさに覆いかぶさってきている寛子を男並みに大きいと感じる。オレンジ色の明かりが遮《さえぎ》られる。視界に入るのは彼女だけになる。抱かれるという感覚が芽生《めば》える。たっぷりとした乳房が激しく揺れる。濃い影がみぞおちに生まれて、乳房の輪郭がくっきりと浮かび上がる。

寛子の体重を受け止める。乳房も下腹も重なる。愛撫しようというのか、密着度を高めることで女体の感触を味わっているのか。乳房のあたりをちょっと触っては離し、乳房同士で擦《こす》り合わせようと上体を揺すったかと思ったら止めたりを繰り返す。

焦《じ》れったい。そんな彼女の不器用なところが、女の目線から眺めていると、愛《いと》おしくなるのだから不思議だ。男だった時は、妻の手際《てぎわ》の悪さだとか不器用さが不愉快でたまらなかった。結婚したのだから、恥ずかしがってばかりいないで、夫の快感に対して真正面から取り組むべきだとずっと思っていた。

「わたし、重いでしょう？　ごめんなさいね、この齢《とし》になると、ダイエットを頑張ってもなかなか減らないの」

「重みが素敵です。それに密着感も素敵。わたしたち、ぴったりです」

「女同士がセックスする時って、肌の密着だとか体温を感じるといったことが愉しみになるんだわ、きっと」

「寛子さんがレズビアンに目覚めたら、先生、困っちゃうでしょうね」

「それもいいんじゃない？　主人に足りないことは、文献から得た知識ではなくて、経験によって得られる感覚だと思うから」

「わかっているんですね、先生のいいところもよくないところも……」

「主人はね、こういう時に、わかったと言われるのが大嫌いなの。簡単に理解されてしまうような単細胞ではないって思っているの。わたしにわかっていることで確かなことは、面倒な人ってことかしら」

「完璧に把握しているみたい」

「石坂さんのことも、わたし、把握してみたいわ」

寛子は愛の告白のような言葉を囁くと、頰を一瞬にして赤く染めた。そして大胆にも、いきなり、クリトリスめがけて指をあてがってきた。

指は迷わなかった。さすがに同性だけのことはある。尖ったクリトリスの先端をすっと撫でた。そうした愛撫が鋭い快感を生むことをわかっている。

「ああっ、いい……」

「クリちゃんがぷるぷるしてる。ふふっ、可愛《かわい》い」

粘っこい囁き声が耳元で響く。女同士の睦言《むつごと》。東川はそんな特異な情況にも興奮してしまう。下半身から力が抜ける。快感に陰部全体が痺《しび》れる。時折、割れ目の奥のほうにまでジンと響く快楽が生まれる。そんな時、「ああっ」と思わず口をついて呻き声をあげてしまう。これが女性の呻き声の真実だったのか。あらためて、男から女に替わったおかげだと思う。まだまだ、女性について知りたい。すぐには元の男の軀に戻りたくはないと考えてしまう。

足を広げる。寛子がそこに入ってくる。女同士の正常位の格好。腕立て伏せをするように、彼女は上体を起こす。

男に組み伏されているような感覚に陥《おち》いる。でも、目の前にいるのは成熟した大人の女。クリトリスを的確に愛撫された快感が残っていて、うるみが流れている。クリトリスがヒクヒクしている。はしたないくらいにあからさまな女の欲望。女ならではの的確な愛撫を欲しがっている。

性欲が強まると、受け身ばかりではいられなくなって攻めたくなる。それもまた不思議だった。男の時には攻める立場でいることが当然だから、フェラチオなどの愛撫を受けている時というのは、ひとときの休息のようなものだった。

攻める。仰向けのままで。当然、クリトリスに狙いをつける。右手の自由は利く。彼女は足を開いていて、股間に指を差し入れることができる。

長い陰毛が指に絡みつく。うるみにも濡れる。肉襞がべたりと張り付いてくる。指を押し込むようにすると、ねっとりとしたうるみが滲《にじ》み出てくる。コリコリとした感触があって、クリトリスだと気づく。

夏美のクリトリスよりもずいぶんと大きい。東川は驚いた。妻のそれを何度も愛撫していたけれど、ほかの女性と比較したことがなかったからだ。元々そういう大きさだったのか、オナニーを重ねるうちに成長したのか。

クリトリスに直《じか》に指の腹をあてがう。濡れた先端は細かく震えている。めくれた肉襞も震えているけれど、いくらかゆったりとしている。こんなにも近いところで息づいているのに、別々の動きをしている。

女体は神秘だらけだ。女の軀を持った今も、神秘が残っていることが可笑《おか》しい。しかも、妻の寛子の女体で神秘を感じ取っているのだから、奇妙な可笑しさを感じる。

「ふたりで仲良くしているのを見せつけられて、ぼくは嫉妬《しっと》してしまいそうだ」

隣で静かに仰向けになっていた男の夏美がおもむろに顔を向けてきた。上体を起こすと、さりげなく、勃起した陰茎を一度しごいた。

「あなたは口を挟《はさ》まないで黙っていて。今、わたしたち、女同士で理解し合おうとしているんだから」

寛子が夫を制する。レズプレイに入りそうだ。

クリトリスが痺れてジンジンする。年上の寛子に、徹底的に攻めて欲しいというマゾヒスティックな気分が強くなっていく。もちろんその間も、寛子の愛撫はつづいている。

割れ目全体がうるみにまみれていく。指がふやけるのではないかと心配になるくらいにうるみに濡れる。寛子の小さな吐息、呻き声、喘《あえ》ぎ声、鼻にかかった擦《かす》れた甘い声が耳に入る。覆いかぶさって攻める立場の彼女が、攻められて全身をよじっている。

指を割れ目に二センチほど挿《さ》し入れてみる。拒《こば》まれるかもしれないから、恐る恐る。大丈夫そうだ。様子を見ていると、寛子が腰を振りはじめた。左右ではなくて前後に。指をさらに深く挿し込んで欲しいという意味を込めた動きだ。

「上手ね、愛撫、若いのに……。ずっとこの気持よさに浸《ひた》っていたいくらい」

「いいですよ、寛子さん。わたし、クリトリスを撫でるの、好きみたいですから。それに、すごく反応しているから、愛撫し甲斐《がい》もあるし……」

「あん、いやっ。そんなこと言われると、恥ずかしいわ。愛撫に悶《もだ》え狂っている淫乱な女みたいでしょう?」

「わたし、寛子さんを悶え狂わせてみたい……」

「年上のお姉さんに対して、石坂さん、意地悪じゃない?」

言葉だけを聞いていると怒っていると感じるだろうけど、寛子の表情はいたって穏やかだ。それどころか、羞恥心《しゅうちしん》を煽《あお》られて嬉々《きき》とさえしている。潤んだ目が悦びの光を放っていて、目尻に浮かぶ細かい皺《しわ》にはうれしさが宿っている。

彼女は陰部同士をくっつけるように跨《また》いできた。男女の結合の体位で言うなら、騎乗位の格好だ。

むっちりとしたお尻はわずかにひんやりとしていた。ふたりの陰毛が交じって絡み合う。うるみも溶け合う。汗ばんだ肌も濡れた襞《ひだ》も重なる。呼吸までもが同調し、下腹の動きも同じになる。

一瞬、ふたりの躯がひとつになった感覚に包まれた。相手が男では絶対に感じられない貴重な感覚。鳥肌が立った。

快感に攻め込まれてくるような気がした。

圧倒的な快感。シーツにしがみついたり、足を突っ張らせたりしていないと、快感に押し流されてしまいそうだ。それも、東川にとっては新鮮な驚きだった。

快感は躯の芯《しん》や陰部の奥から湧き上がってくる。つまり、躯の内側から迫り上がるものであって、けっして、外から内に向かって入り込んでくるものではない。なのに、今味わった快感は、外からのものだった。バケツに水が勢いよく注がれるのに似ていた。バケツは軀で、水が快感だ。

「気持がよすぎて、わたし、自分がどこかに行っちゃいそうです。寛子さん、すごい。女のわたしをこんなに気持よくさせるなんて……」

「大げさ、石坂さん」

「本当にすごくいいんです。男の人とのセックスでは、わたし、ここまでの快感を味わったことがないくらい」

寛子はのけ反るようにして右手を伸ばして、うるみの溢《あふ》れ具合を調べはじめた。気持いいという言葉が真実かどうか、うるみの様子で見定めようとしている。男と同じ考え方だ。女同士でもこんなことをするのかと思うと可笑しかった。

粘り気の強いうるみがすくい取られるのを感じた。快感は本物だ。心も軀も感じているということだ。

「ぼくにもわかったよ、石坂君が感じていたってことは……」

夏美がまた口を挟んできた。彼は軀の向きを入れ替えると、顔を陰部に寄せてきた。馬乗りになっている妻の陰部にではない。二十二歳の若い女のクリトリスめがけてくちびるをあてがってきた。

「ああっ、いやっ」

東川は思わず声をあげて、腰をよじって夏美の愛撫から逃れようとした。数秒前に寛子に指でいじられていた場所を、夏美に舐められるなんて。

夏美は可笑しそうに粘っこい笑い声をあげつづける。しかも、策略がある時の眼差しを送ってくる。

「寛子、女同士もいいだろうけど、今度、ぼくのものを舐めてくれるかな」

「あなたって、欲張り。今、石坂さんのものを舐めているでしょう?」

「舐めながら、くわえてもらいたいんだ。君は石坂君に舐めてもらうといい。そうすれば、三人がそれぞれに気持よくなるじゃないか」

「ああっ、すごいことを考えたわね」

寛子が甲高《かんだか》い呻き声を放った。騎乗位の格好から、彼女もベッドに横になった。夫の陰茎にくらいついた。そして、足を広げて、腰を前後に揺すった。

「石坂さん、わたしの大切なところを舐めて。恥ずかしいでしょうけど、ねっ、いいでしょう?」

東川は夏美にクリトリスを舐められながら、寛子の投げかける声を聞いていた。

寛子は腰を揺すって割れ目への愛撫をうながしてきた。積極的だった。夫にクンニリングスを求めたのではない。それは二十二歳の夏美に対する求めだ。

東川は、ねだられるままに寛子の陰部に顔を寄せた。

見た目には、二十二歳の女性が、四十三歳の中年夫の陰茎をくわえながら足を大きく開いている三十八歳の妻の陰部を舐めはじめたところだ。

でも、実際は心が入れ替わっている。夏美の心は東川彰の肉体に宿り、夏美の軀には東川彰の心が宿っている。女同士の舐め合いのようでいて、実は、夫が妻のクリトリスを舐めているのだ。もちろん、妻の寛子はその事実を知らない。

妻の割れ目はすっかり開ききっている。東川は深いため息を洩らした。まいったね、こんなにもざっくりと割れた妻の陰部を見るのは初めてじゃないか、夫とのセックスよりも、若い女に舐められることのほうが興奮するなんて……。夫としては落胆してしまうけれど、若い女の姿になった今は、中年女の淫らな姿態が見られることがうれしい。だからこそ、丹念に舐める。

尖ったクリトリスが肉襞から突出している。つけ根まで剝き出しだ。くちびる全体でクリトリスを覆う。うるみが口の中に流れ込んでくる。寛子の呻き声が洩れる。濁《にご》った声は切れ切れだ。それはそうだ。寛子は夫の陰茎をくわえているから、半《なか》ば、口を塞《ふさ》がれた状態なのだ。

「ああっ、いやらしい……。あなたも石坂さんの大切なところを舐めているのね」

寛子が夫の陰茎をくわえ込みながら、擦れた声を投げる。視線は夫が若い女の割れ目を舐めているところに注いでいる。軽い嫉妬を覚えていて、それが性感を強めるひとつのスパイスになっている。

寛子の太ももが緊張したり弛緩《しかん》したりを繰り返している。彼女のクリトリスはそのたびに細かく震《ふる》える。うるみが滲み出てきては退《ひ》いていく。肉襞が張り詰めると、うるみの熱気が強まる。そうした細かい変化が感じ取れるのは、夏美という女のくちびると舌で味わっているからだ。男の時には、些細な変化には気づかなかった。もったいないことをしていたと思う。些細だけれど、そこから得られる満足や愉しみは大きくて深い。女の軀に替わったからこそ得られた悦びだ。

寛子が口にふくんでいる夫の陰茎がヒクヒクしている。東川の目には、かつて自分が持っていたものとは思えないくらいの勢いのある陰茎に感じられた。逞《たくま》しくて眩《まぶ》しかった。もちろん、寛子が口いっぱいにふくんでいるから、陰茎のすべてが見えるわけではない。幹の中ほどからつけ根、縮こまっているふぐりが、目に入っている。それでも自分が長年親しんできた陰茎だから、勃起している勢いや屹立《きつりつ》の度合いはわかる。

東川は夏美にクリトリスを舐められつづけている。夏美はツボを心得ている。快楽の源《みなもと》がわかっているだけではない。舌の強弱や時間の長短がほどよいのだ。

東川は貪欲《どんよく》だった。いや、その言い方は曖昧《あいまい》だ。三人がつながったことで、彼も貪欲になれたと言ったほうが正確だろう。寛子と夏美の性欲に触発され、ふたりのエネルギーに影響を受けた。今までにないくらいに性欲が刺激を受けたことが貪欲さの源になった。

「石坂君、すごく濡れているじゃないか。君の恥ずかしいところって、こんなふうになっていたんだね」

夏美が割れ目から口を離すたびに、羞恥心《しゅうちしん》を煽る言葉を送ってきた。それは同時に、寛子の嫉妬心も刺激していた。夏美はそこまでわかっていた。二十二年間の女での経験があるからこそだ。夏美はなおもつづける。

「石坂君のものは、ぼくの奥さんのものとは、色も形も違うんだね。ピンクの肉襞がうごめいているじゃないか、いやらしくてきれいだ」

「ああっ、もっと舐めて。奥様に見せつけるように……。先生、わかりますか？　奥様が嫉妬しているんです。でも、大切なところからは、嫉妬で怒り狂うたびに、うるみが溢れ出てくるんです」

「寛子、そうなのかい？　君が三人でつながることを望んだのに、嫉妬しているのかい？　それが本当なら、止《や》めたほうがいいんじゃないかな。石坂君に、ベッドを下りてもらう？　それとも、ぼくが？」

「いいんです、わたしに気を遣わなくても……。気持がいいから、嫉妬していますけど許せてしまいます。石坂さん、もっとたっぷり舐めて。わたしを気持よくさせて。嫉妬なんてすっかり忘れてしまうはずだから」

「先生の奥様って、こんなに淫らな女性だったんですか?」

夏美に問いかけるようにしながらも、実は、寛子の高ぶりを煽っていた。夏美もそれを察して、陰茎を寛子の口の深部に挿し込むために、腰を何度も勢いよく突いた。

三人の腰が激しく動く。寛子はクリトリスへの愛撫をねだっている。東川も夏美の舌でもっと舐めて欲しいと願っている。快楽がこれまで味わったものとは明らかに違っている。三人によって、快楽が三倍にも四倍にもなっていた。

「あっ、あっ」

東川は喘ぎ声をあげた。当然、そのたびに寛子の割れ目にあてがっている口を離した。するとすかさず、寛子が腰を突き出して、口での愛撫をつづけるようにとうながしてきた。夏美も同じだ。妻が陰茎を口から離すたびに、陰茎のつけ根まで挿し込んだ。三人は自分の快感に酔っていた。そして、快感を与えることにも酔っていた。輪になってつながる快感の深さと強さに酔っていた。

「寛子、軀の向きを変えてみたらどうかな。石坂君に舐めてもらってばかりだろう? それでは彼女がかわいそうだ。女のやわらかい舌で、彼女を気持よくさせてあげてみてはどうかな? ぼくも君の割れ目をたっぷりと舐めてみたいしね」

「わかりましたけど、そうするってことは、石坂さんがあなたのおちんちんを舐めることになるのよね」

「いやかい？　いやなら、彼女にくわえさせないから」

「ううん、いいの、させて」

「ほんとに？　後で怒ったりしないかい？　いやだよ、そんなのは……」

「奥様、わたしもそう思います。いやなら、はっきりとおっしゃってください。せっかく三人で愉しみを共有しているんですから……。この愉しみがつまらない嫉妬やわだかまりで終わったりしたらいやです」

夏美を応援して言っていると、寛子が充血した目を夫に向けた。オーケーという眼差しだった。貪欲に快楽を求めていたのに、ふっと我に返ったのかもしれない。根の真面目さゆえに、淫らな言葉を口にするのをためらったのだろう。

東川は妻を思う。今さら何なんだと。苛《いら》ついた気持にもなる。でもそこには、可愛らしい羞恥心じゃないかと微笑《ほほえ》ましくも思う気持も入り込んでいた。それは、全裸で交わっているからこそ生まれている愛しさによるものだ。

「多数決で決まるのって、なんだか変な感じ……。セックスも民主主義にのっとるということかしら。ああっ、それもおかしな言い方」

「その口ぶりからすると、寛子はどうやらいやそうだね」

「あなた、勘違いしないで、そうじゃないのよ。精神科医なのに、女の気持がわからないのね？」

「ということは?」

「恥ずかしいの。だから、もってまわった言い方をしてしまうの。わたしだってセックスに興味があるし、することだって好きなんですから」

「ほんとに? だとしたら、ぼくは寛子のことを間違って認識していたことになるな」

夏美はずけずけと言った。東川ではここまでは言えない。夫婦仲が悪くなってしまいそうで怖いからだ。でも、夏美は違う。外見的には夫だけれど、本当の夫ではない。だからこそ無責任に言えるのだ。それは悪いことではない。その図々《ずうずう》しいまでの言いっぷりが、夫らしい振る舞いに見える。

東川は軀の向きを変えた。頭を置いていたところに、今は足がある。夏美も軀の向きを入れ替える。東川にとっては懐《なつ》かしいかつての自分の股間が目の前にくる。

東川は足を開いて、割れ目に寛子を誘い込むように、腰を上下に揺すった。

二十二歳の茂みは光の加減では黄金色にも見える。陰毛も若さに満ちている。肉襞もみずみずしさを湛《たた》えている。このすべてが今は自分の軀だと思うと、満足感が膨《ふく》らむ。それを今、妻だった女が舐めようとしている。

寛子の顔が近づく。東川のときめきは強まる。彼女はこの割れ目の奥にある心が、実は夫の心だとは考えつかないだろう。痛快だ。妻にクリトリスを舐めさせつづけたい。口の周りだけでなく、頬や顎《あご》まで、うるみにまみれさせてしまいたい。夫としての心がそれを望み、若い女の肉体もそれを願っている。

クリトリスを寛子が舐める。すでに経験済みだから、くちびるや舌の動きにためらいは感じられない。

引き出される快感にすんなりと浸れそうだ。でも、それは許されない。目の前には、東川の勃起した陰茎が何度も跳ねているから。

「先生のおちんちんって、すごく大きい……。毎晩、奥様に舐めさせているんでしょう？　ああっ、いやらしいおちんちん」

「そんなことないの……。まったく舐めていないわよ」

東川の代わりに、寛子がクリトリスからくちびるを離して言った。照れもあるだろうけど、精神科医の妻として、夫の名誉を守ろうとしているようでもあった。だとしたら、なんとつまらないことか。

寛子の心に嫉妬の芽を植え付けよう。医師の妻としての立場に固執《こしつ》できなくなるくらいに、心を掻《か》き乱してしまおう。

陰茎をくわえる。深く呑み込んで、幹《みき》を丹念についばむ。口の中の動きであっても、くちびるをめくって、舌でどうやって愛撫しているのかを寛子に見せつける。

寛子が不満げな表情を浮かべて、敏感なクリトリスを軽く噛《か》みはじめた。意識的に痛くしようとしているのがわかった。夫のことを今までずっとおざなりにしてきたのに。目の前の割れ目から快感を引き出そうという舌の動きは失《う》せている。

東川にとっては、寛子の嫉妬が快感になっていた。夏美は気づいたらしくて、

「ああっ、石坂君のフェラチオはすごく上手だよ、いきそうだよ、ああっ、すごい、妻とまったく違う」

などと呻き声をあげた。冷静さを保っている東川には、寛子を煽るために言っているのがわかるけれど、彼女にはそれに気づくだけのゆとりはない。

寛子がくちびるを使って、クリトリスを吸う。その間も、舌先を硬くして突っついたりもする。舌の動きを止めると、クリトリスをえぐり出すかのように、つけ根を噛む。もちろん軽く。痛くなる寸前で止める。女だから力加減がわかっている。そこに寛子の性格の粘着質《ねんちゃくしつ》なものが垣間《かいま》見られた。彼女は粘っこいうるみをすすり、喉を鳴らして呑み込む。やはりそれも、快感を引き出すためではなくて、嫉妬心をぶつけるためなのだ。

東川は夏美の姿で、寛子の夫の陰茎をくわえつづける。無理にフェラチオしているわけでもないから不思議だ。それどころか、くわえたかった。女の感情だった。まるで男の心が女の軀に侵食《しんしよく》されて、女の心になっていくようでもあった。

東川は男の心は保っていた。それを失ってしまうと、元の姿に戻れる可能性がゼロになってしまう気がしていたからだ。が、その気持はぐらついていた。このまま女で生きていくのもいいかなと……。

二十二歳の肉体に、四十三歳の知性と教養と経験を詰め込んでいるのだ。長く生きられるし、長く勉強もできる。考えようによっては悪くない。

「すごく気持いいよ、石坂君。このままいっちゃいそうだ。出してもいいかな」

寛子の嫉妬心を煽るためとはいえ、夏美は無茶なことを言う。寛子を怒らせたり、呆れさせたりしたら、三人でのプレイそのものが終わってしまうではないか。もしかしたら、夏美はそれを狙っているのか？　二十二歳の若い女性とのふたりのセックスを、寛子に見せつけるつもりなのか？

「だめですよ、先生。ご自分だけ満足しちゃうなんて、ずるいですからね。いってもかまいませんが、奥様とわたしをいかせた後にしてください」

夏美の暴走に歯止めをかける。それに賛成するように、割れ目からくちびるを離した寛子がつづけて言う。

「わたし、恥ずかしいわ。二十歳そこそこの若い子がいるのに、あなたって身勝手なんだから」

妻の厳しい言葉に、夫の陰茎が反応した。といっても、勢いを増すわけではない。その逆に、幹の芯から力が抜けていった。

初めてだ。口の中でそれが力をなくしていくなんてことは。自分が男だった時には何度か経験はある。でも、それはあくまでも萎《な》える立場としての経験だ。今みたいに、萎えていくのを感じるのは、泣きたくなるくらいにせつない。男の関心や好意が自分から消えていくような感じがした。

「身勝手なくらいに快楽を追求したほうがいいんじゃないか？　それができないから、ぼくたちはうまくいっていないと言えてしまう気がするな」

夏美は冷静な口調で言った。もちろん、それは妻に投げた言葉だ。若い女子がいることなど意に介していない。

「石坂さんがいるところで、夫婦の問題を口にしないでくださいよ」

「言い出したのは、君が先じゃないか」

「だって、大人げないくらいに身勝手なんですもの」

「悪いか？」

「わたしは、妻として、恥ずかしいと言ったんです。悪いとは言っていません」

「悪いと言っているのと同じじゃないか。まあ、止めよう。せっかく愉しんでいたんだからな。ほら、見てごらん。石坂君が呆れて笑っているよ」

夏美が助けを求めるような眼差しを送ってきた。しっくりいっていない東川夫婦を元の鞘《さや》におさめると、彼女は豪語していたのに。３Ｐをすることで中年夫婦の溝を埋めることなど無理だったということだ。

「喧嘩はやめてください。おふたりとも、わたしがどういう気持ちになっているのか忘れているんじゃないですか?」

夫婦の間に入るしかなかった。ふたりは睨《にら》み合っていた。東川はヒヤヒヤしながら見守っていたけれど、ついに、口を挟んだ。そろそろだと思った。仲裁《ちゅうさい》しないと、夫婦はこのまま喧嘩別れしそうな気がしたからだ。それくらい、睨んでいる時の怒りのエネルギーが大きかった。

「仲良くしていたのに……。三人が輪になるなんてことは、普通ではあり得ないんです。それができたのは奇跡じゃないですか? その奇跡をどうして大切にしないんですか。先生は奥様が嫉妬しているのに、なぜ、その気持を煽るような意地悪なことを言いつづけたんですか?」

夏美を問い詰めたが、返答はなかった。夫ばかりを責めるのは不公平だと思って、今度は妻にも言葉を投げた。

「奥様もご主人に嫉妬する前に、なぜ、大切にしなかったんですか。まるで、わたしに見せつけるために嫉妬しているみたいです。夫婦はうまくいっていると見せるために……」

寛子も何も言わなかった。彼女の心にも反省の気持が芽生えたのかもしれない。いずれにしろ、せっかく盛り上がった妖しさに満ちた空気が冷めてしまった。

残念だ。これ以上、ふたりを責めても、冷えた空気が凍《こお》りつくだけだ。

東川夫妻にはこの雰囲気は打破できない。夏美の姿の東川は、寛子に寄り添った。

彼女とふたりきりの空気を醸《かも》し出す。夫の存在は無視する。まずは女性の機嫌を先に直さないといけない。男の機嫌など後でいい。

寛子に頬ずりをする。ぴたりと肌を重ねながら、乳房をゆっくりと揉《も》む。張りをわずかに失っているものの、乳房は美しい形を保っている。下辺から揉みあげる。乳輪の外郭に沿って、指を這わせる。

乳首は尖りはじめた。

よかった。

冷めていた寛子に、性的な興奮が戻ってきた。

小さな喘ぎ声が洩れる。閉じ気味だった足が開きはじめる。

乳首を口にふくむ。もう一方の乳首を指で摘《つま》む。こよりをつくる要領で圧迫しながらよじる。男の時の愛撫と同じだ。

「寛子さん、どんな気持？　わたしの愛撫、いいでしょうか？」

「ええ、すごく……」

「もっとはっきりと言ってください」

「恥ずかしいの、わたし。さっき、険悪な雰囲気をつくっちゃったのに、もう喘ぎ声をあげているんだもの」

「そういうことができるのは、女の特権だと思います」

「そうね、確かに」

「寛子さんは、精神科医の奥様として後ろ指を指されないために、いろいろなことを我慢していたのかもしれませんね……」

「仕方ないわ、それは。わたし、彼から無言のプレッシャーを受けつづけていたから。医師の妻としてきちんとしていろって……」

「ほんとに？　先生がそんなに堅い人だったなんて信じられません」

「人は見かけによらないの」

東川はため息を洩らした。妻がそんなふうに感じていたなんて。医師の妻だからきちんとしていて欲しいとは頼んだことはある。確かに言った。でもそれは医師の体面を保ちたいから、というのではない。きつい仕事をしているから、居心地のいい空間と雰囲気をつくって欲しかっただけだ。

寛子のクリトリスをまさぐる。指の腹で押しながら愛撫する。ゆっくりと。性急にならないように。焦りからは絶対に快感は生まれない。

「寛子さん、ふふっ、濡れてきています。大切なところがぐっしょりです」

「意地悪……。年上の女性をからかったらダメでしょう」

「ほんとのことです、寛子さん。ご自分で触って確かめてください」

寛子の手首を摑《つか》むと、割れ目に導《みちび》いた。

彼女は自分でクリトリスをまさぐりはじめた。「ああっ」というせつない呻き声が響く。ぐちゃぐちゃっという粘っこい淫靡《いんび》な音が響く。東川も手を伸ばす。彼女の指に重ねるようにして割れ目をまさぐる。クリトリスにふたりの女の指が重なる。

「ああっ、いやらしい……。ふたりで自慰をしているみたい」

寛子が甘えた声を洩らした。せつない喘ぎ声も織り交ぜた。

「三人の指でまさぐったら、もっと感じるかもしれませんよ。寛子さん、やってみていいですか」

東川はクリトリスを摘むようにして刺激を加えながら、夏美に視線を遣《や》った。三人でのプレイの再開だ。

「ああっ、すごい……」

寛子は呻き声を放ちながら全身を硬直させた。

彼女の陰部に三人の指が集まった。

夏美の指の細さに、東川は初めて気づいた。それを、妻の寛子の割れ目に触れている時に気づいたのだから、我ながら呆れてしまう。

東川が厚い肉襞をめくっている。割れ目には、東川の軀に替わった夏美が指を差し込んでいる。クリトリスは、寛子自身が撫でている。

東川は意識して積極的に行動していた。

夫の姿になった夏美は遠慮がちだった。寛子も当然、ためらいを捨てていない。誰かがイニシアチブをとる必要があった。

寛子の陰部に顔を寄せた。もちろん、その間も割れ目には夫婦の指が埋まっていた。クリトリスの右半分を寛子が、左半分を夏美が撫でていた。

「先生たちって、いやらしい夫婦なんですね。ふたりで手に手を取り合って、オナニーしているなんて……。それとも、似た者同士なのかな」

東川がふたりに茶々を入れた。そう言うことで、夫婦のつながりが深まってくれたらいという願いを込めていた。でも、夫婦にはその気持は伝わらなかったようだ。

「石坂君、冷やかさないで欲しいな。三人で盛り上がっているのに、君だけが客観的な立場をとったら、ぼくたちふたりの気分が醒《さ》めてしまうよ」

夫になっている夏美がしかつめらしい顔で言った。しかし、瞳は性欲に燃えていた。もっともっと燃え上がりたいと瞳は訴えていた。

「このいかがわしい気分をもっと盛り上げるために言っているつもりなんですけど……。だめですか？　こういう冷やかし方をするのって」

「盛り上がる時というのは、わっしょいわっしょいと全員で盛り上がるべきじゃないかなあ。ぼくたちのことを思い遣《や》ってくれるのはうれしいけど」

「ご夫婦が円満であって欲しいと思うんです。わたしがふたりの間に入ることで、仲が良くなればと思っていました」

「まあ……」

寛子が話に加わるきっかけをつくるために、驚きの声をあげた。それがちょうどいい間になり、彼女は話すきっかけを得た。

「二十歳そこそこの子に心配してもらっていたなんて……。あなた、恥ずかしいわね、わたしたち夫婦って」

「素敵なカップルだと思っていました。でも、そういうカップルに限って、問題を抱えていたりするものだろうなとも思っていました」

「すごい洞察力《どうさつりょく》。わたしがあなたくらいの時には、のほほんとしていて何も考えていなかったわ」

「それでいいんだと思います。のほほんと生きられる人はそう生きれば……」

東川は寛子に視線を絡めながらにっこりと微笑んだ。寛子の心に生まれそうになっていた警戒心は消えた。

もう一度、寛子の陰部にくちびるを寄せた。

ゆっくりと舌で割れ目の外側の厚い肉襞を舐める。めくるようにして愛撫する。滲み出てきているうるみをすすり取る。そうしているうちに、離れていた夫婦の指がクリトリスに戻ってきた。今度は、夏美がクリトリスを撫で、寛子が割れ目に指を入れ込んだ。

「ああっ、いい……」

夏美の指は夫の指ではあるけれど、女の心によって動いている。ツボを得た愛撫になっているだろう。寛子は絶頂に昇りそうな乱れ方をしている。

ふたりの指を、東川は丁寧に舐めた。割れ目に埋まっている寛子の指は特に丹念に舌を這わせた。そうすることで、三人で交わっているということへの罪悪感のようなものが薄れるだろうという思惑からだった。

「わたしたちのことを誰かに知られたら、ヘンタイと呼ばれるでしょうね」

寛子がうわずった声をあげた。ヘンタイではないと否定してもらいたくて、彼女はそんなことを言っている。わかりやすい心理だ。即座に否定してあげないといけない。それこそ、彼女が求めている返事だ。

「知られることは絶対にないから大丈夫です。それに、三人がいいって思っているんですから、三人の中ではヘンタイという概念《がいねん》は存在しません」

「ありがとう、石坂さん。あなたってすごい」

「どうしてでしょうか？」

「あなたの若さで、そこまで自分の考えをもっているんですからね。ヘンタイという概念が存在しないなんて言葉、なかなか言えるものではないわ……。わたしはいまだに、他人様の意見に付和雷同《ふわらいどう》してしまうほうだから」

「いいんです、それで……。わたしは思うんです。そういうことが許される女と許されない女がいるって。奥様は許されるタイプの女です。許されない女の場合、頑張《がんば》らないと生きていけない。わたしがまさしくそのタイプなんです」

東川が言うと、夏美が睨むような表情をつくった。可笑しかったけれど、笑うタイミングではないと自重《じちょう》した。もしもここで笑ったら、寛子に嫉妬のタネを撒《ま》くことになると想像がついたからだ。夫婦の間に割って入るようなことをしてはダメなのだ。

「寛子さん、お願いがあります」

東川は丁寧に言った。寛子は微笑んでいる。今ならどんな願いでも受け入れるだろう。普段はきつい顔をしている彼女が、今は穏やかな表情なのだ。

「何？　遠慮しないで言ってみて。わたしにできることならするから」

「先生のおちんちんをくわえてくれますか。そうしている間に、わたし、寛子さんのクリトリスを可愛がってみたいんです」

「石坂さんって、エッチ……」

「いやですか？」

「いいわよ、もちろん。でも、主人がイエスと言ってくれないとはじまらないことではあるけど」

「もちろん、イエスだよ」

中年男の声の夏美が勢い込んで割って入ってきた。割れ目から夫の指が離れた。口に陰茎が近づいた。

夏美はベッドの上で立ち上がり、妻の顔をまたいだ。

彼は腰を落とし、陰茎を突き込んだ。

妻はフェラチオが苦手だ。深々と陰茎が入ってくると、顔を後ろに動かして、陰茎をさりげなく拒んだ。呼吸が苦しくなるのがいやなのだ。今はクリトリスを舐められているから、なおのこと、苦しい。

夫は陰茎をくわえさせながら、四つん這いになった。足の間に仰向けの妻を入れるような格好だ。

それを見て、東川は思い立った。寛子と一緒になって夏美を楽しませようと……。

寛子の割れ目から舌を離した。彼女の顔に近づいた。夏美の足の間。

くちびるを陰茎の幹にくっつけることができた。ふたりの女のくちびるが、ひとつの陰茎を舐めている。その事実だけでも十分に興奮する。

「ああっ、わたし、すごいことをしている……。初めてです、こんなに興奮したのって」

東川は頭の芯が真っ白になっているのを感じながら呻き声を放った。自分が何を言っているのかわからなくなりそうだった。

夏美は四つん這いの姿勢を低くして、陰茎を突き入れる。当然、陰茎の深度は深くなる。寛子は涙目になりながらも、拒むことなく口の最深部までくわえ込む。唾液に陰茎が濡れる。ギラギラとしたてかりが、陰茎に浮かんでは失せる。

東川も陰茎の幹を舐めている。不思議な共同作業だ。そこにはライバル心のようなものも芽生えていた。寛子よりも上手に舐めたい、舌遣いがいかにうまいか、陰茎を通して彼に伝えたいと……。

尖った陰茎の感触は、とにかく硬い。その印象ばかりが強い。硬いものを舐めていると、舌は疲れるものだ。それを知ったのは、夏美という女になったおかげである。

長い時間舐めていれば、どんなものでも疲れるものだと漠然と考えていたけれど、どうやらそれは違っていたらしい。たとえば、アイスクリームを舐めつづけても舌は痺れないということを想い浮かべれば、硬度が舌の痺れに関係しているのがわかるだろう。

硬い陰茎を舐めた後で、寛子のやわらかいくちびるに触れた時の新鮮な驚きは、やはり、女になって気づいたことだ。

男だった時、自分のくちびるが硬いために、女のくちびるのやわらかさや弾力に富んでいることに気づかなかった。女になってみて、女のくちびるの魅力がわかった。同時に、男がどれだけ鈍感なのかと驚きもした。

「寛子さんのくちびるのほうが、わたし、好きみたい……」

仰向けになって陰茎をくわえこんでいる寛子の顎のあたりで、東川は囁いた。

彼女の口は塞《ふさ》がっているために、目で何かを言おうとしている。
何？　東川も目で訊く。キスしましょうよ。寛子が視線だけで誘ってくる。東川はドキ
ドキする。本物のレズビアンの関係になったような気がしてくる。
夏美が腰を浮かした。陰茎が寛子の口から離れた。涙目になっていた彼女が、ふうっと
深呼吸をした。頰は赤い。夫の逞《たくま》しいものをくわえ込んでいるのを間近で第三者に見ら
れて、羞恥心が全身を巡っているのだろう。
寛子とくちびるを重ねた。
やっぱりやわらかい。鼻息さえもやわらかく感じられる。くちびる全体の弾力が気持い
い。乳房のやわらかみとは違う。
「ああっ、キスが気持いい……」
東川はうっとりとした声で言った。素直な気持だった。そうした穏やかでやさしい気持
は、自分の躯にすぐに伝わった。
信じられないくらいに、うるみが溢れていた。足を閉じたり開いたりするだけで、くち
ゆくちゅっという濁った音があがるくらいだった。
女の心と躯が一体だということがよくわかる。躯がいかに気持よくても、心が満足して
いないと割れ目は濡れない。うるみが溢れ出てくることもない。
「ふたりのキスを見ていたら、欲情してきちゃったよ。すごく気持よさそうで、うらやま

しいな……」

夏美の感想は的確だ。男の軀をまとってはいるけれど、女の心を持っているだけのことはある。ふたりの女がいかに気持よくなっているか、夏美にはわかるのだろう。

「ぼくも加わっていいかい？」

ふたりの女はキスをしながらうなずいた。男がどうやって、女同士のキスに割って入るのか楽しみだ。

東川は寛子とのキスを再開した。

時間をたっぷりとかけて舌を絡める。男とのキスとは違って、挿入につなげるための前戯としてキスしているのではない。キスそのものを味わっている。だから、長くつづけても不満ではない。

夏美が寄ってきた。

見た目は四十歳半ばの中年男。でも、心は二十二歳の女性だ。キスするふたりの女を両手で包み込むようにして抱いた。

「レズって、興奮するねえ。そこに、ぼくが加わる。女ふたりに男ひとり。頭の芯がクラクラして、鼻血が出そうだ」

中年男の声音《こわね》は、いやらしくて下品で、しかも強引だった。

夏美が顔をねじ込むように寄せてきた。中年男は無遠慮だ。無精髭《ぶしょうひげ》がチクチクして痛い。不快だ。夏美はわざと頰をぐりぐりとなすりつけているのかもしれない。男が加わっていることを強調するのが目的のようだった。

三人のくちびるが触れ合う。メインのキスはもちろん女同士。おすそ分けするように、夏美にもくちびるの端《はし》を触れさせる。

東川はさほど興奮しなかった。頰に当たっている無精髭が気になったせいだ。が、寛子は高ぶっていた。心臓の高鳴りが聞こえてきそうだった。抱きあっているからこそわかるのだけれど、体温も急激に上昇していた。キスにゆとりがなくなっていた。無我夢中といった雰囲気が強まった。

「わたしたちって、すごくいやらしいことをしているのね」

寛子がうわずった声で言った。

言葉にすることで、強烈な興奮を鎮めようとしているようだ。そうであっても、興奮そのものを嫌がっているというわけではない。寛子の表情を見ればわかる。今まで経験したことのない高ぶりを、どうやってこなしていいのかわからないのだ。

夏美の両手が、ふたりの女の背中から脇腹に移ってきた。ゆっくりと撫でる。彼の手に焦りも性急さも感じられない。指の腹から伝わってくる男の体温が、いやらしい気分を煽っていく。それは彼のくちびるの動きの刺激とは違っていた。

指には指の刺激があり、くちびるにはくちびるの興奮があった。男だった時には考えもしなかった。女になったからこそ感じられることだ。
腋《わき》の下から乳房に、彼の指が滑《すべ》ってきた。
男の意識がありながらも、女性として愛撫されるということに、抵抗はなくなってい
る。気持いいから。せいせいと、愛撫の快感に浸れるところがいい。
東川は女になったことで、受け身の快感を知った。男の満足よりも、快感の深みも彩《いろど》
りも充実感も、すべてが上回っていた。だからこそ、女が愛撫をねだる気持がわかった
し、ねだってもいいのだとも思った。
夏美の愛撫に引き寄せられるように、上体が自然と近づいてしまう。ねだっているのと
同じだ。数日前まで女の軀を持っていた夏美には、それが何を意味しているのか察してい
た。
「軀が自然と反応しているよ。石坂君。男の愛撫が欲しかったんじゃないかい？」
東川は何の言葉も口にできなかった。今まで経験したことのない長い時間の快感に、気
の利いた言葉は浮かばなかったし、理路整然とした考えもできなかった。
本物の快感とはこういうものなのだ。理性や理屈が寄り添っているような快感は本物と
は言い難い。男の時はずっと、そうしたこぢんまりとした快感で満足していた。
女の快感は素晴らしい。手放したくはない。でも、女になった経験を、精神科の准教授
としての活動に活かせるのではないかと思ったりもする。つまり、男であるからこそでき

ることがあった。それができなくなるのが惜《お》しかった。

乳房が揉まれる。夏美は大胆だ。寛子の乳房も同じように揉む。左右の手はシンクロしている。たとえば、円を描くように乳房を愛撫する時、右手が時計回りだとすると、左手は反時計回りだ。

呻き声をふたりとも洩らすようになった。そのあたりからだろうか、快感がシンクロするようになった。

寛子の快感が、男の指と腕と上体を通って伝わってきた。同時に、自分の快感も夏美を介して伝わるのがわかった。

媒介《ばいかい》となっている夏美自身も、ふたりの女の快感が自分の体内で交錯《こうさく》していることに気づいているようだった。

「東川先生の指って、魔法みたい……」

東川はうっとりとした声で言う。軀のあちこちが、何の前触れもなく、ビクビクッと大きく震える。それは、自分の軀の奥から生まれる快感によるものではない。寛子の快感が伝わってきて、震えを生みだしているのだ。

「魔法？　その魔法は、石坂君と寛子のふたりがぼくにかけたんだよ。ぼくが持っている力でないな」

「そうでしょうか……。気持がよくなるツボを心得ているんだもの。奥様のツボはわかるのは当然としても、わたしがうっとりする敏感なところを、初めてなのにわかっちゃうなんて信じられません……。やっぱり、魔法だと思います」

「ははっ、それは幻想だよ。そうだろう？　寛子」

夏美は苦笑しながら、寛子に同意を求める。妻をないがしろにしないようにという配慮だ。さすがは夏美だ。女ふたりのどちらか一方の気分の盛り上がりを削《そ》いでしまったら、三人での交わりがうまくいかなくなるとわかっている。しかも、妻を優先的に考えることが重要だということもしっかりと理解している。

「寛子、どうしたんだい？」

黙ってうつむいたままの寛子に、夏美はやさしく言葉をかける。細やかな心遣いだ。

「ごめんなさい……。何も考えられなくなっちゃって……」

「謝らなくていいよ。普段よりも興奮するのは当然だからね」

「自分がこんな淫らなことをすることが信じられないの。しかも、感じちゃうなんて……」

「今夜は自分の気持を素直に明かしてくれるんだね。すごくうれしいよ」

「石坂さんも素直でしょう？　あなただって正直。それなのに、自分だけが心に鎧《よろい》をまとっていてはいけないでしょう？　いくら経験の少ないわたしだって、ここで必要なことが何なのか、それくらいのことは読めますから」

「今はどんなことを望んでいると思う？」

「それはあなたが？　三人が？　それとも、石坂さんが？」

「今言った全部。聞きたいな」

「三人が望んでいるのは、もっともっと淫らになること。タブーを無視していろいろなことをしたいと思っているはず。あなたは今、夫であることから逃れたいと思っているでしょうね。石坂さんとセックスしたいと心の底では願っているけれど、わたしに気がねしてそれができずにいるんじゃないかな。彼女の割れ目を舐めてはいるけど、挿入するとなると、心理的な抵抗がぜんぜん違うはずでしょう？」

「すごい観察力だ。で、石坂君についてはどうかな」

「彼女は戸惑っているわ。気持ちいいことに浸りたいけど、わたしたち夫婦に割って入っていいものかどうか決められないでいるの。遠慮があるのよね。妻のわたしのことなんて気にしないで、好きにすればいいのに」

　寛子は挑発するような大胆なことを言い放った。でも、うつむいた表情は恥ずかしげだ。頬が赤い。体温も上昇している。火照《ほて》りが熱い。二十二歳の若い女の目にも、三十八歳の人妻の顔が可愛らしく映る。

「石坂君は？　どういうことを望んでいるんだい？　寛子が言ったように、気がねして何も言えないでいるかい？」

「奥様の許しがあっても、わたし、言えません」

夏美の問いかけに、東川は寛子を煽る言葉を口にした。

「遠慮することないでしょう？　石坂さん。わたしたちは、もう、赤の他人ではなくなっているんですよ」

「そうですけど、恨《うら》まれたら、いやですから……。これから先も、先生には指導してもらうはずです。それができにくくなるくらいなら、今この瞬間だけの快感は我慢します」

「わたしの心はそんなに狭量《きょうりょう》ではないの。石坂さん、好きにしてください。どんなことを目にしても嫉妬しないし、恨んだりもしませんからね」

「ほんと？」

「女に二言はありません。だから、言ってごらんなさい」

「だったら、思い切って言います。東川先生がやっている役を、寛子さんに代わって欲しいんです」

「主人とセックスしたいならそう言っていいのよ」

「そこまでの欲はありません。奥様の目の前でつながれるほど、わたし、図々しくないってことです」

「ははっ、主人のものを口でくわえても、セックスしたいと思わないなんて。おかしな感覚ね、石坂さん」

「わたし、寛子さんの気分を害しちゃいましたか?」

「誤解ですからね、そういうのって。いいですよ、やってあげます。こう言えば満足してもらえる?」

寛子の表情にはゆとりが漂っている。夫と若い女を、ふたり同時に、指で悦ばせようというのだ。不安よりも期待のほうが大きいに違いない。夫の陰茎はしごけばいいと考えるだろう。夏美とは同性だから、悦ばせ方はわかるはずだ。

それにしても、なぜ、東川がそんなことを寛子に求めたのか。

夏美の手によって、寛子とつながった実感が得られたからだ。それをもし、夏美と実感できたら、ふたりの軀が元に戻るのではないかと考えたのだ。

「わたしの前で、膝立ちしてね」

寛子がうわずった声で言った。命じられるままに、東川と夏美はキングサイズのベッドに並んだ。次の言葉は妖しげで淫靡《いんび》なものだった。

「ふたりで背中合わせになるの。夏美さんには不満かな? でも、わたしはそうすることで嫉妬しないで済むの」

言われるままに、ふたりは背中を合わせた。

中年男のひんやりとした肌を感じて、東川はゾクゾクッとした。それが快感なのか、不快感なのかわからない。でも、強い刺激ということだけは確かだ。

「そのままの格好でいてくださいね。わたしが気持よくさせてあげますから」

寛子の手が伸びてきた。自分だけでなく、背中合わせの夏美の股間《こかん》にも。

陰茎をしごいている。背を向けている東川からは見えないけれど、夏美の腰の揺れと、夏美の二の腕の震え方で察することができる。

彼女の左手は、的確に若い女のクリトリスを愛撫している。気持いい。

男と女を同時に気持よくさせている。それが寛子の高ぶりをさらに強いものにしている。夏美に愛撫されていた時よりも息遣いが荒い。火照りも強い。三十八歳の女の割れ目からは粘り気の強いうるみが溢れていて、太ももを伝っている。しかもそれは、左右両方の足に条《すじ》をつくっている。

東川も同じだ。若くて感度がいいからだろうか、寛子以上だ。だらだらと溢れ出ている。甘い匂いが股間から漂う。それは活きがいい。甘味が活動的で華やぎがある。

寛子はしごきつづける。夏美はそれに合わせて腰を前後させる。でも、呻き声ひとつ洩らさない。男が喘ぐのがいけないと思っているのか？　いや、そうではない。陰茎をしごかれているけれど、気持よくないのだ。

「わたし、気持いい……。先生は？　奥様に可愛がられて、気持いいでしょう？」

背中の夏美に声をかける。自分の快感を彼に伝えられたらという期待とともに、背中をくねらせる。

「石坂君は、いきたくなったんじゃないのかい？　若いから感じやすいのは当然だ。恥ずかしがらずに、昇ればいいさ。ぼくに遠慮は必要ないよ。ましてや、寛子にも。彼女は君がいってくれるほうがうれしいはずだからね」

「わたしはまだ……。先生と一緒にいってみたいです。そうしたら、何かが変わるかもしれませんから」

東川は暗に、軀の入れ替えが行われるのではないかと伝えた。寛子にはわからないが、夏美には通じたはずだ。

「おふたりさん、今度は、四つん這いになってちょうだい」

寛子の命令にふたりは従った。

奇妙な格好になった。

若い女と中年男が、お尻をくっつけるようにして四つん這いになったのだ。しかも、中央に中年の女。若い女と中年男が牛ならば、彼女は闘牛士だ。

彼女の両手がふたりの股間に潜り込む。いかがわしさに部屋の空気が息苦しいまでに熱を帯びる。

寛子がため息を洩らしては唾液を呑み込む。中年男の夏美も興奮していた。彼のお尻が引き締まったり緩《ゆる》んだりを繰り返す。若い女の柔肌を味わいたいのか、お尻を押し込んだり、膝の位置をずらして太ももを重ねてきたりする。

「寛子のお尻もいいけど、石坂君のもいいもんだ」

「いいんですか、先生。そんな大胆なことを言って。奥様が怒りますよ」

夏美をいさめるために言ったのだけれど、寛子に対する牽制《けんせい》の意味のほうが強かった。嫉妬しないという言質《げんち》を、もう一度、取りたかった。それができれば、ふたりが入れ替わりそうな時、つぶさに言い表すことができる。

「さっきも言ったように、わたし、怒りませんから。石坂さんもあなたも、信用してください。心に思い浮かんだ言葉を口にしていいんですから」

「わかりました」

東川は素直に受け止めると、お尻を突いた。夏美も押し返してきた。ふたりは今、軀が入れ替わるための共通認識を得た。

「石坂君、寛子の愛撫で思いっきり気持よくなるんだよ」

「はい、そうします。先生もいっちゃうくらいに、奥様のしごきを堪能してくださいね。先生の快感が、奥様を介して伝わるくらいに……」

「頑張って没頭しよう。それがきっかけになって、ふたりが必要としている幸福が得られるかもしれないからね」

「最大の幸福のために……」

東川は夏美の言葉を味わうように繰り返すと、四つん這いのままで目を閉じた。

快感が全身に広がる。源は愛撫されているクリトリスであり、夏美と重ねているお尻である。ああっ、いい。自然と身震いしてしまう。彼も身震いしては、ため息を洩らす。陰茎が跳ねているのを感じる。目を閉じているから、見ているわけではない。なのにわかる。陰茎の芯に強い脈動が駆け上がっていくのも伝わる。寛子の手と腕を介してだ。ああっ、男の快感がわかる。

東川は息を詰めた。

ゆっくりと瞼《まぶた》を開いた。

ここは、どこ?

風景が違っていた。

ベッドのシーツと枕があったが、位置が違っていた。夏美の位置だ。ということは?

軀が元に戻ったということ?

奇跡が起きた。そう思って、瞼をもう一度強く閉じてから開いた。今度は、最初と同じ風景になっていた。

「先生、すごい……」

「石坂君も、わかったみたいだね。寛子のおかげだ」

「はい、一瞬でしたけど、わかりました。わたし、幸福が近いことを感じました」

「ぼくも同じだ。このまま快感に没頭していたら、きっと、幸福を得られるだろうな」

「奥様の素敵な愛撫に感謝します。でも、これで終わりにして欲しくない。もっとして欲しい……。ねっ、奥様、いいでしょう?」

東川はねっとりとした口調で言うと、お尻を揺すった。それは、寛子に愛撫をねだるしぐさだった。同時に、夏美に軀が入れ替わる期待を伝えていた。

第十章　新しい冒険

表参道《おもてさんどう》のオープンテラスの喫茶店に夕陽が射《さ》し込んでいる。

土曜日の午後五時過ぎ。

東川と夏美は、声をひそめて話している。たとえ、周囲の人に聞かれても、意味を理解されないように遠回しの言い方をつづけている。

「先日の三人が一緒の時、元に戻った瞬間がありましたよね。わたし、期待していました。きっと戻るって。でも、あれから十日が経《た》つけど、まったく変化なしです。なぜ、あんなことが起きたのか……」

心は中年男でも、口調《くちょう》は二十二歳の夏美そのものになっている。最初の数日は、男の意識が強かったせいでしっくりしなかったけれど、今はもう、女であることに慣れてしまった。女言葉にもしぐさにもぎこちなさといったものは微塵《みじん》もない。

「無我夢中《むがむちゅう》だったことが、よかったんじゃないかな」

「あの時、ものすごく強いエネルギーが生じた気がするんです。それが元に戻るためのエネルギーにつながったんではないでしょうか」

「でも、一瞬だった」

「強いエネルギーではあったけど、完璧に元に戻れるほどの強烈なエネルギーではなかったのかも」

「元に戻るための波長が一瞬合ったからとは考えられない？」

夏美が腕組みをして訊《き》いてくる。精神医学を学んでいる自信が漂《ただよ》う。でも、中身は二十二歳の女だ。

「ある一定のボルテージに達した時、軀から自分でも意識できない波長が出るんじゃないでしょうか。ふたりのそれが合致《がっち》した時、戻れるのかもしれません」

「もっとやさしく説明して欲しいな」

「ラジオを思い浮かべてください。たとえば、ニッポン放送を聴きたいと思ったら、一二四二キロヘルツに周波数を合わせるでしょう？　合わせないと聴けない。ふたりの波長が合うとは、それと似ていると思いませんか」

「つまり、わたしたちの場合は互いに波長を合わせないといけないってこと？」

「あの日のことを思い出すと、そんな結論になるでしょうか。元に戻ったのに、またすぐ逆戻りしたのは、ふたりの波長を、長い時間維持できなかったからだと思うんです。ラジオみたいに、一度周波数を合わせれば手を離してもかまわないってわけではないんじゃないんですよ」

東川の説に、夏美は深々とうなずいた。

でも、どうすればいいんだ？　その答が見つかりさえすれば、元に戻れることになる。しかも、ふたりが波長を自在に操《あやつ》れるようになったら、女にも男にも自由に入れ替われることになる。

「もう少し具体的に話したいんだけど、お店を変えない？」

東川は居心地が悪いといった表情を浮かべながら周囲を見回した。具体的となると、テーブル同士の間隔も狭《せま》くて明るいオープンテラスでは話しにくい。

ふたりは席を立った。

午後六時少し前になっていた。夕陽が最後の赤い光を放っている。夕闇は分刻みで濃くなっていく。

ふたりで人混みの中を歩く。店の当てはないものの、西麻布《にしあざぶ》方面に向かう。青山《あおやま》通りを横切り、骨董《こっとう》通りに入る。数百メートル先は六本木《ろっぽんぎ》通りだ。

「男友だちに教えてもらった店が、西麻布の交差点の近くにあるんだ。女の時には絶対に入れなかったけど、男になった今なら堂々と入れそうだからね」

夏美はうれしそうな笑みを口元に湛《たた》えた。彼の表情よりも、肌のテカリのほうに目が行った。いくら二十二歳の心を持っていても、肌は中年男そのものなのだ。

彼は六本木通りのすぐ手前の細い路地を左に折れた。バイク一台がやっと通れるだけで狭い小径《こみち》だ。そこを三十メートルほど歩き、古いビルの地下の店に入った。

「カタルシス」という思わせぶりな名前。看板はない。入口のドアに、名刺を二枚つなげた程度の大きさの表札がついているだけだった。

ドアをゆっくりと開ける。ふたりは恐る恐る足を踏み入れる。白木の大きなカウンターが目に飛び込んでくる。

「いらっしゃいませ」

三十代前半の若い男が出迎えてくれた。白いワイシャツに蝶《ちょう》ネクタイ姿。早い時間だからだろうか、客はひとりもいない。

カウンターには無駄なものが置かれていなくて整然としている。ざっと見渡した限りでは、ひとりでは絶対に入れないような店とは思えなかった。逆に、青山という場所柄、女ひとりでもお酒を十分に楽しめそうな雰囲気だ。

マスターに目で了解を得ながら、カウンターの奥の席に向かった。店はL字形になっていて、奥まった場所にテーブル席が四卓置かれていた。

「おふたりとも、初めてのようですね。どうぞ、ごひいきに」

マスターはにっこりと微笑《ほほえ》んだ。ふたりはビールを注文した。

「なぜ、この店を選んだの？」

東川はためらいがちに訊く。地下のカウンターバー。それだけのことではないか。

「まあ、そのうちにきっとわかると思うよ。ぼくも初めてだから、はっきりとしたことは言えないけど」

夏美はいっきに半分ほどまでビールを飲んだ。いやらしい目つき。そこから男のフェロモンが放たれている。心が男であっても、女の軀が反応してしまう。

東川は吐息《といき》を洩《も》らす。女らしい息遣い。足を組んだ姿に、自分で惚れ惚れしてしまう。二十二歳なのに色気たっぷりじゃないか。この軀を目当てに、男たちが言い寄ってくるだろうなあ……。自分の軀であって、自分のものでないという微妙な感覚。常にそんな気持でいるせいか、自分のことでも他人事のように思ってしまう。

「どうすればあの時みたいに、高いボルテージになって、波長が合うのかしら。やっぱり、３Ｐするしかないのかな」

東川は独り言《ひとごと》のように言った。女言葉はごく自然に出てくる。隣で聞いている夏美もすんなりと受け止めている。

「寛子を誘うのは、今のところ無理だろうな」

夏美が深々とため息を洩らした。寛子との間に、いざこざでもあったことを想起させる思わせぶりな間合いの取り方だ。無視する訳にはいかない。今は第三者でも、軀が元に戻った時には当事者になるのだから。

「何かあったの？　やっぱり、先日のこと？」

「あの日以来、ぼくを見る目が、まるで汚いものでも見るような目なんだよ」

「どうして？　あの時、寛子は積極的に楽しんでいたはずだけど」

「先生にはわからないだろうけど、女っていうのは変わり身が早いんだよ」

「なぜ？」

「反社会的なことをしたっていう罪悪感が、寛子の心にあるんだろうな。ぼくは彼女の共犯者だけれど、反社会的なことをした彼女を見た目撃者でもあるんだ」

「共犯者だから、互いに、秘密を共有するっていう気持でいればいいのに。なぜ、そこで自分だけが清廉潔白《せいれんけっぱく》みたいな態度を取ろうとするのかなあ。ずるいなあ、寛子は」

客が入ってきた。四十代のカップルだ。

東川は腕時計に視線を遣《や》って時間を確かめる。午後七時数分前。

五分後くらいには、キャバクラ嬢らしき金髪の派手な若い女性が入ってきた。ほぼ同じタイミングで男性客がふたり。カウンターの席はこれでもう七人。残りは、十席。テーブル席に着く客はいない。十五分ほどして、初老の男がひとりで入ってきた。五十代後半。これで残りの席は九席。

客層がバラバラだ。夏美が言った『そのうちにきっとわかると思うよ』という意味深《いみしん》な言葉が脳裡《のうり》に浮かんでは消える。彼女は知っているのだ。この店の本当の姿を。

「珍しいわね、女性が単独で入ってくるバーなんて……。やっぱり、青山っていう土地柄かしら」

「理由はひとつ。この店、女性は千円でいいんだ」

「千円？　ほんと？　だから夏美は、この店に来てみたかったの？」

東川は驚いてのけ反《ぞ》った。大げさなしぐさではなかったのに、なぜか、初老の男と四十代のカップルが笑い声をあげた。奇妙なくらいに親しげだった。話しかけたそうだったけれど、誰も声をかけてこなかった。そこまで無遠慮《ぶえんりよ》な人たちではないということだ。

「わたし、恥ずかしい。笑われちゃったじゃない」

「全員が常連さんかもね。こんなに早い時間から食事しないで飲んでいるなんて」

夏美は言いながら、視線を四十代のカップルに向けていた。東川も視線を追いかけたところで、またしても驚いてのけ反った。

キスをしていた。激しくディープに。こっそりとではない。隣に坐《すわ》っている初老の男がまじまじと見ているのを承知なのだ。

東川はキャバクラ嬢らしき派手な女性と目が合った。小首を傾《かし》げながら微笑んできた。やさしげで慈《いつく》しみに満ちていた。なぜそんなにも親しげな表情をするのかといぶかしく思っていると、その女性が席を立って近づいてきた。

「ねえ、夏美、すっごく変な感じ。客とか常連とかといった雰囲気じゃないんだもの。ねえ、わたし、怖い」

東川は怯《おび》えた顔で言った。声が震えていた。

キャバ嬢が背後に立った。普通に考えたら、かなり失礼なことをしていることになる。なのに、夏美も若いマスターも客も彼女をとがめる様子はない。

あちこちのケータイからメールを受信している音があがる。まるで誰かがいっせいにメールを送信したようだった。東川のケータイまでも受信音を響かせた。つまりそれは、夏美がこれまで使ってきたケータイということだ。

「おかしいと思わない？　ねえ、この店の客全員が一斉受信しているわ。夏美、わけを知っているなら教えてよ」

東川は不安げな眼差《まなざ》しを、隣に坐っている夏美に送る。金髪の派手な若い女は、今も背後にいる。夏美はそれがわかっていながらも、いやな顔ひとつしない。

キスをはじめていた四十代のカップルはさらに大胆になっている。女のワンピースのボタンを外し、ブラジャーまであらわにしている。この店はどうなっているんだ？　マスターは注意しないのか？

四十代のカップルの荒い息遣いが店内に響く。そういえば、ＢＧＭがずいぶんと抑えられている。息遣いが耳に届いたことで初めて気づいた。

東川はケータイを取り出した。今受信したメールのチェックをした。

「今、ハプがはじまりました。どーぞ、いらしてください。カタルシス店主より」

変わったメールだ。ハプとは何だろう。夏美ならばこの意味がわかるはずだ。そもそもこのケータイは彼女が使っていたものなのだ。

「ハプって何?」

「ハプニングっていう意味。つまりここは、俗にハプニングバーと呼ばれている店なんだ。さっきから、普通じゃない空気が流れているだろう? これって、誰も予期していなかったハプニングがはじまっているからなんだよね」

「夏美は、こういう店に来たいと思っていたんだ。わたし、信じられないな」

「来てみたかったけど、勇気がなくて来られなかったよ。当然、先生は初めてだよね、こういうお店」

東川は戸惑いを整理できなくて曖昧《あいまい》な笑みを浮かべるしかなかった。助け船を出してきたのは、ふたりの背後にいた金髪のキャバ嬢らしき金髪の女性だ。

「あなた、初めてみたいね。この店って、女の子は自由に振る舞えるから楽しいんだよ。男に気を遣うことはないんだ。この店に入った限りは、隣に坐っている彼氏のことも忘れていいってこと。つまり、ほかの男の人とじゃれあってもいいし、女同士で抱き合ってもいいの」

彼女は言うと、夏美に同意を求めるように視線を絡めた。

夏美がうなずいた。それがどういうことを意味しているのか、金髪のキャバ嬢が近づいてきたことで察した。

彼女が狙っているのは女なのだ。中年男の夏美ではない。夏美のうなずきは、彼女のアプローチを許可する、という意味だったのだ。

「わたしって、レズではないと思うんだけど、この店で女の人と抱き合うことが好きなんだ。女性ってやわらかくて、あったかいから……。ねえ、変なことは絶対にしないから、抱き合ってくれないかな。あなたって、わたしのタイプ」

「ごめんなさい、わたしにはその気《け》がないから……。まさか、無理強《むりじ》いはしないわよね」

「うん、そう……。残念、すっごく」

金髪の若い女はあからさまに落胆の表情をつくった。こんなにも悲しげな顔は、テレビドラマの中でしか見られないと思ったら、かわいそうになった。こんなにも簡単に感情を揺さぶられるものなのかと呆《あき》れてしまう。男だった時にはない気持の揺れだった。

金髪女の悲しげな顔に同情して、東川は席を立った。

抱きしめてあげた。寛子の陰部を舐《な》めたくらいだから、抱擁《ほうよう》するくらいのことはできてしまう。やろうと思えば、キスもできるし、気持よくさせる愛撫《あいぶ》だってできるだろう。

「可愛《かわい》がってあげたらどうだい？　ボルテージを上げるうちに、ぼくたちの波長も合うようになるかもしれないんだから。ためらうことはないって……。ぼくを含めて誰も君をとがめ立てはしないからね」

背中を押すように、夏美が声をかけてきた。いたずらっぽい視線を投げると、にっこりと微笑んだ。ここでは何をしてもいいんだ。

「女同士がよかったのね。わたしのことは夏ちゃんと呼んで。あなたは？　名前も知らずに抱き合うなんてこと、女同士ではできないはずよ」

「ありがとう、やさしくしてくれて……。わたしの名前は、ユカ。理由の由に、にんべんに土をふたつ重ねた字」

「ここだと狭くない？　テーブル席に行きましょうよ。わたしの連れも、そうして欲しいはずだから。ふたりで彼の横にいたら、彼も好きなことができないでしょう？」

「いいの？　無理してないかな。わたしのせいで、喧嘩《けんか》したりしない？」

由佳《ゆか》は申し訳なさそうに眉間《みけん》に皺《しわ》をつくった。性格はよさそうだ。こういう子なら、愛撫ができるかもしれない。

「この店、よく来るの？」

「同伴出勤がない時はたいがいね。だって、千円で飲み放題なんだもの。それにここにいると、ひとりで飲む寂《さび》しさがないから」

「由佳さんはキャバクラに勤めているの？」

「やっぱ、わかるものなんだ」

「これでもわたしは、それくらいのことを察するだけの社会勉強はしていますから。それにもうひとつ……。由佳さんは今、ものすごく寂しいってこともね」

由佳は薄手のニットシャツに浮かぶ乳房を押し付けてきた。寂しさを紛らわすためなのか、性欲が膨《ふく》らんできたからなのか。

「おっぱいに触ってもいい？」

テーブル席に移ったところで、由佳の耳元で囁《ささや》いた。

何でもやってしまえ。

自棄《やけ》に近いけれど、けっしてすべてが自棄でやっているのではない。好奇心や性欲を抑えているばかりではつまらないと、この店が教えてくれている気がした。だからこそ、初対面の女性にそんな大胆なことが言えたのだ。

「いいのかな、連れの男の人が嫉妬《しっと》しない？」

「この店の中にいる限りは、誰しもが自由でいられるんじゃなかった？　わたしをその気にさせた由佳さんがそんなことを言うなんて、おかしいわよ」

「おとなしそうな顔をして、すごく行動的だから、びっくりしているのよ」

「予想外だった？」

「本物のレズだったら、本当に予想外ってことになるかな」

「興味はあるけど、残念ながら違います」

東川はそこまで言うと、由佳と視線を絡めた。うっすらと汗ばんだ額《ひたい》に、数本の金髪の髪がくっついている。ニットシャツ越しに乳房を揉む。彼女はいやがらないが、うれしそうでもない。気持よくない愛撫なのだろうか。東川はおさまりがつかなくなった。

「キス、しようか」

東川は思い切った。女同士でも、妻の寛子の場合とはまったく違う。赤の他人。しかも、数分前に知り合ったばかりなのだ。

「いいけど……」

「それって、意味深。いやではないっていう程度に聞こえるけど」

「ごめんね、変な言い方をして。わたしのほうから近づいたのに、先回りされてばっかりだから、戸惑っちゃって……」

「ということは、由佳さんはキスしてくれるってこと?」

「うん、喜んで」

由佳はうれしそうに目を細めた。しなだれかかるようにして上体を寄せてきた。顔を斜めにしながら、くちびるを開いた。

女同士のキス。

甘美だ。

男とのキスと違って甘い味がする。頭の芯が痺《しび》れはじめる。出会ってまだ十分も経っていないというのに、東川は由佳の口の奥にまで舌を差し込んでいく。

スカートがめくられる。由佳の指が太ももを這《は》いはじめる。女同士の淫らな交わりだ。

夏美は凝視《ぎょうし》しているに違いない。ほかの客も。見せ物ではないと思いながらも、見られていると思うと興奮は強まっていく。割れ目の奥がジンジンと痺れる。陰部のあたりを撫《な》でられるたびに、痺れが強まっていく。それは3Pとは別の類《たぐい》の興奮だ。

性欲が強烈に膨らんでいる。寛子を交えての3Pの高ぶりが、夏美との入れ替わりをたぐり寄せたとしたら、今のこの興奮はもっと長い入れ替わりにつながるかもしれない。それだけ高ぶりは強い。

目を開いた。

夏美は相変わらずカウンター席に腰を下ろしていた。彼の視線を感じながら、由佳の股《こ》間《かん》に手を伸ばす。

「あなたも誰かと抱き合ったら？　高ぶった波長が合ったら、素敵なことが起きるかもしれないでしょう？」

夏美が重い腰を上げた。彼はキスをしていたカウンターの中年カップルに近づいた。夏美はあのふたりと東川の目の前で、3Pをするのだろうか。想像するだけでも興奮してくる。ああっ、すごい。今まで味わったことのない興奮に全身が痺れる。

夏美が、中年カップルと話しはじめた。

東川は三メートルほど離れたところで、キャバ嬢の由佳と抱き合いながら、夏美を見ている。彼にはぜひとも、3Pをして欲しい。見ず知らずの中年カップルが相手だからこそ、大胆なことができるはずだ。そうなった時、夏美と自分との高ぶりが同調して、入れ替わった軀が元に戻るかもしれない。

「ねえ、ホントに女同士でいいの？　一緒に来たあの男の人、納得しているのかな。わたし、いやだからね、カップリングのことで喧嘩なんかされたら」

由佳が心配そうに囁いた。彼女の吐息は湿《しめ》り気をたっぷりとはらんでいて、首筋にまとわりついてくる。女同士の抱擁に慣れているのを感じる。快感を引き出そうとして、くちびるを首筋に寄せてくる。ふうっと吹きつける湿った息。東川はゾクゾクッとして首を震わせる。鼓動《こどう》が速まる。下腹部が熱くなりはじめる。性欲が引き出される。

変な感覚だ。目を閉じれば、意識は男になるからだ。乳房のやわらかみや、触られた時の感度や、性感を揺さぶられた時の火照《ほて》り方といったものは女性の感覚だけれど、同時に、男の感覚や性感が刺激される。

「由佳さんは、女同士でよくするの？　このバーは相手を見つけるため？」

「そういうことを訊いて、どうするつもりなのかなあ。今この瞬間を愉《たの》しみましょうよ、女同士で。それができないなら、ほかの人を探したほうがいいわよ」

キャバ嬢の強気な言い方に、東川はまたゾクゾクッとした。彼女の直接的な言いっぷりが爽快《そうかい》に感じられる。

由佳がまたスカートをめくってきた。真意を確かめる意味が込められているのがわかったから、東川はいやがらなかった。由佳でいい。求めているのは強い興奮であって、正しい倫理感に基づく正式な交際相手ではない。

「どこでしよっか……」

由佳が囁いてきたので、東川はもっともいかがわしい場所を考えた。ここにいる人たち全員に見られるところ。それはつまり、カウンターの上だ。店が許してくれるならやってしまおう。

瞬時に決意した。見られたってかまわない。見られてこそ興奮は強まる。

「わたし、見られながらしてみたいな」

「ほんとに？　そんなことして、彼氏が怒らない？」

「彼を嫉妬で燃え上がらせたいの。そうすれば、彼だって愉しもうという気になるでしょう？　見てよ、由佳さん。彼、人見知りするタイプだから、なかなか、中年カップルを口説《く》けずにいるでしょう？　彼のちっぽけな理性を吹き飛ばしてあげたいのよ」

「あなたたちって、ハプニングバーの常連さんなのかな」

「初めてです、こういうお店は」

「それにしては度胸があるわね。見られてもかまわないなんて」

「由佳さん、怖くなった？」

「まさか。わたしは気持よくなることなら、どんなことでもするの」

「だったら、しましょ、ねっ」

東川はありったけの笑顔と妖《あや》しい流し目で由佳を見つめた。彼女の瞳が好奇心に満ちた光を放った。同意するという意味が、彼女の軀からも眼差しからも漂った。

カウンターに上がって腰を下ろした。マスターには何も言われなかった。彼にとってはこれも愉しいハプニングのひとつだろう。スカートの裾《すそ》は、東川が自分で太ももの中ほどのあたりまでめくった。両膝は拳《こぶし》がふたつは入るくらいに開いた。情緒を大切にしたかったけれど、今必要なことは、いかがわしい格好をすることなのだ。

ストッキングが邪魔だった。脱いでくればよかったと後悔した。カウンターに上がってしまうと、自分では脱げないと思った。ほかの誰かが脱がしてくれるまで待つしかない。店の誰よりも目線が高くなったせいで、気恥ずかしかった。

キャバ嬢が膝頭に頰《ほお》ずりをはじめた。知り合ったばかりとは思えないくらいに、好きで好きでたまらないといった表情を浮かべる。やわらかい頰。男では味わえない感触。

東川は自分から足を開いて、彼女を股間に誘ってしまう。

大胆なことをしていると思う。それが小気味いい。夏美という女になったからこそできることだ。そう思う一方で、東川彰という男はどれだけつまらない人生を送ってきたかと落胆もする。本来の軀を取り戻したら、自分の好きなことをしようと決意する。たとえ、恥ずかしいことや、世間に後ろ指をさされることだとしてもだ。

東川は過激になっていく。自分からスカートを太ものつけ根までめくる。ベージュのストッキングに、黒をベースに金色を配したパンティが透《す》けている。自分が選んで穿《は》いたものなのに、見られてしまう情況にいるせいか興奮する。割れ目が熱い。うるみがパンティを濡らすのを感じる。それはストッキングまで湿らせていく。

「ストッキングを脱がしてもいい？」

「由佳さん、わたしに訊かなくていいから、あなたの好きにして。いやな時はいやとはっきりと言うから」

「あなたって、マゾなの？」

「今は考えたくない。訊かれると没頭できなくなっちゃうから……。わたしに今必要なことは、あなたが気持よくしてくれることに浸《ひた》ることなの」

「初めてだよ、夏ちゃんみたいな正直な子って。すっごく好きになっちゃった……。だからいいよね、ストッキングを脱がしても」

「好きにして、ねっ、お願い」

東川はカウンターの上でのけ反りながら、腰を浮かした。由佳がそのタイミングでストッキングを脱がした。締めつけがなくなって爽快だ。

太ももの間に、由佳が顔を押し込んできた。

舌が這う。太ももの内側の性感帯を的確になぞっていく。

「ああっ、気持いい」

東川はうっとりとした声を放つ。誰に見られたっていい。見られることが喜びになっているのを感じる。太ももから生まれた強い快感が背中から首筋を駆け上がって頭の芯《しん》を貫《つらぬ》いていく。

「パンツがぐっしょりと濡れているよ。エッチな子だね、夏ちゃんって」

「そうなの、わたしって本当はものすごくエロい女なの。由佳さんは同性だからわかるんでしょう？　ああっ、あなたには見抜かれてしまっているのね」

「エロい割れ目を直《じか》に見たいな。パンツは自分で脱いでごらんよ」

「意地悪。いつもそうやって、いやらしい女をいじめているの？」

「いじめられると喜ぶ女の時だけは、意地悪なことを言うんだよ。ところで、あそこにいる彼氏は、夏ちゃんがエロいマゾだと知っているのかい？」

「わからない……。あの人のことは今言わないで、お願いだから。没頭させて、あなたの気持よさに」

「そうはいかないよ。彼氏も楽しませてみたくなったな。ここに呼んでくれるかな。誘っていた中年カップルは乗ってこないみたいだから」

確かに由佳の言ったように、夏美は中年カップルにフラれていた。彼らは帰り仕度をはじめていた。

「こっちに来てください、あなた」

東川という名前を呼びそうになったが、咄嗟《とっさ》に「あなた」と言い換えた。肉体は晒《さら》してもいいけれど、本名は明かしてはいけない。陰部は晒しても、苗字《みようじ》を知られるのはマズい。匿名《とくめい》だからこそ、大胆なことができるのだ。

客が入ってきた。カウンターにいるのは由佳と夏美と東川、そして四人の男たちとなった。人の目が多くなると興奮も高まる。見られているという受け身の立場だけでは飽き足らなくなって、見せたいという衝動《しょうどう》が芽生《めば》えてくる。だから、人目を気にする夏美のおずおずとした態度は不快だった。

「あなた、隅っこにいないで、こっちに来て一緒に愉しみましょう。由佳さんが誘ってくれているんです」

「ほらほら、連れがそう言っているんだから恥ずかしがっていたらダメじゃない？　勇気を持って……。いざっていうと、男のほうが意気地《いくじ》なしなのよね」

由佳は大げさにため息を洩らすと、東川の太ももの間に顔を戻した。

太ももを舐めはじめる。「ああっ」という妖しい呻《うめ》き声をあげながら、ねっとりとした視線で誘う。慣れたものだ。キャバ嬢として男の剝《む》き出しの欲望を目の当《ま》た《あ》りにしているからだろうか。彼女のように男の心や欲望がわかるのと、何も知らないのとでは、どちらが幸せになるのかと思ってしまう。

夏美がようやく由佳の背後に立った。

何もしない。3Pの経験を活《い》かして積極的に加わればいいのに。由佳が命じるのを待っているようだった。夏美らしくない。

「突っ立っているだけじゃ、愉しめないでしょう?　没頭するためには自分から動かないと……。わたしひとりが愉しむだけでは、最終的に、うまくいかないと思わない?　だから、愉しむのも没頭するのも、あなたの義務。わかった?」

「そうだったね、確かに。ごめん、人が多すぎて、何が目的なのか忘れていたな」

「ダメねえ、いざとなると」

「人前でエッチなことはできないよ……。でも、もうそんな泣き言は言わない」

夏美はきっぱり言うと、由佳を背後から抱きしめた。由佳は意外にもいやがった。もがくように上体を揺すって逃れた。快感を求めていたはずなのに……。

「人が悪いなあ、由佳さんは。いやがるくらいなら、最初から彼を誘わなければいいんじゃない?　それとも、彼に恥をかかせるために呼んだの?」

「それって見当違い。彼を誘ったのは、あなたと絡ませたかったから。わたしがしたいわけではなかった。だから、変則的な3Pかな、やりたいことって」

「それってどういうこと？」

東川は冷静な口調で訊く。由佳に主導権を握られているのを不満に思う。勝手に変則なことを考えられても困る。快感に浸る時、複雑さは邪魔になるだけだ。

「わたしはあなたたちの絡みを見たいの。それを見ながら、あなたたちふたりに命じてみたいの。いい？」

「ということは、由佳さんは高みの見物ってこと？　そんなのってイヤだな。見せ物になっちゃうじゃない。由佳さんが愉しむために誘ってくれたのではないの？　それとも、あなたはハプニングをつくりだすためのこの店のサクラ？」

挑発的な言葉を並べると、由佳は顔を真っ赤にしてくちびるを尖《とが》らせた。サクラと言い当てられたから興奮しているのだろうか。不当《ふとう》な言いがかりだからか。

「やめてよ。サクラなんか、わたしがやるわけないでしょう？」

「いいじゃないか、サクラだって。ぼくたちの絡みに加わろうとしているのは間違いないんだから」

夏美が由佳と立ち位置を入れ替わった。今度は夏美が太ももの間に顔を入れてきた。由佳は夏美の背後に立ち、愛撫をはじめているかどうかを確かめている。

ふたりだけで抱き合ったりキスする時とは別の感覚だ。舐められてもいないのに、全身に快感が走っている。セックスと同じくらいの興奮だ。

「不倫関係の男と女が、どんなふうに軀を求め合うのか、見せて欲しいな。いいよね、ふたりとも。これでこそ、ハプニングじゃない?」

「どうして不倫だとわかったの?」

「わかるに決まっているでしょう。年齢差から推《お》して、不倫以外に考えられないじゃない。恋人同士とも夫婦とも思えないもの。となると、おのずと、ふたりの関係が見えてくるでしょう?」

「キャバ嬢をやっていると、観察力が培《つちか》われるの?」

「そうかもしれないわね。だから、あなたの彼氏がいやがっているのも感じ取れちゃうのかも……」

夏美の背後に立っているのに、なぜ、由佳はそんなことを見定められるのか。まさか夏美がそんな気持のまま、陰部に顔を寄せているとは想像しなかった。

「見られることに抵抗があるの?」

カウンターから見下ろしながら、低い位置にいる夏美にやさしい声音《こわね》で言った。

中年男は顔を上げて微笑んだ。抵抗があるともないとも、どちらとも取れる微笑だ。優《ゆう》柔不断《じゅうふだん》。女の時の夏美は直情的《ちょくじょう》で大胆な性格だったのに、意外な面を見せられて驚いた。

「あなた、もう一度言うけど、わたしたちは元に戻るために、ここにいるのよ。羞恥心《しゅうちしん》なんてかなぐり捨てて」

「そうだね、わかった……。ぼくもようやく吹っ切れた気がするよ」

「見られながらセックスしたら、すごく興奮するはず。わたし、愉しみ」

東川はうわずった声をあげながら、足をさらに大きく開いた。ストッキングを脱ぐ時に脱いだパンプスを履いている。そのせいか、娼婦《しょうふ》のような気になる。映画の中の娼婦はたいがい、ベッドの上でもハイヒールを履いている。

「パンツを脱がすところから、わたしに見せてね。どうやって不倫の男がやるのか、すっごく興味があるから」

由佳は小鼻《こばな》を膨らませながら言った。夏美に命じるというより、頼んでいる口調だ。年上ということで気を遣っている。キャバ嬢でも常識的なところがあるものなのだ。

足を開いて腰を浮かした。夏美の手がスカートの奥に入ってきた。むっちりとした太ももに鳥肌が立つ。普通では考えられないくらいに敏感になっている。

パンティが脱がされる。パンプスのヒールに引っかからないように慎重に抜き取っていく。手が震えている。それはふたりきりの時にはあり得ないことだ。

東川は自分でブラウスのボタンをすべて外した。ブラジャーのホックも。でも、脱がない。取り去るのはストッキングとパンティだけにしようと決めていた。羞恥《しゅうち》の限界だから。見ず知らずの男性の前で、全裸にはなれない。いくら入れ替わるために必要と言われても……。それに、見えるか見えないかのほうが、あけすけにすべてを晒してしまうより、自分も夏美も見ている男たちも興奮するはずだ。

「わたしのエロいところが熱いの。ねえ、濡れているのが見える？」

夏美の高ぶりを煽《あお》る言い方をした。下品だと思うけれど、このくらいのほうがハプニングバーにはふさわしいはずだ。店にいる人たちに義理などないけど、雰囲気を盛り上げてあげたいと思う。

「見えるよ、夏ちゃん。とろっとろのうるみが真っ赤な襞《ひだ》から滲《にじ》み出てきているじゃないか。由佳さんも見える？」

夏美も名前をすべて明かさないように気をつけていた。

「エロい下半身だね。カウンターの上で見られてよがっている姿は、まるでストリッパーじゃない？　ねえ、指を使って大切なところを開いて見せてよ」

由佳はくすくすっと下卑《げび》た笑い声をあげながら、夏美の背中に張り付いた。右手を股間に運んで、陰茎の勃起の様子を確かめた。

「ああっ、おっきくて逞《たくま》しい……。これって、本気の勃起でしょう？　さすがは若い子と不倫しているだけのことはあるなあ」

「ううっ、変な気分。おかしくなっちゃいそうよ。ダメ、由佳さん。彼氏のおちんちんを弄《もてあそ》んじゃ。大切なものなんだから、わたしにとっては」

東川はカウンターに腰から背中半分くらいまでつけた。パンプスを履いた足を椅子の座面にくっつけた。体勢が安定して、あたりを見られるゆとりができた。

視界のもっとも手前には、自分の豊かな乳房が見えている。その先の少し低い位置にこんもりとした陰毛の茂み、さらにその向こう側には、太ももの間で額に汗をかいている夏美の顔、そして彼の後頭部に頰をくっつけるくらいに密着している由佳の顔が見える。

変則的な3P。しかも、この三人を四人の男が取り囲んでいる。全員が息を吞んで、割れ目を凝視《ぎようし》している。皆、節度を保っている。誰も手を出したりしない。店が客をしっかりと管理しているのがわかる。それでこそ安心だし、没頭できる。同じことを公園でやっても、こんなゆとりは得られないだろう。

「彼氏に舐めて欲しいでしょう？　夏ちゃん、自分からねだってみたらどう？　不倫している男に、どうやって求めるのかな」

「あなた、ねえ、舐めて……。割れ目がすごく熱くなっているの。いつもよりもたっぷりと時間をかけて、ねっ、お願い。由佳さんにわたしたちがどうやって舐め合っているのか、見せてあげましょうよ。みんな、期待しているわ。ああっ、恥ずかしいけど、わたし、興奮する……」

「もっとお尻を突き出して、足を開くんだ。可能な限り、全開近くまでね」

「見せたいのね、見ず知らずの人たちにわたしの大切なところを……。そうやって、割れ目が自分のものだと感じたいんでしょう？　それとも、自慢したいの？」

「ふたりきりの時よりも、ぼくの所有物だという意識が強まっている。満足感が強いと、性欲も強まるみたいだ」

東川は思い切り足を開いた。夏美に満足感を持ってもらうために。そして、欲望に没頭してもらうためにだ。

四人の見知らぬ男の視線が、割れ目に突き刺さってくる。ひとりがごくりと音をあげて唾液《だえき》を呑み込むと、ほかの人がつづいた。

夏美のくちびるが割れ目を覆《おお》う。硬い舌の感触。女のやわらかみに満ちたくちびるとはまったく違う。武骨《ぶこつ》で荒々しい。女になってみると、それを逞しいと感じる。身を任せてしまいたいという情動が胸の奥から迫《せ》り上がってくる。

「ああっ、気持いい……。由佳さん、見える？　わたしの彼氏が、クリトリスを舐めているの。あなたにも味わわせてあげたい。この人の舌って、硬くて気持いいの。クリトリスの先っぽを、舌を細かく振動させて弾くの」

「あなたたちって、ほんとにエッチな不倫カップルねえ、感心しちゃう。彼氏の舌って、バイブレーターみたいに正確な振動だわ。気持よさそう」

「クリトリスを振動している舌で舐められると、最初に先のほうから痺れがはじまって最後にはつけ根まで麻痺《まひ》したようになっちゃうの。なのに、熱いって感じるの。その痺れが割れ目の奥にまでじわじわと広がっていくから、気持いいの」

「おつゆが白っぽく濁《にご》ってきているわ。夏ちゃん、感度がいいわ」

由佳の扇情《せんじょう》的な言葉に後押しされ、東川はさらに大胆になった。椅子の座面からパンプスを上げて足を広げた。九十度程度ではない。その倍近い。百六十度以上は開いた。陰毛の茂みの面積が広がった。割れ目を守っている肉襞も伸びて皺《しわ》が少なくなった。

夏美が舐めてくれる。情熱的だ。細かい振動を数秒間つづけた後は、舌の緊張を解いてべたりと張り付かせるようにする。瞼《まぶた》を閉じていると、ここがハプニングバーだということを忘れる。没頭しよう。そうすれば、入れ替わる時があるかもしれない。可能性がある限りは試しつづけよう。

割れ目が熱い。乳房も熱い。火照りが指の先にまで広がっている。ぶち込んで欲しい。ああっ、思い切り挿して欲しい。男の濃い精を噴き出して欲しい。できないとわかっているからこそ欲しくなる。

「あっ……」

東川は瞼を開いた。左右の乳房にてのひらがあてがわれたからだった。

夏美ではない。手の向きが違っていた。

カウンターの内側、つまり、背中側から手が伸びていた。

「誰？　ねえ、誰なの？」

不安げに首をよじってカウンターの中に視線を遣《や》った。

店のマスターだった。三十代前半のいい男。愛撫が丁寧だ。参加することに慣れているのかもしれない。指も息遣いも落ち着いていた。

「マスターのコージさん。わたしがいいよって合図したの。さっきから、おっぱい触りたいって、目で訴《うった》えていたんだもの」

「あなたはいいの?」

「夏ちゃんがよければ、ぼくはかまわないよ。クリちゃんを舐めていると、おっぱいは可《か》愛《わい》がれないからね」

「嫉妬しないの? ほかの男に触られるなんて、男としていやでしょう?」

「君が興奮するなら、このバーの中では許すよ。ぼくもすっごく興奮しているんだ。ズボンの上から由佳さんに擦《こす》られていて、いっちゃいそうなんだ」

「ダメ、そんなのって……。あなたの最後はわたしが味わうんですから。わかった? あなたと一緒にいきますから」

「ありがとう、夏ちゃん」

中年男の迫力のある低い声で言われて、うっとりした。男の心なのに。

東川は今この瞬間、男と女が入り交じっていた。心は男のはずなのに、女性的な感性で喜んでいた。乳房を愛撫されて、女性の軀が愉悦《ゆえつ》に浸っていた。クリトリスを舐めている男の後頭部を眺めながら、この人は自分自身でもあるんだと考えたりもしていた。

「あなたたちも、ハプニングに加わりたいのね。まあ、当然よね。マスターが客よりも先に参加しているんだから……。夏美さんの足を舐めてあげたら？　左右の足をふたりずつ、四人で舐めたら、どれほどまでに乱れるかしら」

いっせいに、四人の男たちが動いた。左右ふたりずつ。許しを待っていたかのようだった。

右足の膝頭を舐めだしたのは、フリースのジャンパーを着た男。右足の甲とアキレス腱《けん》のあたりをついばみはじめたのは、三十代前半と思《おぼ》しきサラリーマンだ。左足のふくらはぎに唾液を塗り込んでいるのは、大学生だろう。向《む》こう脛《ずね》のラインを愛《め》でるように指の腹で撫でているのは眼鏡《めがね》をかけた真面目そうな男。職業はわからない。三十代後半だ。

「夏ちゃん、わかる？　あなたは今、彼氏を含めると、六人の男たちに愛撫されているの。どんな気持？」

「すごく気持がよくって、自分の軀ではないみたい……。ああっ、誰に触られているのかわからないのに、気持よくなっちゃうなんて」

「あなたって、本当のヘンタイなのね。彼氏もそう思うでしょう？」

キャバ嬢の声に、夏美は応《こた》えた。

「夏ちゃんがここまでぐっしょりと濡れるのは初めてだ。甘くておいしいよ。おつゆをもっともっと飲みたいよ……」

「ああっ、気持がよすぎて、自分が誰なのかわからなくなりそう……。あなたはどう？予感がするの、わたし。替わりそうよ」

「ぼくも予感がしているんだ。舐めている舌の感覚がなくなっていて、誰の舌なのかわからなくなっているんだ」

今こそ入れ替わる瞬間だった。東川も夏美も愉悦に没頭しながらも、その時を待ち受けていた。元に戻れるのは今しかないとさえ思いながらだ。

夏美は瞼を閉じて痺れた舌を動かしつづける。東川も目を閉じながら自分の軀だという意識を解き放ちつづける。

「いきそうよ、あなた」

女体に強烈な電流が走り抜けていくのを感じて、東川は感極《かんきわ》まった声を放った。全身が燃えるように熱くなった。カウンターから落ちないように気をつけなくちゃとチラと思って瞼を開いた時、

「あっ、すごい」

と、瞬時に声をあげていた。

目の前に見えるのは、唾液に濡れて黒光りしている陰毛だった。

躯が元に戻っていた。意識と躯が一致していた。

「戻ったわ、わたしたち。夏美よ、わたしは」

夏美が湿り気を帯びた甲高い声をあげた。感激と安堵《あんど》と強烈な快感が入り混じった幸福な声だった。

「すごいよ、夏美……。ううっ、本当に替わることができたんだ。夢みたいだ。まさか、実現するなんて」

東川は感極まった声をあげながら嗚咽《おえつ》を洩らした。目の前に見えている夏美の陰部が涙で滲みはじめた。

「ああっ、よかった……。これでわたしたち、普通の生活に戻れるわね」

夏美は満面に笑みを湛《たた》えながら、五十センチも離れていないところに陣取っている男たちに視線を遣《や》った。妖しい行為に似つかわしくない笑顔だった。

カウンターの内側から両手を伸ばして夏美の乳房を揉んでいたマスターも、左側で夏美の右の膝頭を舐めていたフリースのジャンパーを着た男も、右足のアキレス腱にくちびるを滑らせていたサラリーマンらしき男も、左足のふくらはぎを撫でていた大学生も、向こう脛を撫でていた三十代後半の眼鏡男も、皆一様に呆気《あっけ》に取られた顔をして愛撫を中断していた。

マスターはもう、夏美から離れている。ほかの四人も、彼女に触れようとはしなかった。ただならぬ気配を鋭く感じ取っていたのだ。引き際があっさりしていた。しつこくないところからして、彼らはハプニングバーの常連なのだろう。

東川は立ち上がると、四人の客の男たちに頭を下げた。こういう時だからこそ、下手《したて》に出るべきなのだ。偉そうにしていていいことは何もない。

「すみませんが、ちょっとしたハプニングがふたりの間に起きましたので、これにて中止にさせてもらいます。本当にごめんなさい、ふたりだけにさせてもらえますか。せっかくのお楽しみを中断しちゃって申し訳ないんですが……」

「わたしからも、謝ります。楽しませてもらいっぱなしのまま終わりにして、すみませんでした」

夏美もカウンターに乗ったまま、頭を下げた。ふたりで平謝《ひらあやま》りしたからだろうか、四人とも微笑みを浮かべてうなずいてくれた。マスターだけは怪訝《けげん》そうな顔をしていたけれど、もちろん、文句などは言わなかった。

夏美がカウンターを降りた。

パンティを穿《は》こうとはしなかった。ふたりは奥のテーブル席に移った。ハプニングバーというのは、自由に席を移ることができる。

席に着いた夏美は、両手を顔の前にかかげて照明に晒《さら》した。

ニヤニヤしている。久しぶりに再会した自分の手に語りかけているのだろうか。それとも、女として生きているという実感を味わっているのだろうか。

「やっぱり、わたしの手。よかった、戻って……。ねえ、先生の手を見せて」

「戻っているよ、そんなことしなくたってわかっているよ」

「恥ずかしいの？　とにかく、見せてください」

「恥ずかしくはないけど、奇妙な感じなんだ」

「戻った喜びや感動はないの？」

「あるに決まっているじゃないか。そのうえで、ぼくは冷静に自分の気持を分析しているんだ」

「さすがは精神科のお医者さん。ははっ、わたしもちょっと前までは、精神科のお医者さんだったんですけどね」

「ぼくはちょっと前までは、カウンターの上で大切なところを剝《む》き出しにして悦《よろこ》んでいるスケベな女だったんだよ」

ふたりは顔を見合わせて、同時に大きな笑い声をあげた。幸福感に満ちた笑い声だった。自分の姿に戻っている。笑い声も自分のものだ。

手を差し出して、夏美に見せる。彼女がてのひらに触れようとしてきたので、東川は咄嗟に手を引っ込めた。

「悪いけど、触らないでくれるかな。やっとの思いでふたりは元の姿に戻ったんだよ。触った拍子《ひょうし》に、また、入れ替わってしまう危険性があるだろう？」

「そうね、確かに……。わたし、気づかなかった。調子に乗って浮かれていました」

夏美は素直に言った。が、その後、思いがけない行動に出た。

彼女は右手の細い指を自分の股間に伸ばした。粘っこい眼差しを送りながら、スカートの奥に入り込ませた。

「触るのがダメなら、見ていてください、先生。ああっ、いやらしいでしょう？　わたしって」

「すごく不思議な気分だ。夏美はついさっきまで、男の目線で割れ目を眺めて欲情していただろう？　軀が入れ替わった途端、女として欲情しているんだからね。しかも、オナニーまではじめるなんて……」

「大胆過ぎる？」

「そういうことじゃない。ぼくが言いたいのは、男の時の性欲が、女の軀に引き継がれるということだよ。女に入れ替わったからといって、男の性欲は消えないんだね」

「先生だって同じでしょう？　カウンターの上で何人もの男に触られてエッチな気分だったはず。その気分が、今もつづいているでしょう？」

「ぼくはオナニーしたくなるほどには欲情していないな」

「精神科の先生って、理性的なのかな。そんなのって、つまらない。自分のことを客観的に分析しようという気持が強すぎるんじゃない?」

「特異な体験について観察と分析を冷静にしたいんだ。そうすることが、これまでのぼくの日常だったからね」

「やっぱり、わたし、女に戻れてよかった」

「実際、どうだった? ぼくの生活は面白くなかったかい?」

「ううん、スリリングで楽しかった。他人様《ひとさま》の心に踏み込んでいくお仕事って、大変だけど、好奇心を掻《か》き立てられたもの。先生って、楽しい仕事をしているなあって、うらやましくなったくらいよ」

「ははっ、おかしなものだね。精神科医として振る舞いながら、そんな自分に対してうらやましいと思うなんて……」

「当然でしょう? 軀は先生でも、心は女だったんですから」

夏美は足を大きく開いた。

本当に見せつけたいらしい。ならば、二十二歳のオナニーをじっくりと眺めてやろう。

右の二本の指が割れ目を覆った。

陰毛の茂みは薄い。人差し指と中指の間から、うるみに濡れた肉襞が垣間《かいま》見える。指は動いているのかどうか判然としない。それくらい微妙な動きということだ。でも、本人は激しく指を遣っているると感じているに違いない。

陰毛の薄い茂みに、細い指が隠れては現れる。

新鮮な眺めだ。

数日だったけれど、目の前の陰毛は自分のものだった。ずっと上から見下ろしていたから、目の前からの眺めは奇妙に思えた。もう自分のものではなくなったんだ。そんな感慨《かんがい》が込み上げてきたりもする。

指が肉襞に埋まりはじめた。

クリトリスへの刺激だけでなく、割れ目からも快感を引き出そうとしている。

女になって気づいたことだけれど、男の時に想像していたほど、割れ目は敏感ではないということだ。鈍感と言っているのではない。ふぐりと比《くら》べてだ。

二本の指の関節が見えなくなった。

手の甲が小刻《こきざ》みに震えている。粘っこいうるみが白っぽく濁《にご》っている。肉襞がうねるたびに濁ったうるみが滲むのかと思ったが、そうではない。割れ目の奥から、濁ったうるみが溢《あふ》れ出てきていた。自分が女だった時には、そんなことは気にしなかった。男の目線だ、これは。

うるみの色で高ぶりを判断するというのは、やはり男ならではの観察眼だ。女だった時、男をどんなふうに見ていただろうかと、東川は自分が女だった時のセックスを思い返した。

女になって初めて勃起した陰茎を見た時、陰茎の大きさに圧倒された。陰茎は小さいよりも大きいほうがいいと思った。それが正直な感想だ。でも、大きすぎるのもいやだと思った。それは、物理的な問題だ。割れ目に合わないくらいの大きさの陰茎に興味はなかった。痛いだろうし、無理矢理やられているという感覚だけが強くなりそうだったからだ。小さな陰茎は男そのものが頼りなく思えるからいやだった。圧倒されることで、心をあずけたいのが女なのだ。

「ねえ、見てくれているの？」

夏美が不満げな声をかけてきた。

「心配しなくていいよ。もちろん、見ているからね。言っておくけど、ぼくはぼんやりしていたんじゃない。夏美がこの場所で、絶頂まで昇れるのかなって考えていたんだ」

彼女の高ぶりを煽《あお》ることだけを考えて、いい加減なことを言った。それは女の感覚がわかったからこそなのだ。

見て欲しい時に見てもらいたい。それが女だ。どんなに重大な理由があったとしても、見てもらえない正当な理由にはならない。見てくれない男に愛情は感じない。

「男になったおかげで、わたし、自分に素直になれる気がしています。女に戻ってちょっとしか時間が経っていないけど、素直になるって、男の人を欲情させることなんだなあってわかったの」

「男の気持がわかってきたわけか。夏美にとってはいい経験だったんだね」

「素敵《すてき》な経験でした。今となっては、もう少し、男でいてもよかったかなって感じるくらいだもの」

「どうして?」

「だって、日本の世の中って、男女は平等になっていないでしょう? 男女雇用機会均等法ができて、仕事の上では平等ということになっているけれど……。男がいかに優遇《ゆうぐう》されているか、その恩恵を感じたいし、味わってみたいなって思うの」

「普通の生活を送ることだけを考えると、女性のほうが優遇されていないか? たとえば、レストランや小売店などでレディスデーと銘打って、女性だけが割引してもらっているじゃないか」

「男はずるいから、女をそんな些細《ささい》なことで気持よくさせて、社会的に不利な情況下に置かれていることを、忘れさせようっていう魂胆《こんたん》なのよ」

「すべてのお店が、そうした目的のために連携《れんけい》しているってこと?」

「たぶん、そうだと思うわ。女を男よりも下に位置づけておきたいのは、男社会である限り、当然の要請《ようせい》だと思わない? わたしは、こういう話をすると、スチュワーデスのことが頭に浮かぶのよ。今ではキャビンアテンダントと呼び方が変わったけど……」

「大変な仕事ではあるけれど、夢がある職業だよね。女性の憧《あこが》れの仕事じゃないか」

「でも、きつい仕事でしょう？　空の上でのお給仕なんですから。それなのに、素敵な職業だと錯覚《さっかく》させたのは、男に魂胆があったからだと思っているの」

「考えすぎだよ。どんな仕事だってきついものじゃないか。それにしても、オナニーしながらそんな難しい話ができるようになるとは、夏美、変わったな」

「そう？　男になったことで、成長したのかもしれないな。ちょっとのことでは動じなくなったみたいだから」

「つまり、堂々とオナニーできるだけの根性がついたってことか」

「先生はどう？　何か変化を感じられる？」

「女性の心理についてわかっていると思っていたけど、入れ替わったことで、女性の視点で考えられるようになった」

「素晴らしいことだと思います。きっと、先生のお仕事に役立つでしょうね」

夏美は割れ目から手を離した。パンティをジャケットのポケットから取り出して、素早く穿いた。東川はマスターに会釈《えしゃく》した後、夏美を愛撫していた男たち四人にも目礼して店を出た。

第十一章　冒険の快楽

ふたりは今、ラブホテルの一室にいる。すでにふたりは全裸だ。シャワーも浴びて、キングサイズのベッドに入っている。

東川は左腕を伸ばして、夏美に腕枕をしてあげている。久しぶりに味わう男としての立場だ。やっと戻ってきたという感慨があった。懐《なつ》かしいけれど、新鮮でもある。

「正直に言うけど、ぼくは夏美と初めてセックスしている気分になっているんだ」

「わたしも同じ気持です。濡れているの、すっごく。たぶん、ハプニングバーの時よりも興奮しています」

「女を求めるっていうのは、楽しいものだな。男が女を求めるなんて当然のことだと思っていたから、楽しいなんて考えたこともなかったのにな」

「求められる悦びは、女の場合はたいがい感じるものです。だけど、今夜の先生の求め方は激しくって素敵です」

「男の気持よさもいいけど、女の気持よさもよかったと思うな。戻ってみると、やっぱり、もう少し、女をやっていたかったかな」

「女を経験して、女の悦ばせ方がわかったんじゃない？　ねえ、先生、やってみてくださ
い、お願い」

夏美がねっとりとした囁き声を出した。

照明を落とし気味にしているために、彼女の顔の輪郭《りんかく》がぼやけている。明るい光の中よりもエロティックだ。しかも、彼女が女だという意識が薄れる気がする。つまり、女という枠組みの中に夏美がいるのではなくて、夏美という人間の中に、女特有の軀があるという意識になっているのだ。

耳たぶを舐める。ピアスの穴の凹《へこ》みを舌先で感じる。耳たぶの裏側にも舌を這《は》わせる。そこは女だった自分が愛撫《あいぶ》された時に気持がよかったところだ。そこから、髪の生《は》え際《ぎわ》に舌が滑っていくとさらによくなる。それがわかっていたから、東川は同じように舌を滑らせる。

「ああっ、いい……。やっぱり、わたしの気持よくなるところがわかっているのね。あん、恥ずかしいけど、うれしい」

「ぼくは夏美の性感帯をわかっているし、どうしてもらいたいか、軀がどんな愛撫を求めているかまで、知っているつもりだよ」

「つまらなくない？　自分で探すところがなくなったわけでしょう？　すみずみまで理解

しているわけでしょう？　ああっ、女としてはちょっと悲しいかも……」

「すべてがわかっていても、夏美は神秘の存在だから」

東川は彼女の耳元で囁くと、首筋から顎《あご》にかけて、唾液《だえき》を塗り込みながら舌とくちびるをあてがった。唾液を潤滑油《じゅんかつゆ》代わりにして、舌を上下させる。それも、夏美の肉体が悦ぶ愛撫だった。

女になったことで、愛撫ひとつひとつに意味があるのがわかる。今まではマニュアルをなぞるように、女体を愛撫していただけだった。その時と比べると、ずいぶんと意識が変わった。愛撫することが楽しい。これまでの愛撫は、彼女を悦ばせるというよりも、フェラチオを熱心にさせるためのものだった。

「躯がふわふわしてきて、すごく気持いい……。先生の愛撫の方法、やさしいし、行き届いている。ずっと味わっていたいって思っちゃう」

「今まではどうだった？」

「義理で愛撫してくれているみたいだったかな。おざなりっていうか、愛撫したっていう証拠を残しているだけのような感じでした。はっきり言うと、味気なかったです」

「知らなかったよ、そうだったのか」

「ねえ、割れ目も舐《な》めてくれますか？　別人のようになった先生の愛撫を、敏感なところでも味わってみたいの」

「そういうことも平気で言えるようになったんだな、夏美は。ちょっとあからさま過ぎないか?」

「男の人って、時には、女が下卑《げび》たことを口走ったりするのが好きだったりするでしょう? わたし、あなたになっている時にそれを感じたの。男って上品な女だけが好きなんじゃないんだって……」

「それはつまり、ギャップなんだよ。上品な女性が一瞬、下卑たところを意識的に見せるから、ドキドキするし、興奮もするんだ」

東川は解説してあげた。ひとりの女にいくつもの違った面があるということが重要なのだ。上品でいて下品。好奇心に富んでいて無関心。高級品に対して物欲を剝き出しにしながらも、百円均一のものにも好奇心を抱く……。そんな女に、男は欲情するのだ。

「ねえ、わたしの熱くなっているクリトリスをたっぷりと舐めて、お願い。女の軀をとろっとろに溶かして」

彼女の粘っこい囁き声に、東川はたまらずに軀を移して、クリトリスに顔を寄せた。高ぶった女性だけが放つ生々しい匂いが割れ目から噴《ふ》き出ている。女だった時にはこの匂いは気にしたことがない。男だけが意識する匂いだ。

夏美のクリトリスは、割れ目の襞の奥の奥に隠れている。それを知ったのは、彼女自身になってからのことだ。そして、どうすれば、クリトリスを見つけることができるか。それも、女の時に知った。

両手で割れ目の外側の肉襞を左右に押し開いてクリトリスを剝き出しにする。押しながら開く。そこが重要だ。単に開くだけでは、クリトリスが現れない。

両手で肉襞を開いた。もちろん、押しながら。勃起したクリトリスが視界の中央で屹立《きつりつ》している。そのうえで、ゆっくりと先端を舐める。

充血した肉襞とともに、クリトリスが震える。うるみが薄い肉襞をさっと覆っていく。肉襞そのものから、うるみは滲《にじ》む。だから、まんべんなく広がる。

「ああっ、いい……。やっぱり、愛撫が違っているの。すごい、自分で撫《な》でるみたいに感じるところだけが狙われているわ。ああっ、気持いい」

「ぼくは夏美だったんだから、どこが気持いいか知っていて当然だよ。夏美のクリトリスは奥に隠れていることがほとんどだから、こうして晒《さら》してあげないとな」

「恥ずかしい、わたし……。ああっ、言わないで」

「でも、それが感じるんだよね。マゾではないけど、虐《いじ》められると軀が勝手に反応することもわかっているから」

「ああっ、わたしって、本当にいやらしい女なのね」

夏美が頰《ほお》を真っ赤にしながら呻《うめ》き声を放った。全身が硬直していく。太ももを突っ張らせて、太ももの筋肉を収縮する。押し開いている肉襞が燃えるように熱くなり、うるみが波のように広がる。

絶頂が近いとわかったが、東川は愛撫を中断した。

いかせたくなかった。彼女になってみて、軀の特徴がわかった。一度絶頂を味わうと、それが大きなものでなくても、次の性欲が湧きあがってくるのに時間がかかる体質なのだ。

「意地悪。ああっ、いかせてくれないのね、先生は」

「いったん醒《さ》めたら、夏美はなかなか、次の火が軀に点《つ》かないじゃないか」

「秘密にしてきたことまで、ううっ、知られていたなんて……。もう、本当に秘密がなくなったみたい」

「原田君という恋人の存在もわかったからね。まさか、男がいるとは思わなかったな」

「先生と不倫の関係をつづけるには、彼は必要なんだもの。淋《さび》しい思いをさせないって、先生は約束できないでしょう？　だからわたし、彼とは別れませんから」

「彼のことは秘密としてぼくの胸の裡《うち》にとどめておくよ」

「そうしてください。先生にだってたくさんの秘密があったんですからね」

「思わせぶりな言い方をするんじゃない。ぼくには秘密はないよ。あると言うなら、明かしてみればいいさ」

東川は敢《あ》えて口調を変えずに言った。でも、動揺していて内心はドキドキだった。他人には絶対に明かしたくないことはある。もっとも感じる愛撫は、フェラチオではなくて、ふぐりとその下側と、お尻にいたるスベスベのところをじっくりと時間をかけて舐めてもらうことなのだ。

残念ながら、夏美にそれをしてもらったことはない。もちろん、妻にもだ。二十代の頃につきあっていた恋人に、その愛撫の快感を教えてもらったのだ。

「ねえ、してあげましょうか、先生」

「何を？」

「秘密に望んでいること。やって欲しかったんでしょう？　わたし、あなたの軀になって知ったの。先生はそんな場所を舐めてもらいたかったのかって、ほんとに驚いたわ」

「知られていたのか……。ぼくのことを嫌いになったかい？」

「ううん、そんなことはないけど、がっかりしました」

「下品な男だとわかったから？」

「そうじゃないんです。どうして、わたしに求めてくれなかったのかって……。信用されていないんだなと思いました……」

彼女は真面目《まじめ》な顔で言うと、手を差し出してきた。今度は自分が愛撫する番だと、夏美はその指先に気持を乗せていた。

東川は仰向けになって愛撫を待ち受けた。

開いた足の間に、夏美が割って入ってきた。彼女は楽しげな眼差《まなざ》しで、股間《こかん》を注視する。

陰茎もふぐりもすっかり見られている。息をゆっくりと吐《は》く。出し切ったところで吸う。そんなことをしても、心臓の高鳴りは鎮《しず》まらない。羞恥心《しゅうちしん》だけでなく期待感も膨《ふく》らんでいく。息をするのがぎこちなくなる。なのに、陰茎はひくつく。

夏美が正座のままで屈《かが》み込んだ。

そうだ。

東川は思い出した。夏美になって彼女と同じような格好をした時、自分が成熟した女だと強く意識したことを。甘美《かんび》な思い出だ。女に戻った夏美は今、同じことを感じているのだろうか。

「夏美、ちょっと待った……。口にふくむ前に、今何を考えているのか、気持を正直に教えて欲しいんだけどな」

「ヘンな気分。わたし、まだ男の感覚が残っているみたい。自分のおちんちんを愛撫している気になっているから」

「女に戻って生活を再開した感想は?」

「女でいることは当たり前だから、それを懐《なつ》かしいとか奇妙とかって言いたくないの。そんなことを口にしたら、また、男の軀になっちゃいそうだもの」

東川は仰向けのままで微笑《ほほえ》んだ。

「おっぱいは、重くないかい？」

「重かったわ、すっごく。数分で肩凝《かたこ》りになるって確信したくらい」

「屈み込んだ時に、おっぱいで、重力を感じたんだよ。ぼくが女の軀になって初めて味わったショックが、そのことかな」

「おっぱいが大きい女性なら必ず感じることよ、それって」

「ニュートンはリンゴが落ちるのを見て、重力の存在に気づいたというけど、彼に大きなおっぱいがあったら、そのおっぱいで重力を感じ取っただろうな」

「変なたとえ」

「ほかに感想はあるかい？」

「わたしのおっぱいって、こんなにも感度がよかったのかって、びっくりしたわ。先生、おっぱいに触りっぱなしだったんじゃないでしょうね」

「ははっ、そうかもね」

「きゃっ、嘘でしょう？　ああっ、イヤだなあ……。そうだ、イヤなことでもうひとつ、気になることを思い出したわ」

「何？」

「乳首が、大きくなったみたい」

「それもぼくのせいだっていうんじゃないだろうな。ぼくよりも、男だった時の夏美のほうが乳首を摘《つま》んでいたじゃないか」

「そんなこと、ありません」

夏美はきっぱりと言いながら、頬を真っ赤に染めて恥じらいの表情を浮かべた。

男だった時の夏美は、丹念に乳首の愛撫を繰り返した。乳輪の内側に軽く歯を当てながら、乳首全体を強く吸った。どこに性感帯があるのか、どこがもっとも感じるところなのか、夏美はわかっていた。当然だ。自分の軀だったのだから。

「女の軀って、やわらかいのね。女だった時には意識したことがないけど、筋肉質の男を経験してみると、肉の違いがとってもよくわかるようになったわ」

「どっちがいい？」

「そんなこと、決められません。男性を経験してみるまでは、女のほうが絶対にいいって思っていましたけど、男も面白いなあって感じました」

「どうして？」

「だって、男のほうが、何もかも、女よりも自由でしょう？」

「そうかな、女性も自由だと思うけど」

「男性がつくった枠の中での振る舞いだったら、女性は何をしても自由だけど、いざ、枠から外れると、男は慌てて制限するの。女はそれを直感的にわかっているから、不自由に感じるんだと思います」

「感心したよ。夏美は、男になったことで、男目線で社会を見られるし、男らしい論理的な考え方もできるようになったみたいだな」

「そうだと思います。だから、先生の性感帯のことも理解できたし、その性感帯を気持よくして欲しいことも、恥ずかしくて言い出せないっていうこともわかるんです」

「意地悪だなあ、わざわざそこまで説明するなんて」

「きっとそれも男を経験したからです」

夏美は前屈みになったまま、顔を上げて微笑んだ。右手を伸ばすと、陰茎を摑《つか》んで垂直に立てた。

陰茎の笠と幹が見える。長年見慣れたもののはずなのに、少し違和感があった。風景が違っているからだ。女だった時は、この陰茎を反対側から眺めていた。その時のほうが、陰茎に迫力を感じた。その時に感じたドキドキした感覚が懐かしい。できることなら、これからも経験してみたいと思う。

陰茎をくわえられた。

夏美の口の中に、陰茎はゆっくりと消えていく。東川はそれを眺めながら、自分が陰茎をくわえている錯覚にとらわれそうになった。男に戻っているのに、女の時の意識に飛んでしまう。そこに恐怖はない。

陰茎の幹に唾液が塗《ぬ》り込まれる。ねっとりしていて気持いい。女になってフェラチオをした経験が甦《よみがえ》る。舐めてあげているのに、快感が確かにあった。

今となっては、そんな奇異な経験も懐かしい。二度とできないかと思うと、もう少し長く、女でいてもよかったかもしれないとバカなことを考えたりもする。

縮《ちぢ》こまっているふぐりに舌が這う。べたりと張り付いてくる。唾液を塗り込まれる。気持いい。こういう刺激が欲しかった。けっして口にはできない男の欲望だ。

両膝を立てるようにと、夏美がうながしてきた。東川は素直に従った。

女がする格好になった。

背徳の気分が強まった。男なのに男らしくない格好だ。もっともっとそんな格好をしたい。女になったことで、男らしくない格好になることへのためらいは限りなく小さくなっていた。

夏美の舌がふぐりの下側に潜《もぐ》り込む。鋭い快感が引き出される。すごい、ああっ、すごい。ふぐりとお尻との間に横たわっている性感帯だ。陰茎の先端よりも、今舐めてもらっている場所のほうが数倍敏感だ。

「ねえ、先生。ここなんでしょう？　いちばん感じるところって」

「恥ずかしいけど、そうだよ」

「なぜ、恥ずかしがるの？　誰にだって、特別に感じるところがあるのは当然なのに」

「理由はわかるはずじゃないか、夏美には……。東川彰という男の軀をまとっていたんだからね」

「肉体は先生でしたけど、精神は女のままだったんです。だからわたしには、先生の恥じらいの理由まではわかりません」

「どうしても、ぼくの口から言わせたいんだな」

「意地悪ではありません。先生、お願いします。正直な気持を教えてください」

「男なのに、女性が感じる場所と似たところで感じるなんて、恥ずかしいじゃないか。これが陰茎だったら、ちっとも恥ずかしくないんだけどね」

「そういうことだったんですね。きっと、恥ずかしさを乗り越えたら、もっと感じるようになるわ。先生だって、快感をそこまで突き詰めたいと思っているでしょう？　先生の軀はそれを確かに求めているはずです」

「そうらしいな」

「先生、腰を浮かしてください」

　夏美は顔を上げるだけでなく、立ち上がって、ベッドの頭側に移った。部屋の明かりの調節でもするのかと見遣《みや》っていると、彼女は枕をふたつ摑んで、元の場所に戻った。

「先生、これを腰の下に入れてくれますか。わかるでしょう？　なぜわたしがそうして欲しいかって……。さあ、先生。早く、腰を上げて」

東川は急《せ》かされて腰を浮かした。

ふたつの枕が挟まれて、腰の位置が十五センチほど上がった。のけ反《ぞ》った格好だ。プロレスのさば折りに近い。たった十五センチくらい腰を浮かしただけなのに苦しい。

「軀の硬い四十過ぎの男には、ちょっと辛《つら》い体勢だよ。枕をひとつにして低くしてくれると助かるんだけどな」

「先生の軀が硬いってこと、わたし、すっかり忘れていました。男になった時、びっくりしたんです。柔軟性がまったくなかったから」

「中年男なら、このくらいの硬さは普通だと思うけどな……。夏美はぼくになっている時、軀が硬いせいで不自由したのかい？」

「背中が痒《かゆ》くなって腕を回した時に、脇腹がつったんです。足の裏を見ようと思って、振り返るようにして足を曲げた時は、背中の筋肉がつりました。まさかって感じです」

夏美はもう一度、中年男の足の間に入ってきた。枕を抜いてくれそうにない。

足首を摑まれた。何をしてくるのか見当がつかなかった。彼女の手は、足首からふくらはぎに移った。左右の指で、すね毛の感触を味わうようにゆっくりと滑《すべ》っていく。焦《じ》らしている様子ではない。意地悪している表情でもない。これが彼女なりの愛撫なのだろう。でもそれは、東川が夏美になった時にはしなかったし、そんな発想も浮かばなかった。

両足が持ち上げられた。

膝と足先が十五センチほど浮いた。さば折りの体勢は解消された。

彼女は膝に近い太ももに軽くキスをする。吸ったり舐めたりもする。軽《かろ》やかな愛撫だ。快感への期待が膨《ふく》らむ。

夏美は、男の快感の急所がわかっている。しかも、彼女の愛撫には愛がある。気持よくしてあげようという慈《いつく》しみに満ちている。不倫の関係ではあっても、軀が入れ替わった者同士だけが共有している純粋な仲間意識も持っている。

お尻とふぐりが二十二歳の女性の目の前だ。なんという痴態《ちたい》だ。快感が欲しいからってこんな格好をするなんて。胸いっぱいに含羞《がんしゅう》が広がる。頭に血が昇る。息苦しさに堪《こら》え切れなくなって呻いてしまう。

これまで誰にも見せたことのない男の秘所が剝《む》き出しだ。

開いた足は、彼女に摑まれているから自由にならない。辛い体勢だ。彼女の舌とくちびるの愛撫への期待があるからこそ受け入れられる。

ふぐりにもお尻にも、夏美のあからさまな視線を感じる。

お尻に近いふぐりを舐められた。ヒクヒクッと下腹部の緩《ゆる》い筋肉が痙攣《けいれん》した。お尻に皺《しわ》が深く刻《きざ》まれているのを、彼女の舌先を通して感じた。襞《ひだ》のすべてに唾液が塗り込まれていく。お尻のふたつの丘がひくつく。それを察したかのように、夏美の舌が左右の丘を行き来する。

「先生、わかる？　今のあなたって、すっごくエッチな格好しているのよ。奥様に見せてあげたいわ」

「見たくないって言うさ」

「そうかしら？　意外と好奇心が旺盛なんじゃない？」

「わかっているだろう？　妻が性的なことに興味がないことは……」

「さあ、どうかしら。三人で激しく乱れたこと、忘れたわけではないでしょうね」

「妻はよく受け入れてくれたと思うよ」

「あの時のことがきっかけで、性的に開花したかもしれないわよ」

「残念ながら、そんな雰囲気はないな」

「三人でやっちゃうなんてこと、性的に開花していない女の人ができるはずないでしょう？　妻のことを知らないのは夫だけ、という典型みたいな話ねえ」

「とにかく、妻に期待してはいない。いかがわしくて楽しいことは、夏美としたいんだ。ぼくはそれが望みなんだ」

「つまり先生は、わたしに舐めて欲しいのね、いちばん敏感なところを……」

彼女は上体をあずけるようにして寄せてきた。

足の裏が天井を向いた。左右の足が広げられた。股関節が硬いために、六十度くらいの角度までしか開かない。それでも、ふぐりとお尻は今までで以上にあらわになった。

夏美が顔を突っ込んできた。

もうすぐだ。

味わったことのない快感がもうすぐ味わえる……。

ふぐりのつけ根のお尻との間の平らな部分に、くちびるがついた。

全身にショックが走るくらいのビリビリとした強い電流に似た快感が生まれた。それはふぐりのつけ根から陰茎の先端を貫《つらぬ》いた。舌先で舐めてくれるのかと思ったが、そんな予想は心地よく裏切られた。

敏感な性感帯を、彼女は吸いはじめたのだ。まるで、女性の割れ目がそこにあるかのように。お尻に対してではない。

吸引力を強めたり弱めたりする。そんなところを舐められるのが初めてなら、吸われるのも初めてだ。どちらの愛撫も快感は新鮮で強烈だ。吸引の場合、肉の気持よさに加えて、心にも刺激があった。

女の気分に強制的にさせられているようだった。

ふぐりとアナルの中間の平らな部分は、意識としては割れ目そのものだ。実際のヴァギナのように割《さ》けていなくても、東川の気持の中では、そこはうるみを湛《たた》えるヴァギナであった。

「先生、どんな気持？　ここを舐めて欲しいってずっと思っていたことが、現実になったのよ。ねえ、どう？」

「男を忘れそうだ。勃起していることも忘れそうになるくらいに気持よかった。射精以上の快感だ。こんな快楽が男にあったなんて、信じられない……」

「ほんと？」

「夏美が上手に舐めたり吸ってくれたから、ここまでの快感を味わえたんだ。快感に没入できたのは君のおかげだ」

「誉《ほ》められたら、わたし、もっと愉《たの》しませてあげたくなっちゃうじゃない」

「新しい発見をさせてもらった。男も長い時間、快感に浸《ひた》っていられるんだからね」

「好きなだけ浸ってちょうだい。今度は、もっと長く舐めてあげるから」

夏美はくちびるの周りを唾液まみれにしながら微笑んだ。女性らしいやさしい光を放ちながら、それには男っぽい強い意志のような光も帯びていた。

そうだったのか……。

東川は気づいた。夏美の眼差しには男と女の両方の意思が入っていた。それを感じ取っている自分の心にも、男と女の両方の感性があったということだ。つまり、夏美の男の眼差しには自分の女の心が、夏美の女の視線に男の気持が呼応していた。

不思議だった。男の軀なのに、女の軀をまとっているようだった。

陰茎はいつの間にか、巨大なクリトリスに変貌《へんぼう》を遂《と》げていた。ふぐりとアヌスの間の平らな部分には、自分だけが見ることのできるヴァギナがあった。そして、アヌスはヴァギナにもなっていた。

おかまになったわけではない。ニューハーフの心を持ったのでもない。夏美と軀が入れ替わってもいなかった。心も軀も男だった。なのに、目を閉じて夏美の愛撫の気持よさに浸っていると、女の軀と性感帯を手に入れている気になった。目を閉じている限り、正真正銘《しょうしんしょうめい》の女だった。

「さっきまで大きかった先生のおちんちんが小さくなってきたわ。ああっ、可愛《かわい》い……」

「興奮していても、萎《な》えちゃうものなんだな。こんなこと、初めてだよ。愉悦《ゆえつ》に浸りきっていると、勃起なんて、どうでもよくなるみたいだ」

「素敵《すてき》だわ、それって」

「よかった。文句を言われるかと思ったけど、受け止めてくれて……。女性というのは、男の勃起を、自分に対してのバロメーターにしているだろう?」

「勃起して欲情してくれたら、女としてはうれしいものよ。女の軀になった先生なら、理解できるでしょう?」

東川は瞼を開いた。その瞬間、妄念《もうねん》がつくりあげた女の軀は消え失せた。男の平板な胸板と、勃起した陰茎が視界に入った。

「夏美、もう一度、舐めてくれるかな」

「やっぱり……。欲張りな先生が、求めないわけがないって思っていたの。予想が当たったわ」

「女みたいに喘《あえ》ぎ声をあげてみたいんだけど、いいかな」

「いいわよ、何でもありだから、わたしたちの関係って……。今さら、どうしてそんなことを言い出すのかしら。好きに声をあげたらよかったのに」

「女としてセックスしている時だったら、どんなに大声で喘いでも乱れても平気なんだろうけどなあ……。そうじゃないから、厄介なんだよ。男の立場では、女のように乱れられない。そういう教育は受けてこなかったからね」

「男は男らしく、女は女らしくという教育ということね」

「わかっているじゃないか」

「先生は本物の女になったんだから、どんな男よりも、どんなニューハーフよりも、女らしく妖しい喘ぎ声を出せるんじゃない？」

「危険があるかもしれないぞ。何かのきっかけで、ふたりの軀がまた入れ替わるかもしれないんだからね」

「平気です、わたし。入れ替わったとしても、戻れるってわかったから……。わたし、男になって男の自由を謳歌《おうか》してみたいなって思っています」

夏美は屈託《くったく》のない声をあげ、豊かな乳房を揺らしながら微笑んだ。

素晴らしい女性だ。こんなにも柔軟な考え方の持ち主だとは思わなかった。二十二歳の彼女はもう少しわがままで、もう少し頑《かたく》なだった。

変わったのだ。これもふたりの軀が入れ替わった効果だ。

東川は自ら両足を上げて、陰部を剝き出しにした。

中途半端な三点倒立《さんてんとうりつ》をしていると見えなくもない。いずれにしろ、みっともない格好だ。こんな姿は、夏美にしか見せられない。軀を共有したことで、彼女には信頼を寄せていた。それは間違いなく、妻以上だ。

逆さになっている胴体に、夏美は背中側から抱きついてきた。ぴたりと上体を寄せて、二の腕で挟《はさ》み込むようにしてきた。

指先が空《あ》いていた。くちびるも舌も空いていた。すべてが愛撫のためだった。

張りのある乳房は、腰に当たっている。くちびるは、ふぐりとアヌスの間のスベスベしたところを触れている。舌先では襞を弾《はじ》いたり、唾液を塗り込んだりしている。

「ああっ、すごくいい……」

「そうでしょう？　先生、ここが気持いいんでしょう？　舐めて欲しかったけど、誰にも言えなかったところでしょう？　奥様にも頼めなかったんでしょう？」

「ううっ、そう、そうなの」

東川は女の言葉で答えた。ふぐりのつけ根のあたりを舐められているうちに、女になった妄念が甦ってきたからだ。

ふぐりとお尻の間のすべすべした平らなところには、ヴァギナがあった。陰茎はクリトリスだ。夏美が妄念のヴァギナを舐める。厚い肉襞を左右に開く。ふたりは、女であり男だ。そして、男であり女だ。

お尻にも彼女の舌は這う。そこに栓《せん》をするように、くちびるで覆ってくる。強烈な快感だ。お尻がこんなにも感じるなんて、信じられない。この愉悦と比べたら、射精なんて一瞬の快感に過ぎない。そうだ。だから萎えてしまうのだ。勃起を忘れるのではない。勃起よりも強い快感があるから、そちらに意識が向くのだ。

「先生の割れ目って、ああっ、おいしい……。お尻もとってもおいしいわ」

夏美はむしゃぶりつくようにしてお尻にくちびるをつけた。前後左右に荒々しく動かす。とうもろこしを食べる時に似ている。襞のひとつひとつが、とうもろこしのひと粒だ。唾液を塗り込んでは、自らすする。その濁《にご》った音が部屋に満ちてふたりの耳に入る。興奮はさらに強まり、ふたりの快感は増幅していく。

「夏美が欲しい。ああっ、欲しい。わたしに入って、ねえ、お願い」

東川は甲高《かんだか》い声を放った。

この瞬間、女になっていた。

もちろん、意識のうえで。実際に、軀が入れ替わったわけではない。

「入れてあげたいよ、先生……。ぶっといおちんちんがあったら、思いっきり、突き刺してあげられるのに」

「夏美は今、男？」

「どうやら、そうみたいだ。先生の背中に、おちんちんが当たっているんじゃないかい？錯覚だろうけど、ぼくの軀に、おちんちんが生えてきたみたいだ」

「ああん、素敵」

東川はやはり、この瞬間も女だった。言葉遣いも腰の振り方も眼差しも。でも、股間には萎えた陰茎が付いていて、乳房はなかった。夏美には陰茎がなくて、乳房があった。

ふたりはいつの間にか、軀が入れ替わることを望んでいた。

「夏美さん、挿《さ》して。何かをわたしに思い切りぶち込んで。このままだと、おさまりがつかない……」

「どうなっちゃったのかしら、わたしたちって。おかしいわ、別の性に替わることを望むなんて……。ずっと、戻ることばかり願っていたのに」

「きっと、快感を突き詰めていないからじゃないかしら。気持よさに没入しきっていないから、名残惜《なごりお》しいんだわ」

「ああ、男になりたい」

夏美は掠《かす》れた声で言い、東川も思い切って、

「わたしは、女になって、女の気持よさに浸りたい」

と、妖《あや》しい声を放った。

東川は瞼を閉じた。

男は女になり、女は男になる。願い事を唱《とな》えるように三回つづけて呟《つぶや》くと、ゆっくりと目を開いた。


目の前の風景が変わった。


あっ……。

あり得ないことが、またしても起きた。

男は女であり、女は男であった。つまり、東川は中年男の心を持ったままで、二十二歳の夏美という女の軀に替わった。夏美は若い女性の心のまま、中年男の軀になったのだ。

これは悲劇ではない。互いに望んだことだ。

「夏美、わかる？　今の自分がどうなっているのか……」

「わかる……。ああっ、また戻ったのね。最悪」

「それって、本心から言っているの？　ぼくは君の軀を手に入れられて、ものすごくうれしいよ」

「どうして、また入れ替わったのかな。うれしいなんていうのんきなことは言っていられないでしょう?」

「理由はわかっているつもりだよ、夏美」

「ほんと?　どうして?」

「念じたからだ。『男は女になり、女は男になる』って……。目を閉じて三回唱えた後、目を開いたら、風景が違っていた。仰向けだったのに、仰向けになった男を四つん這いになって見下ろしていたんだ」

東川は四つん這いになって、夏美の足の間に入っていた。中年男の姿になった夏美は、仰向けの格好だ。それは数十秒前まで、自分がとっていた格好だ。

足のつけ根の筋が痙攣《けいれん》を起こすのではないかと心配になるくらいに、男の夏美は目一杯に足を開きつづけている。ふぐりの下側のツルツルしたところが剝《む》き出しだ。そこは唾液で濡れていて、ギラギラと下卑《げび》た光を放っている。数分前に、夏美が舐めて唾液を塗《ぬ》り込んだ跡だ。

中年男の勃起している陰茎の逞《たくま》しさにうっとりしてしまう。不思議だ。数分前までは、夏美の乳房や割れ目に興奮していた正真正銘《しょうしんしょうめい》の男だったというのに。

女の軀をまとうことになることに慣れたのかもしれない。男に戻れないという不安や恐怖はない。念じたことで女になったのだから、同じように念じれば男に戻れるはずだ。

「わたし、すっごく変な気分。たった今まで、あなたのおちんちんを舐めていたのに、そのおちんちんを、わたしがつけているのよ。先生も、同じ気分でしょう?」

「ぼくは正直言って、うれしい気分のほうが勝っているな。不可能だと思っていたことが、現実になったんだからね」

「そんな……。ということは、わたしは先生の道連《みちづ》れにされたってこと?」

夏美は足を開いたままの格好で、不機嫌な表情をつくった。彼女は自分が中年男の顔になっていることに気づいていないのだろうか。女よりも、男の不快な顔のほうが、他人に与える不快度は高い。

「戻りたいかい? 今すぐ、女に戻って、ぼくのものをくわえ込みたいかい?」

「そんなふうに訊《き》かれると、返事に困ります。せっかく男になったんだから、愉《たの》しまないと損だっていう気になるのが人情でしょう?」

「だから、こんなに股間のモノを大きくしているんだ」

「これは……」

夏美は絶句《ぜっく》した。黙《だま》ったまま、右手で勃起している陰茎を垂直に立てた。慣れた手つきだ。初めて男として触れた時の、恐る恐るといった雰囲気はなかった。

「この立派な勃起は、先生が男性だった時の興奮によるものでしょう? わたしの興奮によるものではないと思います」

膨脹《ぼうちょう》した笠の端《はし》を撫《な》でながら言った。男の武骨《ぶこつ》な指が、朱色に染まっている笠を慈《いつく》しんでいる。

東川は目をそむけた。

女の軀になっただけでなく、短い時間に、女の意識も入り込んでいるようだった。だから、見慣れているはずの武骨な手と陰茎の生々しさがグロテスクに思えた。

「くわえてごらん」

夏美が前屈《まえかが》みになりながら囁《ささや》いた。

東川は陰茎のつけ根も摑《つか》んだ。

女の細い指と陰茎に浮き上がった血管や筋を見つめていると、自分が男の気持のままなのか、女の意識になっているのか、どっちなのかわからなくなる。でも、それは喜びになった。これは男と女のふたつの性を行き来しているからこそ得られる感覚だからだ。

太ものつけ根をすっと舐める。

夏美を焦《じ》らす。陰茎をいきなりくわえ込んで欲しいと思っているから、わざと、その願いを外す。男の性欲は、すぐに求める快感が得られないと、いっきに激しく増幅《ぞうふく》すると知っている。

「舐めてくれないの？　先生、ねえ、してくれないの？　女の心のままだけど、ああっ、おちんちんを、わたし、くわえて欲しい……」

「不思議な性欲だな、それって。フェラチオは、夏美の心を包んでいる男の肉体が望んでいるの？　女の心もそれを求めているのかな？」

「そんなことを言われても、見極《みきわ》められません。やっぱり、先生はお医者さんね。いつでも冷静。悔しいくらい」

夏美は腰を突き上げた。フェラチオを求めるしぐさだ。

くわえてあげよう。

東川は陰茎を垂直に立てた。

「ああっ、わたし、変な気分。男なのか、女なのか、わからなくなりそう……」

夏美が呻《うめ》き声をあげた。といっても、女の妖《あや》しさはない。それは、中年男の口から放たれた声なのだ。

「いいぞ、夏美。その調子で没入していけば、自分の意思で、男から女に戻れるかもしれないからな」

「どういうこと？」

「さっきぼくは、三度念じたら躯が入れ替わったと言ったけど、そんなに単純ではなかったんだよ」

「秘密があるんですか？」

「秘密というよりも秘訣《ひけつ》かな。没頭《ぼっとう》するんだ。男だとか女だとかといった意識を捨てて、快感に浸《ひた》るんだ」

「そんなのって、簡単だけど……。わたしはいつだって、浸り切っているわ。先生、本当にそれが秘密?」

「夏美、考えてごらん。快感だけに没頭するのが、いかに難しいかって」

東川は頰《ほお》に陰茎を擦《こす》りつけながら言った。

男女の軀が入れ替わった理由はわからなかったのに、口を開くと、次から次へと言葉が湧《わ》いて出てきた。そんなことは初めてだった。自分で考えて言っているのではなくて、目に見えない何か大きな力によって言わされている気がした。

「何が難しいの? 先生の言っている意味がわかりません。わたしにとっては簡単なことだから……」

「それじゃ、これはどうかな?」

東川は垂直に立てている陰茎の幹《みき》をついばむようにしながら舐めた。つけ根に下りた後、笠までいっきに舐め上げた。笠と幹をつなぐ敏感な筋を丹念に舐めた。張り詰めた筋を、両側からゆっくりと愛撫《あいぶ》した。

「先生の舐め方、上手になった気がします」

「夏美が感じている気持よさは、おちんちんから生まれている快感だよね」

「もちろん、そうです。そこを舐められているんですから」

「それでは、ダメなんだ」

「意味がわかりません……。わたし、おちんちんを舐められて興奮しています。その興奮に没入しています」

「つまり、それって、男の快感だよね。愛撫されている間ずっと、おちんちんの性感帯のことを考えているはずだ。たとえば、もっと深くくわえてくれたら、もっと気持よくなるだろうとか、くちびるで締めつけてくれたら、快感に浸れるだろうとかって……」

「ええっと……。男女がそれぞれにもっている性感帯のことを考えている限り、快感に没頭できないってことですか？」

「そのとおり。中年男の軀をもったことで、夏美、頭の回転が速くなったんじゃないかな？」

「それって、先生、自画自賛《じがじさん》？　自分のことを頭がいいって言いたいの？」

「ははっ、どうかな」

東川は微笑んだ。自分の表情が女性らしいやさしさに満ちた表情をしているとわかった。男でいる時よりも、心が穏《おだ》やかな気がする。男の心に、女らしい感性が備《そな》わっているのだろうか。

陰茎をくわえる。それは十分すぎるくらいに勃起していたはずなのに、口の中でさらに膨張していく。ムズムズする。ドキドキもする。舌のつけ根が圧迫されて息苦しい。自分は女。苦しさが自分の今の性を意識させてくれる。うれしいような、気恥ずかしいような不思議な感覚に包まれる。

東川は気づいた。

女になってうれしい、と。

男では味わえない快楽や感覚を存分に味わおう。目の前にいる中年男に、女として尽くそう。尊敬し、慈しもう。肉体だけでなく、心でも、女の喜びに浸ろう。

ふぐりを舐める。皺《しわ》の溝《みぞ》のひとつひとつに舌を這わせるくらいに丁寧に。まばらに生《は》えた陰毛をついばむ。抜けてしまうかどうかのギリギリで陰毛を離す。夏美はきっと、かすかな痛みを感じるだろう。でも、それが快感になるはずだ。

ふぐりに唾液を塗り込む。痛みに敏感な肉塊のひとつを口にふくむ。球形をしたその輪郭を舌とくちびるで確かめる。それは陰茎のつけ根とつながっているのが、ふぐりの薄い皮越しに伝わってくる。

東川はふぐりから口を離して、ため息を洩《も》らした。

見事な造形物だ。いつの間にか、女の喜びが心に満ちていた。男の肉体の美しさを感じられたことが、こんなにも女の心を満足させるものなのかと驚いた。

「もっと、わたしを気持よくさせてくれる？　ねえ、先生。わたしも経験してみたいんです。男とか女といったこととは別の、肉体の快楽を……」

「やっと、ぼくの言った意味がわかってきたみたいだね」

「だって、先生の説によると、そうした愉悦を味わっている時に三度念じると、軀が入れ替わるんでしょう?」

「わからないよ。ぼくだけができることなのかもしれない」

「そうだとしたら、先生の都合で、わたしは軀が次から次へと替わってしまうってことになるわ。そんなのイヤッ」

「夏美の言わんとしていることはわかるよ。ぼくだって、同じ立場だったらイヤだと思うからね。夏美もできるのかもしれない。可能性はある……。そうだ、やってみよう。でも、そのためには、快楽に没入しないとね」

「先生、気持よくさせて……」

夏美は甘えた声音《こわね》で囁いた。中年男の声だけれど、眼差しには女の光が混じっていた。女の肉体を持っていた数分前までの感覚が残っているからか。しかも、クリトリスへの愛撫をねだるように腰を上下させた。夏美の心に男と女が入り交じっていて、それを整理できなくて混乱しているようでもあった。

「男になったんだから、挿入することで快感を得ないの?」

「先生、そんなことをしたら、男の快楽に没頭することになるでしょう? それでは性差を越えた快楽は得られないいんじゃない?」

「そんなことを計算しながらセックスするなんて、おかしいよ。没頭するためには、すべてを忘れないと」

夏美は起き上がった。胸の筋肉の盛り上がりに、東川はドキリとした。

男だった時は、自分の胸板を見ても、逞しさは感じなかった。が、正面から見ると、まったく別の印象を持った。引き締まった筋肉に、女心が刺激を受けた。抱かれたい。組み伏せられたい。激しく攻められたい。心まで女になっていた。

仰向けになった。

東川はさりげなく膝を立てて、割れ目が夏美の視界に入るようにした。言葉で誘うだけよりもずっと効果的だ。自分が男なら、こんなふうに誘って欲しいと思う。

「すごい眺め。先生、いやらしい……」

「元男だから、男が何を求めているのか、よくわかるんだよ。それを言うなら、夏美だって、女の軀のどこを見ると男が興奮するかがわかっているじゃないか」

「そうでしょうか。頭で考えたわけではないから、男の本能だと思います。でも、先生の説を元にして考えると、本能に頼って快感を得ているようでは、軀の入れ替わりをどんなに念じても無理ということですよね」

「夏美、わかってきたみたいだね」

東川は女の声で言った。そして、誘った。足を開き、両手を広げた。

夏美が覆いかぶさるように、上体を重ねてきた。

重い。でも、それが心地いい。

陰茎を迎え入れたいという気持と、勝手に突き込んで欲しいというマゾヒスティックな気持が交錯《こうさく》する。これは受け身の女の喜びだ。夏美の背中に回した両手に力を込める。そうやって挿入をねだる。腰を小刻《こきざ》みに上下させて、陰茎に触れる。

「入れますよ、先生……」

「ぶちこんで。わたしが先生だったことなんて忘れて、やってちょうだい」

「面白い変化ですね、先生。少しずつ、女の言葉遣いになってきているよ」

「夏美だって、男の口調に変わってきているわ」

「時間が経つうちに、軀の性に心が慣れるんだろうな。つまり、軀に引きずられるってことかな？　先生、どう？」

「引きずられるわけではないわ。心というのは、わたしたちが考える以上に柔軟なの。そう思わない？　軀が入れ替わっても、パニックになっているでしょう？」

「男の軀をまとっていると、心まですべて男になりそうだ」

夏美はぶっきらぼうに言うと、腰を操って、陰茎の先端を割れ目にあてがってきた。素早かった。

東川は割れ目が開くのがわかった。厚い肉襞が、ゆっくりとめくれた。その角度は、両足と両手を広げた角度と同じだ。

陰茎が入ってくる。いっきに。割れ目が熱い。肉襞が震える。うるみがじわじわっと滲み出てくる。乳房全体が敏感になる。中年男の胸板の圧迫が快感になる。女になった喜びに浸る。

夏美はどうだろう？　男の快感を、胸板や陰茎から感じているだろうか。東川はこの瞬間、女になっていた。男に喜んでもらうことが、自分の喜びになっていた。

「ねえ、どう？　夏美、気持いい？」

「女の時にはわからなかったけど、割れ目の中って、こんなに狭《せま》くて窮屈《きゆうくつ》できつかったんだ。知らなかった」

「ねえ、どうなの？　教えてくれないの？　わたしって、あんまりよくない？」

「先生、邪推《じやすい》しないこと。男になってわかったんだけど、気持がいいことを表す男の言葉って、すっごく少ないよね。だから、感想を訊かれると困っていたんだ……」

「言って、お願い。まったく同じ言葉でもいいの。女って、そういうものでしょう？」

東川はうわずった声をあげながら、お尻に力を込めて、厚い肉襞を締めた。

陰茎が前後に勢いよく動きはじめる。夏美の腰の動きが激しさを増す。陰茎の先端が膨らむ。笠に割れ目の最深部を突かれる。

圧迫される感覚が気持いい。女だからこそ味わえる愉悦《ゆえつ》だ。波のように押し寄せては退《ひ》いていく。自然と喘《あえ》ぎ声が洩れる。軀が弛緩《しかん》する。でも、実際には軀の力は緩《ゆる》んではない。割れ目は陰茎を締めつけているし、夏美の背中に回している指の力も入れたままだし、爪を食い込ませたりもしている。

「おちんちんが千切《ちぎ》られそうだ。女の大切なところが、こんなにも力があるとは思わなかったよ。先生、ぼくが女だった時もそうだった?」

「うん、そう……。夏美の割れ目って窮屈だ。もしかしたら、この子は処女かもしれないって思ったもの」

「大げさです、それって」

「ほんとにそう思ったんだから……」

「わたしが今挿入して感じている男の気持よさと、先生が男の時に感じた快感って、同じかな……」

「なぜ、そんなことを思うの?」

「先生が男の時のほうが、快感が強いんじゃないかって思ったんです。だって、わたしのほうが女を長くやっているんですから、軀を操るのが、先生よりも上手だと思うんです。男の人の快感を引き出す術《すべ》だって、わたしのほうが持っているだろうし……」

「もっと動いて、夏美」

夏美は腰を突き込んできた。中年にもかかわらず、軀にはキレがあった。腰の動きも素早い。恥骨同士がぶつかる。クリトリスが刺激される。呻き声をあげてしまう。

「わたし、いきそう……。夏美は？　わたしでは、気持よくなれない？　そうだったら、正直に言って」

「大丈夫。すごくいいよ」

「本当？　冷静な表情で見つめてくるから、何も感じていないんじゃないかって不安になっていたの」

「考えているんだよ。この気持よさは、男の快感だなって……。先生がさっき言ったように、男ならではの快感とは別の快感って、何だろうって」

「わかった？」

「まだ、ダメみたいだな」

「没頭することです。とにかく、何も考えずに快感に浸って漂えばいいの。運が良ければ、愉悦の宇宙が感じられるんじゃないかしら」

「その時、三度念じるんだよね」

「可能かどうかはわからない。だから、何も起きなくても、恨《うら》まないでね」

「うん、わかってるよ」

夏美は上気《じようき》した顔で言った。すっかり、男の言葉遣いになっていた。東川にしてみたら、中年男の顔と若い女性の心を秘めた夏美の言葉遣いに、ギャップを感じる。それを可愛いとも思う。

陰茎の挿《さ》し方が速くなった。張り詰めた皮が熱い。浮き上がった血管や筋を割れ目の奥の襞でも感じ取る。夏美がうっとりとした表情で微笑む。閉じた瞼が小刻みに震えつづける。瞳の輪郭がくっきりと浮かびあがる。

愉悦に没頭している。割れ目からの刺激に包まれているのか、陰茎の芯《しん》から生まれている快感にまみれているのか。

「気持よさそうだね、夏美」

「ああっ、いい……」

「いきそう？　もしそうなら、わたしのことなんか気にしなくていいし、遠慮も我慢もしなくていいから……。あなたがいきたい時にいって」

「体中に気持よさが巡《めぐ》っているよ。ああっ、先生。これが性差を越えた快感？　いきたいっていう気にならない」

「そうよ、その調子。あなたもきっと、自在に肉体の壁を越えられるようになるはずだから……」

「この気持よさを、ぼくは女だった時にも味わっていた気がする……」

「男だからとか、女だからっていう、意識を持ったらダメ。すべてが同等。快感も痛みも苦しみも味わいも」

「おちんちんだけが気持いいんじゃない。体の隅々まで気持がいいんだ。快感が軀で踊っている感じだよ。ああっ、ぼくも念じてみるな。『男は女になり、女は男になる。男は女に……』。これで、元の軀に戻れるのかな」

東川は黙って微笑むだけで、返事をしなかった。

瞼を開いていた。どんなことが起きるか、まばたきしないで見ていた。

「あっ……」

短い呻き声をあげた。

天井が見えていたのに、一瞬、ベッドのシーツと女の長い髪が視界に入った。

が、それはほんの一瞬だった。夏美は気づいたかどうか……。

ふたりが自在に軀を入れ替えられるようになったら、大変なことになる。でも、そうなる時こそ、ふたりにとっての新しい冒険のはじまりかもしれない。

エピローグ

東川は今、表参道に面したオープンエアの喫茶店にいる。夏美と入れ替わって十日が経《た》った。まだ、元に戻ってはいない。戻ろうという意志がないからだ。日だまりのぬくもりが気持いい。透明感に満ちた陽が射《さ》し込んでいる。光の筋一本まで見えるようだ。

テーブルの向かい側正面に妻の寛子が坐《すわ》り、右隣にひとり息子、そして左隣には、夏美がコーヒーを飲んで坐っている。

「ごめんなさい、寛子さん。せっかくの家族水入《みずい》らずの休日に、くっついてきちゃって」

夏美がぺこりと頭を下げた。が、それはあくまでも形式的なものであって、心からの謝罪ではない。居心地《いごこち》の悪さを少しでも和《やわ》らげようとする言葉だ。

「気になさらないでいいですよ。主人だけじゃなくて、息子もあなたのことがとても気に入っているみたいですから」

「寛子さんは？」

夏美になっている東川は、挑発とも受け取られかねない問いかけをする。

「ははっ、すごいことを訊くわねえ。夏美さんは、どういう答を期待しているの?」

「いつだったか、先生と奥様とわたしの三人で、素敵《すてき》なことをしたと思います。覚えていますか? あの時のような、仲睦《なかむつ》まじい関係になれたら素敵だなって……」

「そんなこともあったわね。あれは幻だったんじゃないかしら。わたしは熱に浮かれていたかもしれないし」

寛子がはにかみながら言った。子どもがいる手前、あからさまな言い方をしないように気をつけていた。夏美の存在を否定しているようでもあるし、受け入れているようでもあった。

夫を巡っての妻と若い愛人による嫉妬《しっと》交じりのつばぜり合いのようだけれど、実は違っていた。それは東川と夏美にしかわからない。寛子と話している夏美は、外見は二十二歳の女性だけれど、心は寛子の夫、東川なのだ。

東川は内心、ドキドキだった。寛子は騙《だま》せたとしても、子どもに見抜かれるのではないか、と。こんなにも長い時間を子どもと一緒に過ごすのは、軀が入れ替わってから初めてだった。こんな無謀で危険なことを提案したのは、夏美だ。

「わたし、寛子さんとお友だちになりたいんです。年下の女が生意気《なまいき》だって思うでしょうけど、お願いします。一緒にいると愉しいんです」

寛子が言うと、ふいに、それまで黙ってオレンジジュースを飲んでいた子どもが口を開いた。

「ぼく、夏美お姉さんのこと、すごく好きだよ。だから、ママ、お友だちになってあげて欲しいな。夏美さんって、面白いし、いろいろな経験をしているんだよ。ぼくたち四人って、きっと、ほかの人たちでは経験できないくらいに仲良くなれるはずだからね……」

子どもだというのに、大人が考えるような意味深《いみしん》なことをさらりと言った。それを聞いていた夏美の姿の東川は言った。

「ははっ、君はいつからそんな生意気なことを言うようになったのかなあ？　わたしの口調を真似しないでね、変だから」

東川は言った瞬間、ハッとなった。

夏美はいまだに、軀の入れ替わりを自分の意志でできなかった。でも、それは嘘だったのかもしれない。息子の口調も眼差しも、夏美そのものだ。もしかしたら、息子と夏美が入れ替わったのかもしれない。

この作品は月刊『特選小説』（綜合図書発行）平成十九年十月号から二十一年八月号までの「貪欲の冒険」と題した連載に、著者が刊行に際し、加筆、訂正したものです。

——編集部

神崎京介著作リスト

112	女薫の旅　奥に裏に	講談社文庫	平21.11
111	さよならから	幻冬舎文庫	平21.10
110	さよならまで	幻冬舎文庫	平21.10
109	秘術	祥伝社文庫	平21. 7
108	S×M	幻冬舎文庫	平21. 6
107	夜と夜中と早朝に	文春文庫	平21. 5
106	不幸体質	新潮文庫	平20.12
105	けだもの	徳間文庫	平20.12
104	利口な嫉妬	講談社文庫	平20.11
103	男たるもの	双葉文庫	平20.10
102	ぼくが知った君のすべて	光文社	平20. 6
101	関係の約束	徳間文庫	平20. 6
100	女薫《にょくん》の旅　青い乱れ	講談社文庫	平20. 5
99	I　LOVE	講談社文庫	平20. 3
98	想う壺	祥伝社文庫	平20. 2
97	成熟	角川文庫	平20. 1
96	本当のうそ（ほかの著者とのアンソロジー）	講談社	平19.12
95	女薫《にょくん》の旅　今は深く	講談社文庫	平19.11
94	女盛り	角川文庫	平19.10
93	性《しょう》こりもなく	祥伝社文庫	平19. 9
92	男でいられる残り	祥伝社	平19. 7
91	女だらけ	角川文庫	平19. 7
90	女薫《にょくん》の旅　愛と偽り	講談社文庫	平19. 5
89	密室事情	角川文庫	平19. 4
88	*h*+ α（エッチプラスアルファ）	講談社文庫	平19. 3
87	*h*+（エッチプラス）	講談社文庫	平19. 2
86	*h*（エッチ）	講談社文庫	平19. 1
85	五欲の海　多情篇	光文社文庫	平18.12
84	渋谷STAY《ステイ》	トクマ・ノベルズ	平18.12

83　女薫の旅　欲の極み　講談社文庫　平18.11
82　美しい水　幻冬舎文庫　平18.10
81　横好き　徳間文庫　平18. 9
80　女の方式　光文社文庫　平18. 8
79　東京地下室　幻冬舎文庫　平18. 8
78　禁忌（タブー）　角川文庫　平18. 7
77　みられたい　幻冬舎文庫　平18. 6
76　官能の時刻　文藝春秋　平18. 5
75　女薫の旅　情の限り　講談社文庫　平18. 5
74　愛は嘘をつく　女の幸福　幻冬舎文庫　平18. 4
73　愛は嘘をつく　男の充実　幻冬舎文庫　平18. 4
72　ひみつのとき　新潮文庫　平18. 3
71　盗む舌　徳間文庫　平18. 2
70　不幸体質　角川書店　平17.12
69　女薫の旅　色と艶と　講談社文庫　平17.11
68　吐息の成熟　新潮文庫　平17.10
67　五欲の海　乱舞編　光文社文庫　平17. 9
66　大人の性徴期　ノン・ノベル（祥伝社）　平17. 9
65　関係の約束　ジョイ・ノベルス（実業之日本社）　平17. 6
64　性懲《しょうこ》り　ノン・ノベル（祥伝社）　平17. 5
63　女薫の旅　禁の園へ　講談社文庫　平17. 5
62　「女薫の旅」特選集＋完全ガイド　講談社文庫　平17. 5
61　五欲の海　光文社文庫　平17. 4
60　好きの味　主婦と生活社　平17. 3
59　化粧の素顔　新潮文庫　平17. 3
58　五欲の海　多情編　カッパ・ノベルス　平17. 2
57　女のぐあい　祥伝社文庫　平17. 2
56　*h*+ *α*　講談社　平17. 1
55　女薫の旅　秘に触れ　講談社文庫　平16.11
54　好きの果実　主婦と生活社　平16.10
53　ぎりぎり　光文社文庫　平16. 9

52	*h+*	講談社	平16. 8
51	横好き	トクマ・ノベルズ	平16. 8
50	忘れる肌	徳間文庫	平16. 7
49	愛は嘘をつく　男の事情	幻冬舎	平16. 6
48	愛は嘘をつく　女の思惑	幻冬舎	平16. 6
47	女薫の旅　誘惑おって	講談社文庫	平16. 5
46	女の方式	カッパ・ノベルス	平16. 4
45	ひみつのとき	新潮社	平16. 4
44	盗む舌	トクマ・ノベルズ	平16. 3
43	密室事情	角川文庫	平16. 3
42	*h*	講談社	平16. 2
41	男泣かせ	光文社文庫	平16. 1
40	好きのゆくえ	主婦と生活社	平15.12
39	女薫の旅　耽溺まみれ	講談社文庫	平15.11
38	おれの女	光文社文庫	平15. 9
37	吐息の成熟	新潮社	平15. 7
36	五欲の海　乱舞篇	カッパ・ノベルス	平15. 6
35	女薫の旅　感涙はてる	講談社文庫	平15. 5
34	熱《いき》れ	ノン・ノベル（祥伝社）	平15. 3
33	無垢の凶器を喚び起こせ	講談社文庫	平15. 3
32	化粧の素顔	新潮社	平15. 2
31	女運《おんなうん》　満ちるしびれ	祥伝社文庫	平14.12
30	女薫の旅　旅心とろり	講談社文庫	平14.11
29	忘れる肌	トクマ・ノベルズ	平14.10
28	男泣かせ　限《ぎり》限《ぎり》	カッパ・ノベルス	平14. 9
27	後《あと》味《あじ》	光文社文庫	平14. 9
26	五欲の海	カッパ・ノベルス	平14. 8
25	男泣かせ	カッパ・ノベルス	平14. 6
24	女薫の旅　衝動はぜて	講談社文庫	平14. 5
23	女運　昇りながらも	祥伝社文庫	平14. 3
22	イントロ　もっとやさしく	講談社文庫	平14. 2

21	おれの女	カッパ・ノベルス	平13.12
20	女薫の旅　陶酔めぐる	講談社文庫	平13.11
19	愛技	講談社文庫	平13.10
18	他《た》愛《あい》	祥伝社文庫	平13. 9
17	女運　指をくわえて	祥伝社文庫	平13. 8
16	イントロ	講談社文庫	平13. 7
15	女運	祥伝社文庫	平13. 5
14	女薫の旅　奔流あふれ	講談社文庫	平13. 4
13	滴《しずく》	講談社文庫	平13. 1
12	女薫の旅　激情たぎる	講談社文庫	平12. 9
11	禁本（ほかの著者とのアンソロジー）	祥伝社文庫	平12. 8
10	服従	幻冬舎アウトロー文庫	平12. 6
9	女薫の旅　灼熱つづく	講談社文庫	平12. 5
8	女薫の旅	講談社文庫	平12. 1
7	ジャン=ポール・ガゼーの日記（翻訳）	幻冬舎	平11. 7
6	ハッピー	幻冬舎ノベルス	平10. 2
5	ピュア	幻冬舎ノベルス	平 9.12
4	陰界伝	マガジン・ゲーム・ノベルス（講談社）	平 9. 9
3	水の屍《かばね》	幻冬舎ノベルス	平 9. 8
2	0と1の叫び	講談社ノベルス	平 9. 2
1	無垢の狂気を喚び起こせ	講談社ノベルス	平 8.10

（記載は最新刊より．平成22年２月10日現在）

一〇〇字書評

切り取り線

購買動機（新聞、雑誌名を記入するか、あるいは○をつけてください）	
□（　　　　　）の広告を見て	
□（　　　　　）の書評を見て	
□ 知人のすすめで	□ タイトルに惹かれて
□ カバーがよかったから	□ 内容が面白そうだから
□ 好きな作家だから	□ 好きな分野の本だから

●最近、最も感銘を受けた作品名をお書きください

●あなたのお好きな作家名をお書きください

●その他、ご要望がありましたらお書きください

住所	〒				
氏名		職業		年齢	
Eメール	※携帯には配信できません	新刊情報等のメール配信を 希望する・しない			

あなたにお願い

この本の感想を、編集部までお寄せいただけたらありがたく存じます。今後の企画の参考にさせていただきます。Eメールでも結構です。

いただいた「一〇〇字書評」は、新聞・雑誌等に紹介させていただくことがあります。その場合はお礼として特製図書カードを差し上げます。

前ページの原稿用紙に書評をお書きの上、切り取り、左記までお送り下さい。宛先の住所は不要です。

なお、ご記入いただいたお名前、ご住所等は、書評紹介の事前了解、謝礼のお届けのためだけに利用し、そのほかの目的のために利用することはありません。

〒一〇一‐八七〇一
祥伝社文庫編集長　加藤　淳
☎〇三（三二六五）二〇八〇
bunko@shodensha.co.jp

祥伝社ホームページの「ブックレビュー」からも、書き込めます。
http://www.shodensha.co.jp/bookreview/

貪欲《どんよく》ノ冒険《ぼうけん》　長編情愛小説

平成22年2月20日　初版第1刷発行

著者　神《かん》崎《ざき》京《きよう》介《すけ》

発行者　竹内和芳

発行所　祥《しよう》伝《でん》社《しや》
東京都千代田区神田神保町3-6-5
九段尚学ビル　〒101-8701
☎03（3265）2081（販売部）
☎03（3265）2080（編集部）
☎03（3265）3622（業務部）

印刷所　萩原印刷

製本所　ナショナル製本

ISBN978-4-396-33554-0　C0193

祥伝社のホームページ・http://www.shodensha.co.jp/

祥伝社文庫

神崎京介　性こりもなく

心と躰で、貪欲にのし上がろうとする男と女。飽くなき野心の行方は？欲望が交錯する濃密な情愛小説。

神崎京介　想《おも》う壺《つぼ》

あなたにもいつかは訪れる、飽くなき性を探求する男と女の情熱と冷静を描く、会心の情愛小説！

神崎京介　秘術

不能からの回復を求める二人の旅。東西の秘められたエロスを辿《たど》る新境地、愛のアドベンチャーロマン！

神崎京介ほか　禁本

神崎京介・藍川京・雨宮慶・睦月影郎・田中雅美・牧村僚・北原童夢・安達瑶・林葉直子・赤松光夫

睦月影郎ほか　秘本　紅の章

睦月影郎・草凪優・小玉二三・館淳一・森奈津子・庵乃音人・霧原一輝・真島雄二・牧村僚

藍川京ほか　妖炎奇譚

怪異なエロスの競艶、全編書下ろし
睦月影郎・森奈津子・草凪優
菅野温子・橘真児・藍川京